그녀들의 메르헨

그녀들의 메르헨

국립중앙도서관 출판시도서목록(CIP)

그녀들의 메르헨 : 로코코시대에서 현대까지 300년의 이야기/
루이제 린저. [등]지음 ; 우르줄라 슐체 ; 울리히 마테예트 [공]엮음 ;
이용숙 옮김. -- 서울 : 마음산책, 2004
p. ; cm

원서명: Scheherazades Schwestern
원저자명: Rinser, Luise
ISBN 89-89351-59-6 03850 : ₩9000

808.3-KDC4
808.83-DDC21   CIP2004001610

그녀들의 메르헨

루이제 린저 외

마음산책

엮은이 **우르줄라 슐체 · 울리히 마테예트**

이 책에 실린 이야기들을 고르고 서문을 쓴 우르줄라 슐체는
베를린 자유대학의 독문학과 교수로 일하며 울리히 마테예트와 함께
메르헨 분야의 많은 책들을 엮어 펴냈다. 여성들의 동화를 묶은 이 책 외에
『일각수와 아름다운 멜루지네』(2000), 『로렐라이와 쉰더하네스』(2001),
『아름다운 라우와 바바 야가』(2002) 등이 있다.

옮긴이 **이용숙**

이화여자대학교 독문학과와 같은 대학 대학원을 졸업하고
이화여자대학교 독문학과 강사를 역임했다. 독일 프랑크푸르트 대학에서
독문학과 음악학을 공부했다. 커플댄스의 사회사를 다룬『춤에 빠져들다』,
오페라 해설서『오페라, 행복한 중독』, 『사랑과 죽음의 아리아』를 썼으며,
『책상은 책상이다』, 『마법의 도서관』, 『카사노바의 베네치아』, 『그 여자의 질투』,
『나에게는 두 남자가 필요하다』 등 30여 종의 책을 우리말로 옮겼다.
마르셀 바이어의 소설『박쥐』의 번역으로 제6회 〈한독 문학 번역상〉을 받았다.
현재 번역가 및 음악 칼럼니스트로 일하고 있다.

그녀들의 메르헨

1판 1쇄 발행 2004년 9월 5일
1판 2쇄 발행 2005년 1월 15일

지은이 | 루이제 린저 외
엮은이 | 우르줄라 슐체 · 울리히 마테예트
옮긴이 | 이용숙
펴낸이 | 정은숙
펴낸곳 | 마음산책

편집 | 고은희 · 남영숙 · 박지영   디자인 | 이지윤
영업 | 공태훈   관리 | 전현희

등록 | 2000년 7월 28일(제13 - 653호)
주소 | 서울시 서대문구 충정로 3가 270 (우 120 - 840)
전화 | 362 - 1452 ~ 4   팩스 | 362 - 1455
홈페이지 | http://www.maumsan.com
전자우편 | maum@maumsan.com

종이 | 화인페이퍼
인쇄 | 한영문화사
제본 | 정민제본

ISBN 89 - 89351 - 59 - 6 03850

* 책값은 뒤표지에 있습니다.

300년이라는 시공간에 걸쳐 있는 이 여성작가들은
이야기를 들려주는 일로 자신들의 삶을 후세에 잇고 있으며,
바로 이 점을 세헤라자드와 공유하고 있다.

차 례

1... 스핑크스의 미소 19 · 20세기의 환상적인 이야기들

2... 달나라 공주 아르님 모녀가 들려주는 이야기

3... 요정의 방 로코코 시대 여성작가들의 이야기

동방의 세헤라자드는 죽지 않고 살아남기 위해
이야기를 지었지만, 근현대의 여성작가들은 경우에 따라
글을 쓰는 일이 생계수단이며, 자신들이 상상으로 만들어낸 세계 속에서
그 세계와 더불어 살아간다.

다른 꿈을 꾸는 여성들

우리는 한 TV 드라마의 시청률이 50퍼센트에 달하고 한 영화의 관객이 1천만을 가볍게 넘는 놀라운 사회에 살고 있다. 드라마나 영화가 얼마나 잘 만들어졌는가 하는 문제를 떠나서, 그렇게 많은 사람들이 일치된 취향을 지니고 비슷한 꿈을 꾼다는 사실은 결코 정상으로 보이지는 않는다. 경제상황이 나빠질수록 신데렐라 스토리가 인기를 끈다는 분석도 납득할 만하고, 현실이 각박할수록 '꿈꿀 권리'라도 있어야 하는 것 아니냐는 시청자 혹은 관객들의 주장도 일리 있는 것이지만, 환상도 다양성을 잃고 획일화될 때는 경계해야 하는 게 아닐까? 드라마를 보고 있는 동안은 상상의 세계 속에서 누구보다도 자유롭다고 느낄지 모르지만, 전파를 타고 집집마다 찾아드는 그 환상의 자유가 복사기로 뽑아낸 것처럼 철저히 똑같은 것임을 생각하면 이렇게 얻는 자유란 진짜가 아니라는 생각이 든다.

일상의 현실에 염증을 느낄 때, 세상이 이래서는 안된다고 생각할 때, 꿈을 꾸고 싶지만 TV 속의 획일화된 꿈은 피하고 싶을 때, 좀더 다양한 환상을 경험하고 싶을 때 좋은 대안이 있다. 어른들을 위한 동화를 읽는 것이다. '여성들이 쓴 가장 아름다운 메르헨'만을 모아놓은 이 책은 우리에게 참으로 다채로운 환상의 세계를 체험하게 해준다. 그러나 그 환상은 현실과 분리된 달나라 이야기가 아니다. 심지어는 「달나라 공주」라는 제목의 동화조차도 인간의 욕심과 비정함이 엮어내는 참담한 현실을 소재로 삼는다. 독일어로 '메르헨 Märchen'이라고 부르는 문학장르는 우리말로는 흔히 '동화'라고 번역하지만, 아이들만을 위한 이야기들은 아니다. 동화나 우화, 혹은 자유로운 상상력을 동원한 온갖 종류의 환상적인 이야기들이 여기에 포함된다. 그림Grimm 형제와 19세기 독일 낭만주의 작가들이 더욱 예술적인 형태로 발전시킨 메르헨은 현대작가들에게도 여전히 매력 있는 장르여서, 루이제 린저, 셀마 라게를뢰브, 잉에보르크 바흐만 같은 20세기 최고의 여성작가들도 이 책에 실린 탁월한 메르헨들을 창작했다.

  '이성理性의 세기'로 불린 서유럽의 18세기에는 엄청난 사회적 변화들이 일어났다. 프랑스대혁명의 기본정신이 된 자유, 평등, 박애를 주창한 자유주의 계몽사상가들은 일상에 파묻혀 사는 평범한 시민이나 농민들에게도 '타고난 인간의 권리란 어떤 것인가', '우리가 사는 사회는 어떤 모습이어야 하는가' 등의 새로운 의문을 갖게 했다. 이와 함께 여성들 역시 자신의 권리를 찾기 시작했고, 차츰 글을 쓰는 여성들이 늘어갔다. 그 이전에는 마녀로 몰리기 십상이었던 '글쓰는 여성'이 이성의 세기와 더불어 겁내지 않고 글을 쓸 자유를 얻게 된 것이다.

  여성들은 남성작가와는 다른 언어로 이야기한다. 흔히 여성작가들은 역사적이거나 사회적인 주제를 다루는 데 약하고 일상에 집착한다는 이유로 폄훼되곤 한다. 여성작가들은 여성만이 포착할 수 있고, 문제라고 느끼는 점들을 여성의 목소리로 이야기해야 한다는 사명감을 갖기 때문이다. 그러나 이 책에 실린 이야기들을 읽어보면 여성작가들이 다루는 주제의 보편적인 필요성을 깨달을 수 있다. 대체로 여성이 더 예민하게 반응하는 문제들을 다루지만, 사실은 성을 불문하고 인간이라면 마땅히 느껴야 할 문제점들이고 똑같이 대응해야 할 사안들이다. 평범한 일상 속에서 드러나는 사회의 다양한 문제점들을 여성들의 시각으로 지적하면서, 세상의 생존경쟁 속에서 자꾸만 둔화되는 연민과 공감의 능력을 다시 일깨워주려는 것이다. 그러기 위해 이들은 때로는 적나라한 일상적 현실과 함께 요정들이 춤추는 '환상의 세계'를 설득의 도구로 동원한다.

영화 〈슈렉2〉에 등장하는 요정은 착하고 못생긴 괴물 '슈렉'과 함께 즐겁게 살고 있는 피오나 공주를 자기 아들인 '프린스 차밍'과 결혼시키려고 슈렉을 죽일 음모까지 꾸민다. 이미 행복한 동거생활을 하고 있는 공주를 요정이 굳이 빼내오려는 이유는, 공주는 백마 탄 왕자와 결혼해야 한다는 동화의 도식에 충실하기 위해서가 아니라 공주를 자기 아들과 결혼시켜 얻을 수 있는 엄청난 이익을 위해서다. '요정'이라고 하면 우선 선량하고 사랑스러운 존재를 떠올리게 되지만, 내용으로

본다면 이처럼 마녀와 구분이 안되는 요정도 얼마든지 있다.

독일 그림 형제의 동화 「라푼첼」과 내용이 비슷한 프랑스 동화 「파슬리 공주」에 등장하는 요정도 사실은 마녀라고 부르는 편이 나을 것이다. 유별나게 파슬리에 식욕을 느끼는 임신한 여성에게 파슬리를 제공하는 대가로 태어날 딸을 요구하는 요정의 태도는 인간의 욕망을 채워주고 영혼을 팔게 하는 일반적인 악마와 다를 바가 없다. 그렇게 남의 딸을 빼앗아다가 자기 소유물처럼 탑에 가둬두고 남자의 접근을 막는 요정은 결벽증의 화신이기도 하다. 그런가 하면 요정이 없을 때 파슬리 공주에게 땋은 머리를 내려뜨리게 해 탑에 올라간 왕자는 파슬리 공주를 임신시키고도, 임신 당사자에게 그 일을 설명해주지 않을 정도로 무책임하다. 이야기는 결국 해피엔딩이지만, 중간에 왕자는 탑에서 떨어져 실명을 함으로써 무책임에 대한 죄값을 치른다.

「과부와 두 딸」에 등장하는 요정 역시 벌을 받은 큰딸의 입장에서 보면 마녀나 다를 바 없다. 이 동화는 「잠자는 숲 속의 미녀」를 비롯한 수많은 요정 동화의 도식을 되풀이하고 있는데, 외모가 못생겼거나 늙었거나 가난해보이는 사람들을 업신여기고 박대하는 일반적인 세상 풍조에 대한 경고이자 훈계로 읽을 수 있다. 그러나 이 이야기는 이런 교훈만으로 끝내지 않고, 진정한 행복의 조건이 무엇인가를 구체적으로 알려준다.

현대 동화들과는 달리 18세기 프랑스 동화들은 유난히 여주인공의 미모에 집착하는데, 마리-카트린 돌느와의 「아름다운 금빛머리 아가씨」에서는 이 아름다움이 여주인공의 잔인함에 대한 면죄부 역할을 한다. 오페라 〈투란도트〉의 여주인공처럼 이 이야기에 나오는 미모의 공주 역시 결혼을 피하기 위해 구혼자에게 세 가지 불가능한 과제를 내 준다. 그런데 문제는 그 '미션 임파서블'을 위해 목숨을 걸어야 하는 인물이 구혼자 자신(왕)이 아닌 구혼자의 사절이라는 사실이다. 왕의 사절은 왕을 위해 공주가 시키는 일을 다 해내지만, 그 덕분에 아무 수고도 하지 않고 미녀와 결혼하게 된 왕은 이 충성스러운 신하를 감옥에 가둔다. 결국 못된 왕은 욕심 때문에 죽고 공주와 사절이 결혼하게 되지만, 목숨을 담보로 하는 잔인한 요구를 했던 공주를 사절이 아

내로 맞이한다는 것은 사실 현대의 독자로서는 이해하기 어려운 결말이다.

낭만주의 문학 서클 활동과 괴테와의 편지 교환 등으로 유명한 19세기 독일 여성작가 베티네 폰 아르님은 이 책에서 세 편의 이야기를 들려주고 있는데, 이들 가운데 「수염 없는 한스」와 「앞 못 보는 공주」는 명확한 교훈을 주기보다는 허탈한 유머 감각으로 세상사의 부조리함을 드러낸다. 어머니인 베티네와는 달리 딸 기젤라 아르님은 이야기 속에서 환상과 현실을 하나로 섞으면서도, 현실을 비판하며 그 현실을 더 나은 것으로 바꾸어놓자는 메시지 전달에 주력하고 있다.

「달나라 공주」나 「과자로 만든 집」에서 의지할 곳 없는 고아들과 가난한 집안의 아이들을 바라보는 기젤라 아르님의 따뜻한 시선을 20세기에는 『생의 한가운데』의 작가 루이제 린저가 이어받았다. '북한 방문기'로도 우리에게 잘 알려져 있는 린저는 「쥐주전자 이야기」에서 동화적인 수단을 빌려 부자와 가난한 사람들의 소통과 나눔을 이야기한다.

　에미 발-헤닝스의 동화 「온 곳 없는 펠리치타스」는 물의 요정 운디네Undine를 모티브로 삼았다. 남자주인공이 어디서 왔는지 알 수 없는 아름다운 처녀를 샘물가에서 발견하는 이런 이야기는 '운디네', '멜리장드', '루살카' 등의 여주인공이 등장하는 변형 버전으로 세계 곳곳에 퍼져 있다. 공작의 아들은 교만하고 사치스러운 귀족 처녀들 대신 출신에 관계없이 마음이 참된 여성과 결혼하기로 작정하고 길을 떠난다. 그러나 관대하고 진보적인 사람으로 보이려고 애쓰는 그 자신이 사실은 출신에서 자유롭지 못하고 교만하기 때문에, 그는 아름다운 펠리치타스 대신 마녀와 결혼을 하는 벌을 받는다. 그러나 이 이야기는 박해받는 인종인 집시에 대한 부정적인 편견을 조장한다. 집시는 다 도둑이고 사기꾼이며 마법을 사용한다는 선입견이 그대로 드러나 있는 것이다. 금발에 푸른 눈을 가진 여성은 선량하고 검은 머리카락에 검은 눈을 가진 여성은 악하다는 설정 역시 지극히 인종주의적이다.

그녀들의 메르헨

　이 책 전체에서 가장 감동적인 이야기는 〈노벨문학상〉을 수상한 스웨덴 작가 셀마 라게를뢰브의 「트롤의 아이」일 것이다. 자신에게 가장 소중한 사람(남편)을 잃는 한이 있더라도 인간적인 기본원칙을 저버릴 수는 없다는 여주인공의 강인하고 정의로운 태도가 독자의 마음을 움직인다. 그리고 자신의 삶을 고통 속에 몰아넣은 트롤의 아이가 죽기를 바라는 이중적 심리상태에 시달리면서도 귀한 생명을 결코 무심히 희생시키지 못하는 '보편적 모성'을 탁월하게 묘사해 설득력을 느끼게 한다. 이 이야기는 베티네 폰 아르님의 「왕자」와 짝으로 묶을 수 있는 '모성을 주제로 한 동화'로, 두 작품 다 어린 생명을 대하는 여성과 남성의 시각차를 확연하게 보여준다.

　『삼십세』, 『말리나』 등으로 우리나라에 소개된 독일 현대작가 잉에보르크 바흐만이 1949년에 쓴 우화 「스핑크스의 미소」는 파시즘의 자기파괴적인 성격을 빗댄 작품이며, 마리 루이제 카쉬니츠의 「새」는 어느 하루의 사소한 사건을 통해, 이승과 저승을 잇는 신비로운 체험과 인간 내면 깊은 곳의 동경을 이야기한다. 마리 폰 에브너-에셴바흐의

「어리석은 이야기」는 평등을 토대로 한 부부관계가 막 시작되려는 시기의 에피소드를 다루며, 인기 있는 청소년 소설 작가이기도 한 크리스티네 뇌스틀링어는 「쌍둥이 형제」로 '나와 다른 것'에 대한 관용을 호소하며 획일화의 비극을 이야기한다.

어릴 때는 동화를 아주 싫어했는데, 그건 무엇보다도 '동화童話'라는 명칭 때문이었다. 애들은 '애들 이야기'나 읽고 있으라는 말 같아 기분이 나빠서, 보라는 동화책은 안 보고 일부러 어른들 보는 책을 쌓아놓고는 날마다 씨름을 했다. 어쩌다 어머니 성화에 동화책을 펼치면 이야기마다 어찌나 지루하고 재미가 없던지 도저히 끝까지 읽을 수가 없었다. 그때문에 어릴 때부터 애늙은이 같은 소리나 하며 자랐고, '순진한 꿈을 꾸는 어린 시절' 같은 건 전혀 기억에 없다. 그처럼 동화라면 손을 내젓다가 동화에 처음으로 빠져든 건 서른 살이 다 되어 『안데르센 동화집』을 번역하면서부터였다. 「인어공주」, 「벌거벗은 임금님」, 「성냥 파는 소녀」를 비롯한 여러 이야기에 감탄을 거듭하다 눈

물까지 흘리며 읽고는, '이렇게 심오한 삶의 의미를 대체 열 살 무렵에 어떻게 이해할 수 있었겠는가' 하는 생각이 들어, 어른이 되어 뒤늦게 동화를 읽게 된 것이 새삼 다행스럽기도 했다.

어린 시절에 읽은 동화가 한결같이 재미없었던 건, 아마도 그 이야기에 담긴 깊은 의미를 전혀 이해하지 못했기 때문이리라. 그저 줄거리만 따라가며 읽으면 동화들은 대개 우스꽝스럽거나 아예 말이 안된다. 그러니 이야기의 배후에 숨은 의미를 그런대로 짐작이나마 할 수 있는 어른이 되어야 동화가 재미있어지는 게 당연한 일인 것 같다. 이 책에 수록된 이야기 중에서 라게를뢰브의 「트롤의 아이」, 린저의 「쥐 주전자 이야기」, 기젤라 아르님의 「과자로 만든 집」은 꼭 읽어보라고 권하고 싶다. 어린이들을 위한 책은 아니지만, 엄마나 아빠가 읽고 아이에게 쉬운 말로 들려주면 참 좋을 이야기들이다.

2004년 8월

이용숙

스핑크스의 미소

19·20세기의 환상적인 이야기들

© Angelika kauffmann

쥐주전자 이야기

루이제 린저

 여러분은 혹시 호두 부인을 아세요? 아마 아실 걸요. 호두 부인은 마리엔플라츠 근처 4층에 살고 있거든요. 이제 기억이 나세요? 어쨌든 좋아요. 여러분이 호두 부인을 모르신다고 해도 상관없으니까요. 호두 부인이라니, 재미있는 이름이죠? 여러분은 분명히 호두 부인이 재미있는 사람이고 아마도 호두알처럼 작고 뚱뚱할 거라고 생각하실 거예요. 하지만 그렇지 않아요. 이 이야기 앞부분에선 호두 부인은 아주 말랐고 깊은 시름에 잠겨 있죠. 물론 이야기가 끝날 때쯤 되면 조금 살도 찌고 또 명랑해지지만요.

그렇다면 대체 호두 부인이 처음에는 왜 그렇게 마르고 시름에 잠겨 있었느냐고요? 글쎄요, 왜 그럴까요? 몸도 아프고, 청소부로 열심히 일하지만 벌이도 너무 적고, 그래서 그래요. 빵 살 돈도 부

족하고, 우유도 고기도 호두 부인에게는 너무 비쌌죠. 남편은 세상을 떠났고 하니라는 딸을 키우고 있었거든요. 하니는 여덟 살인데, 이 이야기가 시작될 때는 아주 마르고 슬픔이 가득한 아이였답니다. 하지만 이야기가 끝날 때는 통통해지고, 게다가 슬픔 따위는 흔적도 찾아볼 수 없어요. 이런 변화의 원인은 주전자였죠. 아니, 주전자라기보다는 이 낡은 주전자 속에 살고 있던 생쥐 덕분이었다고 할 수 있겠네요. 이 주전자는 하니가 놀고 있던 쓰레기더미에 던져져 있었어요. 그런데 그 쥐는 자기가 들어가 살던 그 낡은 주전자를 하니 발치로 굴렸어요.

죄송합니다. 제가 모든 것들을 뒤죽박죽으로 이야기했군요. 방금 호두 부인에게 이 이야기를 듣고 너무나 흥분해서 말예요. 하지만 이건 정말 멋진 이야기랍니다. 들어보세요.

하니는 쓰레기더미 앞 돌 위에 앉아 생각에 잠겨 있었어요. 모든 것이 너무나 비싸 자신과 엄마가 이처럼 근심 속에서 살아야 한다니 얼마나 슬픈 일인가 하고 말이죠. 그때 쓰레기더미에서 뭔가가 하니 발치로 곧장 굴러 내려왔어요. 그건 하나도 특별할 것 없는 작고 낡은 주전자였죠. 안쪽은 하얗고 바깥은 칙칙한 색이고, 왜 그런 주전자 있잖아요. 우유를 데울 때 쓰는 주전자 말이에요. 반 리터 정도가 들어가는 작은 주전자였죠. 아주 낡아서 여기저기에 울룩불룩 혹이 생겼고 우그러진 곳이 있는 데다가 무척 더러웠어요. 쥐가 그 주전자를 일부러 굴리지만 않았더라면 하니도 그 주전자를 만져보려고 하지 않았을 거예요. 제가 그 얘기를 벌써 했다구

그녀들의 메르헨

요? 아니라구요? 자세하게는 안했다구요?

자, 얘기는 이렇게 됐어요. 그 낡은 주전자가 하니 발치로 곧장 굴러왔을 때, 늙은 쥐 한 마리가 그 안에서 튀어나오더니 휘파람을 불었죠. 뭔가 아주 영리한 아이디어를 떠올렸을 때 잇새로 부는 휘파람, 바로 그것이었어요. 그런 다음 쥐는 사라져버렸죠. 하니는 그 주전자를 들어올렸어요. 정말 지저분하고 보기 싫은 낡은 주전자였죠. 하지만 집에 돌아가야 할 시간이 되었기 때문에 하니는 그 낡고 보기 싫은 주전자를 집으로 가지고 갔어요. 어머니는 당연히 이렇게 말했죠.

"도대체 이 꼴보기 싫은 낡은 주전자로 뭘 하겠다는 거니?"

"쥐 한 마리가 그 안에 들어가 있었는데 그 주전자를 제 발 쪽으로 굴려놓고는 '휘익' 휘파람을 불었어요." 하니가 대답했어요.

"원 세상에, 쥐까지 들어 있었단 말이야! 낡고 꼴보기 싫은 데다가 그 안에 쥐까지 살고 있었다니. 당장 갖다버려!" 어머니가 외쳤어요. 그러면서 어머니는 그 주전자를 창문 밖 마당으로 내던졌어요.

'좋아, 내일 아침에 다시 가지고 와야지. 저 주전자를 누구도 나한테서 빼앗아갈 수 없어.' 하니는 생각했습니다. 그런데 몇 초도 지나지 않아 누군가가 또각또각거리며 계단을 올라오는 소리가 들리더니 문을 두드리며 안으로 들어오려고 했습니다. 어머니가 문을 열었죠. 하지만 문 앞에는 아무도 없었어요. 어머니는 고개를 흔들며 다시 문을 닫으려고 했습니다. 그때 무엇인가가 어머니 곁을 재빨리 스쳐지나갔어요. 현관이 상당히 어두웠기 때문에 어머니는 그게 뭔지 보지 못했죠. '고양이로구나.' 어머니는 그렇게 생각했어요. 그러면서 문을 다시 닫았어요. 그러나 그건 고양이가 아니었어요. 고양이는 벌써 집 안에 들어와 있었거든요. 더구나 고양이라면 그렇게 또각또각 소리를 내며 계단을 올라올 리가 없잖아요. 납으로 된 발을 가진 고양이가 있다면 모르지만 말이에요. 대체 납으로 된 발을 가진 고양이를 한번이라도 보신 적이 있나요? 그럼 고양이가 아니라면 도대체 무엇이었을까요? 맞춰보세요. 그건 쥐주전자였답니다. 주전자는 다리 하나만 달린 까마귀처럼 통통거리며 부엌으로 뛰어들어와 하니 곁에 섰어요.

하니는 쥐주전자가 다시 돌아온 것을 보고 무척 기뻐했지요. 하지만 어머니는 전혀 기뻐하지 않았어요. 우선 어머니는 말문이 막혀 아무 말도 못했죠. 어떻게 주전자가 혼자서 이리저리 돌아다닐 수 있는지 너무나 놀랐거든요. 어머니는 입을 벌렸다가 다시 다물고 겨우 다시 말을 할 수 있게 되자 이렇게 외쳤어요.

"맙소사맙소사맙소사! 이건 마녀의 장난이야! 저 주전자는 악마야! 거기서 어떤 못된 것들이 나올지 어떻게 알겠어? 마녀의 주전자 대신 우유가 가득 담긴 아주 멀쩡한 주전자가 있다면 얼마나 좋을까."

그 말이 채 끝나기도 전에 주전자는 다시 또각또각거리며 문밖으로 나갔어요.

"주전자가 가버리네. 다시 돌아오면 좋을 텐데." 하니가 서글프

쥐주전자 이야기

게 말했어요.

"제발 다시는 돌아오지 않았으면 좋겠다." 어머니는 이렇게 대꾸했어요. 사람들은 성격이 이렇게 다른 법이랍니다.

하지만 주전자는 다시 돌아왔어요! 금방 돌아온 주전자는 우유를 꽉 채우고 있었는데, 그렇게 통통거리며 다니는데도 한 방울도 흘러넘치지 않았어요. 그러자 어머니는 갑자기 그 주전자에 대한 생각을 바꾸기로 했죠. 그때 주전자는 엉덩이를 쳐들더니 몸을 부리 쪽으로 기울여 부엌 바닥에 우유를 쏟아놓고 말았습니다. 그 일이 얼마나 빠르게 일어났던지 아무도 손써볼 겨를이 없었어요.

"이 멍청하고 못돼먹은 주전자야! 너는 역시 마녀의 물건일 거야. 그래서 우리를 화나게 만들려고 온 거지!"

어머니가 소리를 질렀습니다. 하지만 하니는 이렇게 말했어요.

"아마 주전자가 우유를 어떻게 따르는지 잘 모르는 것 같아요. 주전자가 뭔가 단단한 것을 가져오면 될 거예요. 우유처럼 흐르지 않는 걸로요."

"그래? 그렇다면 우리한테 곡물죽을 가져오게 해보렴. 네가 나보다 영리하다고 생각한다면 말이다."

어머니는 비웃는 투로 말했습니다. 그 말이 끝나기도 전에 주전자가 또각거리며 밖으로 나가더니 정말 조금 뒤에 보릿가루를 가지고 왔어요. 주전자가 다시 엉덩이를 쳐들려고 할 때 하니는 재빨리 주전자를 잡고 움푹한 그릇을 그 앞에 가져다 놓았습니다. 그렇게 해서 보릿가루를 쏟아넣게 하려 했던 것이지요. 그러나 주전

그녀들의 메르헨

자는 반대쪽으로 몸을 돌리더니 가루를 그릇 반대편에다 쏟아놓았습니다. 그러니 이번에도 아무 소용이 없게 되었지요. 하지만 적어도 보릿가루는 우유와 달라서, 얌전한 더미로 주전자 곁에 쌓였고, 숟가락으로 그걸 그릇에 떠넣을 수 있었습니다.

"역시 이 주전자는 악마의 물건이야." 어머니는 그렇게 말하면서도 그걸로 죽을 끓였어요. 그리고 그건 마녀의 수프가 아니고 그저 언제나와 똑같은 맛있는 보리죽이 되었습니다.

그런 일이 날마다 일어났어요. 쥐주전자는 밖이 어두워질 때를 기다려 밤마다 나가서 부지런히 설탕이나 쌀이나 밀가루를 가지고 왔어요. 호두 부인과 하니는 주전자가 자기들을 먹여살리는 것을 차츰 아주 자연스럽게 여기게 되었답니다. 그렇지만 이들은 아무리 애써도 그것들을 그릇 안에 쏟아넣게 하거나 적어도 언제나 똑같은 자리에 쏟아놓도록 주전자에게 교육을 시킬 수는 없었어요. 주전자는 언제나 자기가 원하는 곳에 그것들을 쏟아놓았지요. 하지만 다들 그것에 익숙해졌어요. 아무것도 없는 것보다는 그래도 그 편이 훨씬 낫잖아요, 안 그래요?

어느날 길모퉁이에서 커다란 식료품 가게를 하고 있는 베어 씨가 이 사실을 알아차리지만 않았더라면 모든 일은 그렇게 계속되었을 거예요. 그러니까 어느날 베어 씨가 자기 가게의 쌀, 보릿가루, 밀가루, 설탕 자루들이 너무 빨리 비어버린다는 것만 알아차리지 않았더라면 말이에요.

베어 씨는 생각했어요. '이상하군, 내가 이렇게 많이 팔지는 않

쥐주전자 이야기

았는데? 그렇다면 누군가가 몰래 이것들을 훔쳐가는 것이 틀림없어. 하지만 누굴까? 그리고 언제 훔쳐갔을까? 낮에는 그런 일이 일어날 리가 없어. 내가 항상 지키고 있으니까. 아마도 저녁때나 밤이겠군. 그렇다면 이제부터 밤마다 누군가가 이 자루들 곁에서 보초를 서야겠지.'

베어 씨는 자기 아들에게 자루들을 지키게 했어요. 날이 어두워지자 오래 기다릴 필요도 없었죠. 또각또각 소리를 내며 누군가가 고양이 드나들라고 만들어놓은 구멍으로 들어왔어요. 베어 씨의 아들은 아, 고양이구나, 생각하며 자세히 보려고 하지 않았습니다. 조금 후에 설탕자루 속에서 부스럭거리는 소리가 났어요. 고양이가 설탕도 먹나? 아들은 그렇게 생각했지만 결국 그는 그게 주전자라는 것을 눈으로 보게 되었지요. 주전자가 능숙하게 자루에서 빠져나오더니 고양이 구멍으로 다시 또각거리며 빠져나갔던 것입니다. 베어 씨 아들은 당장 아버지에게 달려가 소리쳤어요.

"아버지, 아버지, 도둑을 잡았어요!"

"어디? 어디?" 아버지가 외쳤습니다.

"아뇨, 제가 붙잡은 건 아니에요. 하지만 도둑을 봤어요. 작은 주전자 혼자던데요?" 아들이 말했어요.

"이 멍청한 녀석아. 도대체 어떻게 주전자가 혼자 걸어다닐 수 있단 말이냐?" 아버지는 소리치며 아들의 뺨을 때렸습니다.

"좋아요, 믿으실 수 없다면 아버지가 직접 지켜보시면 될 거 아니에요." 아들이 볼멘소리로 대꾸했습니다.

쥐주전자 이야기

그래서 베어 씨는 직접 보초를 섰습니다. 열심히 지켜보고 있는데 곧 또각또각 소리가 고양이 구멍을 통해 들어오더니 쌀자루로 향했어요. 고양이구나. 아버지도 생각했지요. 그래서 별로 신경을 쓰지 않았어요. 잠시 후에 쌀자루 속에서 부스럭거리는 소리가 들려왔어요. 고양이가 쌀도 먹나? 아버지는 그렇게 생각했지요. 하지만 그때 아버지 역시 쌀자루를 능숙하게 빠져나와 다시 고양이 구멍을 통해 또각거리며 빠져나가는 주전자를 보았습니다. 베어 씨는 자기 아내에게 달려가 외쳤어요.

"여보, 여보, 여보! 도둑을 잡았어!"

"어디요? 어디?" 아내가 외쳤어요.

"아니, 내가 잡은 건 아니야. 하지만 누가 도둑인지 알았어. 작은 주전자 하나가 정말 혼자 왔더군." 베어 씨가 말했습니다.

"그것 보세요. 제가 뭐랬어요. 제가 말한 대로잖아요."

아들이 소리쳤어요. 그러나 아들은 또 따귀를 맞았지요. 이번에는 어머니였습니다. 어머니는 몹시 화를 내며 소리쳤어요.

"너 돌았구나. 그리고 당신, 당신도 똑같이 미쳤어요. 에구, 내일은 내가 지켜야지."

베어 씨의 아내는 열심히 노려보고 있다가 또각거리는 소리가 고양이 구멍으로 들어와 곡물 자루로 가는 것을 들었습니다. 고양이구나. 베어 씨 부인도 생각했지요. 그래서 별로 신경을 쓰지 않았어요. 잠시 후에 곡물자루 속에서 부스럭거리는 소리가 들려왔어요. 고양이가 곡물도 먹나? 부인은 그렇게 생각했지요. 하지만

그녀들의 메르헨

그때 부인 역시 곡물자루를 능숙하게 빠져나와 다시 고양이 구멍을 통해 또각거리며 빠져나가는 주전자를 보았습니다. 베어 씨 부인은 주전자를 붙잡으려고 했지만 주전자는 벌써 사라지고 아무것도 보이지 않았어요.

"여보 여보, 정말 주전자군요!" 베어 씨 부인이 외쳤습니다.

"그것 보세요. 제가 뭐랬어요!" 아들이 외쳤습니다. 이번에는 누구도 따귀를 때리지 않았어요.

"이제 어떻게 하지?" 베어 씨가 말했어요.

"주전자를 잡아야 돼요. 그리고 이웃 사람들이 우리를 도와줘야죠. 사방에 보초를 세우는 거예요." 부인이 대답했습니다.

이들이 이웃 사람들에게 이 이야기를 들려주자 사람들이 대꾸했죠. "원 세상에, 베어 씨 집 식구들이 모두 제정신이 아니야. 정말 딱한 일이군." 모두들 동정심을 느끼며 그들에게 보초를 서주겠다고 약속했어요. 남자 열두 명과 베어 씨네 가족 세 명까지 모두 열다섯 명이었죠. 또각또각 소리는 고양이 구멍으로 들어와 밀가루 자루를 향했어요. 하지만 그때 마침 사람들은 이야기를 나누는 중이어서 아무것도 알아차리지 못했습니다. 그게 작은 주전자라는 걸 누구도 생각지 않았어요. 주전자가 다시 고양이 구멍으로 또각거리며 빠져나갈 때에야 그들은 사실을 알아차렸죠. 그래서 모두다 함께 외쳤어요. "주전자다!"

다음날 아침 그들은 온 동네 사람들에게 그 이야기를 들려주었습니다. 그래서 호두 부인도 그 이야기를 듣게 되었어요. 다음날 밤에는 주전자를 잡으려고 백 명이나 되는 사람들이 보초를 섰습니다. 그러자 호두 부인은 겁이 나서 쥐주전자를 부엌 찬장 속에 집어넣고 문을 잠가버렸어요. 그리고 주전자 머리 위에 무거운 냄비를 올려놓았죠. 주전자가 빠져나오지 못하게 하려고요.

저녁이 되자 주전자가 움직일 시간이 왔어요. 찬장이 무시무시하게 흔들리기 시작했지요. 주전자는 자기 머리를 누르고 있던 무거운 냄비를 한 방에 날려버리고 아주 시끄럽게 또각거렸어요. 그 소리가 얼마나 요란했던지 위층과 아래층과 옆집에 사는 모든 사람들이 벽을 쾅쾅 두드리며 항의했죠. 그러자 호두 부인이 말했어요.

"조용히 해, 주전자야. 제발 부탁이다!"

그러나 주전자는 부인이 자기를 꺼내줄 때까지 계속 쿵쾅거렸어요. 찬장에서 꺼내주자 주전자는 또각거리며 서둘러 밖으로 나갔죠.

"주전자는 이제 결코 돌아오지 못할 거야. 사람들이 주전자를 체포할 테고 우리는 다시 굶주려야만 하겠지." 어머니가 말했습니다.

"아마 다시 올걸?" 하니는 그렇게 대꾸했어요.

주전자는 진짜 아무 일도 없었다는 듯이 다시 저녁거리를 갖다 주었습니다. 그런데 바깥 거리에서 엄청난 소음이 들려왔어요. 아래를 내려다보니 백 명인지 2백 명인지 되는 사람들이 다들 엉켜서 이리저리 뛰며 소리를 지르고 있었습니다.

"저기 있다!" "아니야, 저기야!" "아니야, 주전자는 여기 있어!"

그녀들의 메르헨

동네 사람들은 경찰이 와서 소리를 칠 때까지 계속 아우성을 쳤습니다.

"도대체 무슨 일이오? 멈춰요, 멈추지 않으면 총을 쏘겠소!" 그러자 사람들은 멈춰섰습니다. 하지만 다 함께 입을 모아 외쳤죠.

"주전자예요, 주전자가 도둑이라구요!"

경찰관이 어안이 벙벙해졌던 건 당연한 일이겠지요.

"도둑? 주전자? 도대체 어떻게 된 겁니까?" 경찰관이 외쳤습니다. 하지만 그는 사람들에게서 전혀 제정신인 듯한 대답을 듣지 못했고 마침내 이렇게 말했어요. "지금 당장 집으로 돌아가지 않으면 여러분을 모두 감옥에 가두거나 정신병원으로 보내겠소."

그제서야 사람들은 모두 집으로 돌아갔고, 다음날 신문에는 이런 기사가 실렸습니다. "어느 동네에 사는 주민 전체가……." 이제 저도 그 동네 이름은 잊어버렸어요. 어쨌든 그 동네 주민 전체가 정신이 이상해졌다는, 그리고 참 불행한 일이라는 기사였습니다.

하지만 베어 씨 부인은 이 일을 그대로 놔두려고 하지 않았어요. 어떻게 해서든지 그 주전자를 붙잡으려고 했지요. 그때 부인에게 좋은 생각이 떠올랐어요.

"여보, 우리, 자루들 주위의 바닥을 흰색으로 칠합시다. 그러면 주전자가 바닥에 흔적을 남길 테고, 우리는 주전자가 어디로 가는지를 알 수 있을 거예요. 그걸 알게 되면 주전자를 데려다가 아침 저녁으로 우리를 위해서 그 일을 하게 만드는 거예요."

쥐주전자 이야기

“당신은 정말 영리해.” 베어 씨가 말했습니다.

그들은 바닥을 흰 기름물감으로 두껍게 칠하고 편안히 잠들었습니다. 다음날 아침, 그들은 그 흔적을 볼 수 있었죠. 또각또각, 또각또각, 그들은 그 흔적을 따라 가게를 나와서 호두 부인의 현관문 앞에 다다랐습니다.

“그 마법의 주전자가 어디 있소?” 베어 씨가 소리쳤습니다. “그 도둑 주전자, 그 녀석을 당신이 매일 밤 도둑질하라고 우리 가게로 보내지 않았습니까. 이제 내가 그 주전자를 박살내버리겠소. 박살, 박살, 박살…….” 머리끝까지 화가 난 베어 씨는 말을 잇지 못했습니다.

“하지만 베어 씨, 제가 가진 주전자와 냄비들은 이게 전부예요. 이 중에 마법의 주전자가 있다고 생각하신다면 그걸 가지고 가세요. 어서요, 얼마든지 가지고 가시라구요!” 호두 부인은 부엌 찬장을 열어보이며 말했습니다.

베어 씨는 제일 앞에 있는 주전자를 움켜잡았습니다. 안쪽은 하얗고 바깥쪽은 갈색이고 아직 쓸모 있어 보였습니다. 다른 주전자는 낡고 보기 싫은 주전자여서 눈길도 주지 않았습니다.

“아하, 이제 잡았다. 자, 그러면 이제 도둑질도 여기서 끝이군.” 베어 씨가 외쳤습니다.

“물론이죠.” 베어 씨 부인은 그렇게 외치며 주전자를 낚아채 집으로 가려고 했습니다. 그때 갑자기 쥐주전자가 또각또각 소리를 내기 시작하더니 찬장 밖으로 걸어나왔습니다.

그녀들의 메르헨

"아하, 이게 바로 그 마법의 주전자였군! 이것 좀 봐요."

"주전자야, 주전자야. 도대체 무슨 짓을 하는 거니. 넌 우리를 배신하고 있잖아." 하니가 외쳤습니다.

그러나 쥐주전자는 들은 척도 하지 않았어요. 하니는 울기 시작했습니다. 서럽게 서럽게 울고 또 울었지요. 그래서 마침내 베어 씨 부인은 이렇게 말했어요.

"얘, 제발 이제 그만 좀 울어라!"

"아, 하지만 그 주전자를 가지고 가신다면 저는 울 수밖에 없어요. 이제 누구도 저희들에게 먹을 것을 주지 않을 테니까요." 하니가 말했습니다.

"누구도 먹을 것을 주지 않는다고? 그게 무슨 말이냐? 누구든지 먹여줄 사람은 있는 법이야." 베어 씨 부인이 말했습니다.

그 말에 누구도 대답을 하지 않았어요. 그리고 베어 씨 부인도 대답을 필요로 하지 않았지요. 호두 부인의 부엌이 얼마나 지지리도 가난해 보이는지 갑자기 한눈에 알 수 있었기 때문이에요. 식탁은 흔들거리고 의자는 등받이가 떨어져나가고 난로 속에는 불씨도 없고 창문은 한쪽 유리가 깨져 마분지로 겨우 덮어놓았는데 그 사이로 찬바람이 마구 몰려들어왔습니다. 소파는 울퉁불퉁하고 스프링이 삐죽이 튀어나와 있었지요. 그리고 창턱에는 약병이 놓여 있었어요. 호두 부인은 병들어 있었던 거예요.

"그래요, 우리는 이렇게 산답니다." 호두 부인이 말했습니다.

"여보, 내 생각엔 우리가 그냥 가는 게 제일 좋은 길일 것 같네

그녀들의 메르헨

요. 이 주전자는 계속 먹을 것을 날라다 주라고 여기 두고 갑시다."

"그러지. 당신 말이 옳아. 그냥 갑시다." 베어 씨가 말했어요.

그러나 쥐주전자는 그들과 같이 가려고 했습니다. "주전자야, 그냥 여기 있어!" 베어 부인이 말했지요. 그러나 주전자는 또각거리며 함께 따라왔습니다. "그래, 좋아. 주전자가 같이 가려고 하는군요. 하지만 걱정 마세요. 이제부터 우리 가게에 들러서 필요한 물건을 그냥 가지고 가세요. 먹을 것을 줄 사람이 아무도 없다면 우리가 도울게요." 베어 씨 부인이 말했습니다.

그러자 주전자는 또각거리며 베어 씨 부부와 함께 집을 나서더니 베어 씨 집 정원으로 사라져버렸습니다. 그 다음부터 호두 부인과 하니는 베어 씨 가게에서 뭐든지 필요한 물건을 얻어올 수 있었습니다. 그들은 모든 물건을 아주 싼값으로 사거나 거의 공짜로 받을 수 있었고, 그 일은 언제까지나 계속되었습니다. 호두 부인은 방금 저한테 그 얘기를 들려줬어요. 그래서 저는 여러분에게 그 이야기를 얼른 들려드리고 싶었던 거예요.

그러면 그 쥐주전자는 어떻게 되었을까요? 호두 부인은 저에게 그 주전자 얘기도 들려주었답니다. 어느날 그 주전자를 다시 만나게 되었는데, 베어 씨 정원에 물을 주고 있더라는 거예요. 정원이 상당히 넓었기 때문에 우물에서 꽃밭까지 그 주전자는 수백 번씩 왔다갔다하면서 물을 주고 있더랍니다. 그런 작고 낡은 쥐주전자에게는 정원에 물을 주는 일도 결코 쉬운 작업이 아니겠지요.

쥐주전자 이야기

온 곳 없는 펠리치타스

에미 발-헤닝스

평생 함께할 반려자를 맞이하고 싶은 젊은 공작이 있었다. 그러나 무도회나 파티에서 만나는 그 많은 귀족의 딸들 가운데는 그의 마음에 드는 처녀가 하나도 없었다. 젊은 공작은 미남인 데다 성격도 부드러운 남자여서, 속으로 은근히 그를 남편으로 맞이하고 싶어하는 처녀들이 많았다. 그러나 귀족 처녀들은 누구에게도 그런 사실을 드러내 보이지 않았다. 혹시 어떤 처녀가 공작에게 자신의 호감을 알렸다고 하더라도 사실 별로 도움이 되지 않았을 것이다. 공작이 그 처녀를 원하지 않았을 게 뻔하기 때문이다. 귀족 처녀들 대부분은 출신에 대해 상당히 자부심을 가지고 있었고 자기들이 대단한 존재라고 생각했다. 젊은 공작은 그런 태도를 참지 못했다. 그는 인간을 세속적인 지위로 판단하지 않았고, 영혼의 고귀함이 높은 신분이나 지위보다 훨씬 중요하다고 믿었다. 그리고 무엇보다도 교만과 허세를 혐오했다. 원하는 아내를 맞이할 가망이 없어질수록 젊은 공작은 더 열심히 그 일에 매달렸다. 궁정에도 착하고 참한 처녀가 전혀 없으란 법은 없지만, 그런 여자를 원한다면 밖으로 찾아나서는 편이 나았다. 그러나 행운이란 찾아다니지 않을 때 불쑥 찾아오기도 하는 법이다. 그래서 우리는 기다릴 줄도 알아야 하고 기다리는 법도 배워야 한다. 젊은 공작의 아버지는 아들에게 말했다.

"너무 서두르지 말아라. 알맞은 여자가 알맞은 시기에 나타날 거야. 나를 봐라. 나도 결국은 너희 어머니처럼 훌륭한 아내를 만나지 않았니. 우리가 아직 어린아이였을 때부터 전능하신 분께서 이미 생각해둔 게 있으셨던 게다. 누가 누구와 짝이고 누구누구가 아닌지를 말이다. 그저 참고 기다리면 된다."

그러나 젊은 공작은 그런 인내심을 지니고 있지 못했다. 때가 되면 그 여자가 저절로 나타날 거라는 아버지의 예언을 아들은 별로 귀담아 듣지 않았다. 그래서 기회를 찾아나서려는 계획을 세웠다. 행운을 향해 나아가기로 한 것이다. 어느 아름다운 날, 그는 아버지에게 말했다.

"아버님, 제게 아버님의 충직한 신하 요한을 길동무로 주시고, 아버님의 대담한 말 '라쉬포란'을 주십시오. 그리고 이것이 도를 지나친 소망이 아니라면 아버님 여건에 따라 노자도 좀 얻고 싶습니다. 그렇게 해주신다면 넓은 세상으로 나아가 저를 기다리고 있을 처녀를 찾아오겠습니다. 그 처녀는 어디서 왔는지 알 수 없는 사람일 것입니다. 출신에 대해서는 아무것도 묻지 않을 생각이니까요. 저는 가정을 꾸릴 만한 나이가 되었습니다. 결혼하고 싶고, 결혼을 해야만 하겠습니다. 이 일을 해내지 못한다면 저는 앞으로 멜키오르라는 제 이름을 버리겠습니다." 그러니까 멜키오르가 그의 이름이었던 것이다.

"그래, 정 그렇다면 네가 원하는 대로 하거라." 아버지는 포기한 듯이 말했다. "넓은 세상으로 나가보도록 해라. 네가 어떤 처녀도 집으로 데리고 오지 못하면 앞으로 네 이름을 아예 바꿔버릴지도 모른다. 일이 잘되어 네가 계속 멜키오르로 불리기를 바랄 뿐이다. 그게 너한테 좋은 일일 테니까." 그러면서 아버지는 아들이 원하는 것보다 더 많은 것을 해주었다. 마음속으로는 좋은 충고와 경고를 들려주고 싶었지만 그럴 필요가 없을 거라 생각하며 그냥 마음에 담아두었다. 작별 인사를 할 때 아버지는 충직한 하인 요한을 따로 불러 그에게 일렀다.

"잘 들어라, 요한. 너는 '라펜'을 타고 가거라. 느리지만 아주 튼튼하지. 내 아들은 '라쉬포란'을 타고 가겠다는구나. 여기 돈이 가득 든 자루가 있다. 이 돈을 가능한 한 빨리 다 써버리도록 해라. 돈과 황금은 돌고 도는 걸 좋아하니까. 내 아들을 잘 돌보아주렴. 그러면 내가 너에게 기꺼이 충분한 보상을 해주마."

이제 두 사람은 말을 타고 숲과 들판, 마을과 도시를 거쳐 넓은 세상으로 나아갔다. 어딘가가 마음에 들면 그들은 마음이 내키는 만큼 그곳에 머물렀다. 그리고 지루해지면 다시 말을 타고 떠났다.

그녀들의 메르헨

어느날 그들은 어느 궁전 앞을 지나가게 되었다. 마침 예쁜 처녀 하나가 창가에서 밖을 내다보고 있었다. 다갈색 구불거리는 머리카락이 참으로 사랑스러운 얼굴을 감싸고 있었다. 처녀는 별처럼 반짝이는 푸른 눈을 아래로 내리깔면서도 호기심에 가득 차서 두 기사를 슬쩍 훑어보았다.

"정말 귀여운 아가씨군."

젊은 공작이 말하자 요한이 대꾸했다.

"방금 저도 그런 생각을 했습니다."

공작은 그 성의 주인인 백작을 방문하기로 마음먹었다. 늙은 백작은 말동무가 생긴 것을 기뻐하며 젊은 공작을 궁으로 초대했고, 물론 하인인 요한도 며칠 동안 함께 손님으로 머무르게 했다. 신분의 차이를 철폐하려는 의지를 품고 있는 공작은 자기 하인을 자신의 가장 좋은 친구라고 소개했고, 그래서 사람들은 요한에게도 똑같이 예의를 갖추어 대접했다. 백작의 딸을 가까이 사귀게 되자 공작은 갈수록 그 딸과 결혼하고 싶어졌다. 창가에서 내다보고 있던 바로 그 처녀였다. 그러나 공작은 청혼하기 전에 이 처녀가 교만하지 않은지 시험해보고 싶었다. 그래서 백작의 딸에게 그처럼 담대하고 이름높은 선조들을 가졌다는 걸 자랑스럽게 생각하지 않느냐고 물었다. 그녀의 조상들이 많은 전투에서 엄청난 승리를 거두지 않았느냐면서 말이다. 테클라라는 이름을 지닌 백작의 딸은 그 질문의 의도를 이해하지 못한 채로 미소를 지으며 이렇게 대답했다.

"아, 선조들이야 이제 아무 말 없이 눈에 보이지도 않게 다들 관

온 곳 없는 펠리치타스

속에 누워 있는 걸요. 전쟁이나 승리 따위는 벌써 오래 전에 잊어버렸을 거예요. 저는 그런 것보다는 행복과 평화에 더 관심이 많아요.”

이 처녀야말로 나한테 맞는 사람이라고 멜키오르는 생각했다. 그러나 요한 역시 같은 생각을 했다. 8일이 지난 뒤 멜키오르가 청혼을 했을 때 테클라는 이미 자기 마음을 요한에게 준 상태였다. 그 사이에 은밀히 요한과 약혼했던 것이다. 멜키오르가 이 일로 요한과 이야기를 해야겠다고 하자 요한은 이렇게 대답했다.

“주인님, 사랑에 관한 한 누구든지 먼저 잡은 사람이 임자랍니다. 주인님도 틀림없이 행운을 만나시게 될 거예요.”

그러나 멜키오르는 마음이 상했다. 하인이 공작의 아들인 자기보다 먼저 신부를 차지했기 때문이다. 그는 자신이 교만하며 그 교만 때문에 상처를 입은 것임을 미처 깨닫지 못했다. 멜키오르는 길을 떠나자고 재촉했다. 요한은 마음이 언짢았지만 방금 얻은 신부를 두고 가야 했다. 그러나 가능한 한 빨리 돌아오겠다고 테클라에게 약속했다. 테클라는 창가에 서서 두 사람에게 손을 흔들었다. 요한은 테클라와 자신에게 행운을 가져다 준 궁전을 가능한 한 오래 눈 속에 간직해두기 위해 끊임없이 뒤를 돌아보았지만 멜키오르는 야생마처럼 앞으로 달려갔다. 자꾸 뒤돌아보게 되면 빨리 달릴 수가 없는 법이다. 멜키오르는 그런 요한은 아랑곳 않고, 어딘가에서 누가 자신을 기다리고 있기라도 한 듯 정신없이 서둘러 달렸다. 멜키오르와 요한은 점점 멀어져 결국 서로를 잃어버렸다. 요

그녀들의 메르헨

한은 자기 주인을 시야에서 놓친 것을 깨닫고 마음으로는 백작의 궁전으로 돌아가고 싶었지만, 멜키오르를 잘 돌보겠다고 공작에게 약속했던 것을 생각했다. 충직하고 양심적인 사람이었던 그는 열심히 멜키오르를 찾아 여기저기 돌아다니면서 행방을 수소문했다. 그럼 일단 요한은 계속 찾으러 다니게 내버려두고, 이제 멜키오르가 어디 가 있는지 알아보기로 하자.

지나치게 빨리 달렸고 태양이 너무 뜨겁게 내리쪼였기 때문에 멜키오르가 타고 있던 말은 몇 시간이 지나자 지쳐버리고 말았다. 멜키오르는 숲 어귀 그늘에서 샘물을 발견하고 말을 세웠다. 말이 물을 마시고 쉴 수 있도록 하려는 생각이었다. 멜키오르는 말에서 내려 샘물가에 앉았다. 그리고 주변에 물을 뜰 그릇이 있는지, 또 물이 깨끗하고 맑은지 제대로 살펴보려고 했다.

샘물 위로 몸을 굽히자마자 샘물 밑바닥 깊은 곳에서부터 어떤 처녀의 얼굴이 나타나 미소를 지었다. 그 처녀는 멜키오르를 황홀경에 빠뜨렸다. 얼마나 아름다운 모습이었는지! 밝게 빛나는 황금처럼 처녀의 긴 금빛 머리카락이 반짝였다. 그를 바라보며 미소를 짓는 사랑스러운 얼굴에는 고귀함이 깃들여 있었다. 멜키오르는 마치 꿈을 꾸듯이 그 모습에 사로잡힌 채 처녀에게 웃음을 지었다. 그 매혹적인 얼굴은 아무리 보고 있어도 더 보고 싶었다. 별국화처럼 푸르게 빛나는 두 눈, 이 순수한 눈빛 속에 잠길 수 있음은 얼마나 큰 기쁨인가! 그 얼굴이 약간 움직이는 듯하더니, 이제 멜키오르는 물 속에서 자신의 모습도 볼 수 있었다. 처녀의 길고 아름다

온 곳 없는 펠리치타스

운 머리카락이 물 속에서 그의 뺨을 스치며 빛났다. 멜키오르는 그 모습에 반해서 그대로 물 속으로 뛰어들고 싶었다. 물 속 깊은 곳에서 자신에게 미소를 짓는 그 아름다운 모습에 가까이 다가가고 싶어서였다. 그때 갑자기 머리 위에서 은빛 웃음소리가 들려왔다. 고개를 들어 위를 보니 머리 위로 키 큰 떡갈나무가 서 있었고, 처녀 하나가 커다란 나뭇가지 위에 앉아 그네를 타듯 가볍게 몸을 흔들고 있었다. 그 처녀는 바로 조금 전에 샘물 속에서 본 모습이었다. 처녀의 모습이 물에 비쳤던 것이다. 나무 위에 앉아 있는 그 모습은 물 속보다 더욱 아름다워보였다.

처녀는 부드러운 베로 짠 푸른 원피스를 걸치고 있었다. 주름이 많은 치마와 넓은 소매에는 알록달록한 리본이 묶여 있었다. 머리에 꽂은 작고 붉은 패랭이꽃이 눈에 들어왔다. 처녀의 모습 전체가 멜키오르의 눈에는 마음을 사로잡는 여름꽃 한 송이처럼 보였다. 그는 이제까지 단 한번도 꽃이라는 걸 본 적이 없는 사람처럼 정신 없이 그 작은 마법의 꽃을 들여다보았다. 그러다가 처녀가 밝은 소리로 웃음을 터뜨리자 멜키오르도 함께 웃기 시작했다. 멜키오르는 자기 곁으로 내려와 달라고 처녀에게 부탁했다. 그러자 처녀는 날렵하게 나무에서 내려와 다정한 연인처럼 샘물가 멜키오르 곁에 앉았다.

이 갑작스러운 행운에 정신이 얼떨떨해진 채 멜키오르는 물었다.

"아름다운 아가씨, 어디서 왔나요?"

"지금 막 봤잖아요. 떡갈나무에서 내려왔어요."

"아뇨, 내 말은, 고향이 어디고 당신이 누구냐는 거죠."

"그런 건 한번도 생각해본 일이 없어요. 모르겠어요. 나는 온 곳이 없어요. 어디 출신도 아니에요. "

"어디 출신도 아니라구요! 온 곳이 없다……. 이상하군요. 나는 바로 그런 처녀를 찾고 있던 참인데. 하지만 어떻게 그럴 수가 있죠?"

"나는 주워온 아이거든요. 그리고 누가 나를 잃어버렸는지, 나는 몰라요. 지금 나를 발견한 사람이 누군지도 모르겠구요."

"멜키오르라고 합니다, 아름다운 아가씨."

"내 이름은 펠리치타스예요."

"펠리치타스, 어떻게 이곳에 오게 됐죠?"

"난 늘 여기 있어요. 그리고 여기 있는 게 좋아요."

"펠리치타스, 무엇 때문에 당신이 여기 있는지 알고 있나요?"

멜키오르는 그윽한 눈길로 처녀의 눈을 들여다보았다. 처녀는 나지막하게 웃으며 대꾸했다.

"그걸 누가 알겠어요. 당신은 참 호기심이 많은 사람이군요."

"그래요, 당신 말이 옳아요, 펠리치타스. 나는 아주 호기심이 많죠. 하지만 그래도 얘기해봐요. 당신이 누구를 기다리고 있었는지 말예요."

"아무도, 그 무엇도 기다리지 않았어요. 원래 늘 여기에 있던 것 말고는요. 나는 이런 여름날을 기다렸죠. 그랬더니 여름이 왔

그녀들의 메르헨

어요."

"펠리치타스, 나는 여름을 좋아해요. 언제나, 평생 그럴 거예요."

그때 처녀가 그를 바라보며 말했다. "멜키오르, 당신은 여름날 같아요."

그러자 멜키오르가 대답했다. "내 아내가 되어주겠어요?"

"그럴게요."

멜키오르는 자기 손가락에 끼고 있던 금반지를 빼서 처녀의 오른손 손가락에 끼워주었다. 처녀는 초록색 풀로 엮은 소박한 풀꽃 반지를 끼고 있었다. 그 반지는 멜키오르의 새끼손가락에 끼워졌고, 두 사람은 그 자리에서 약혼했다. 그때 멜키오르는 약간 소심하고 자신없는 태도로 말했다.

"펠리치타스, 당신은 내가 누구인지를 알아야 합니다. 내 아버지는 공작이에요. 그리고 나는 곧 아버지의 지위를 물려받게 되죠. 하지만 당신은 아마도 어떤 나라의 공주일 겁니다. 이렇게 아름답고 기품 있는 모습을 보면 알 수 있어요. 당신 곁에 있으면 내가 너무나 하찮게 느껴져요."

"그런 말은 하지 말아요. 우리는 서로 사랑하잖아요."

그렇게 말하면서 펠리치타스는 그에게 다가앉았다. 멜키오르는 펠리치타스에게 부드럽게 키스했고, 그 순간 자신이 언제까지나 펠리치타스만을 사랑하게 될 거라는 것을 알았다. 그래서 그는 곧장 말을 타고 자기 아버지에게 가야겠다고 말했다. 약혼했다는 이 기쁜 소식을 어서 알려야겠다는 것이었다.

온 곳 없는 펠리치타스

"좋아요, 당신을 기다릴게요." 펠리치타스가 말했다.

출발하기 전에 펠리치타스는 멜키오르의 말에게 마실 물을 주었다. 서둘러 집으로 돌아가는 중에 멜키오르는 또다른 행운을 만났다. 자기를 찾고 있던 요한과 마주쳤던 것이다. 요한은 자기가 보호해야 할 주인을 다시 만나 대단히 기뻐했다. 멜키오르가 그 사이에 자기와 마찬가지로 약혼했다는 얘기를 듣자 요한은 기쁨에 넘쳐 외쳤다.

"아, 축하드립니다! 행운은 혼자보다는 둘이 함께 찾아오는 것이 더욱 멋지죠. 이제 공작님이 우리의 성공에 대해 뭐라고 말씀하실지 무척 기대가 되는군요."

펠리치타스는 노래를 부르며 샘물가에 앉아서 자기 신랑을 기다리고 있었다. 한참이 지난 뒤에 집시 여인 하나가 그 길을 지나가다가 펠리치타스를 보고는 그 아름다움에 감탄해 두 손으로 자기 머리를 감싸쥐며 외쳤다.

"아가씨, 정말 눈부시게 아름다운 분이군요! 여기서 누굴 기다리고 계신가요?"

"행복을 기다리고 있어요. 나는 멜키오르 공작의 신부랍니다. 그분이 곧 와서 나를 데리고 가실 거예요."

"아, 그렇다면 곧 귀부인이 되어서 아름다운 옷들을 입으시겠군요."

"예쁜 옷 따위는 별로 관심없어요."

"정말 그런가요? 그렇다면 아가씨가 입고 있는 옷을 나한테 주

그녀들의 메르헨

세요. 그럼 내 옷을 드리죠. 그런 다음에 누가 더 아름다운지 샘물
에 비춰보기로 해요."

그 집시 여인은 비쩍 마른 몸에 누더기 같은 옷을 걸치고 있었
다. 그리고 아름다움으로 말할 것 같으면 무슨 수를 쓴다 해도 펠
리치타스와 비교할 수는 없었다. 그러나 펠리치타스는 동정심 때
문에 얼른 집시 여인의 말을 따랐다.

이제 둘은 샘물가에 나란히 앉아 누가 더 아름다운지 보기로 했
다. 나쁜 마음을 먹은 집시 여인은 아름다운 펠리치타스를 밀쳐 샘
물에 빠뜨렸고 펠리치타스는 그대로 죽고 말았다. 그런 다음 집시
여인은 샘물가에 앉아 공작을 기다렸다.

멜키오르가 아버지의 대신들과 귀족들을 거느리고 나타났을 때,
그는 어리둥절했다. 아름다운 펠리치타스 대신 검고 뻣뻣한 머리
카락을 늘어뜨린 못생긴 처녀가 눈앞에 있었던 것이다. 그녀가 입
고 있는 옷만이 펠리치타스의 것이었다. 알록달록한 리본들이 달
려 있는 예쁜 푸른 원피스였던 것이다. 물론 그 처녀는 멜키오르가
알고 있던 펠리치타스가 아니었으며 결코 펠리치타스가 될 수도
없었다. 그러나 집시 여인은 모든 귀족들에게서 인사를 받았고 멜
키오르는 이 여자가 자기 신부가 아니라고 말하자니 너무 창피스
러웠다. 맘에 드는 일은 아니지만, 결국 집시 여인은 공작부인이
되었고, 결혼식은 성대하게 치러졌다.

일은 그렇게 되었다. 그리고 이제 멜키오르는 자기가 원하던 일

온 곳 없는 펠리치타스

을 해냈다. 결혼을 했으니 말이다. 그러나 행복하지는 않았다. 아내가 된 여자는 변덕스럽고 싸움을 좋아해서 남편의 삶을 고통 그자체로 만들었다. 대체 그 아름다운 펠리치타스는 어디로 갔단 말인가. 멜키오르는 어느날, 예전에 그 아름다운 펠리치타스를 한없이 바라보고 있었던 그 샘물가로 가고 싶어졌다. 그러나 멜키오르는 자신의 은밀한 그리움을 누구에게도 말하지 않았다. 그는 자기아내와 함께 요한을 데리고 갔다.

말들에게 마실 물을 주려고 물동이를 샘물 속에 넣었다가 꺼냈을 때 요한은 눈부시게 아름다운 금붕어 한 마리가 물동이 속에서 헤엄치는 모습을 볼 수 있었다. 금붕어는 영롱하게 반짝이며 활기있게 파닥이고 있었다. 멜키오르는 금붕어를 보자 완전히 반해 이물고기를 궁전으로 가져가기로 했다. 궁전에 돌아오자 그는 물을 채운 유리병 속에 금붕어를 넣고 그 말없는 물고기를 날마다 열심히 들여다보았다. 금붕어는 분명 우아하고 사랑스러운 동물이긴하지만 특별히 재미있는 동물은 아니다. 따라서 멜키오르가 몇 시간씩 그 물고기와 시간을 보내는 것이 정상적으로 보이지만은 않았다. 마치 그는 이런 놀이로 자신의 불행을 스스로 달래려는 것처럼 보였다.

어느날 갑자기 그의 아내가 병들었다. 유능하다는 의학박사들이다 불려왔지만 어떤 의사도 무슨 병인지 진단을 내릴 수가 없었다. 그리고 어떤 약도 처방해줄 수가 없었다. 환자가 도대체 무슨 병을 가지고 있는지조차 알 수가 없었기 때문이다. 그래서 의사들은 환

그녀들의 메르헨

자에게 물어보는 수밖에 없었다. 혹시 특별히 먹고 싶은 것이 있느냐고 말이다. 구운 꿩고기, 고깃국, 딸기 무스와 생크림을 얹은 사과 푸딩 등이 어떻겠느냐고 물었지만 이런 맛있는 음식들을 열거하며 군침이 돈 것은 오히려 의사들 자신이었다. 환자는 이 모든 것에 고개를 저었다. 그러더니 갑자기 금붕어를 먹고 싶다고 말했다. 조리법은 어떻든 상관이 없다는 것이었다. 구워주든 훈제해주든 쪄주든 그저 금붕어를 먹으면 괜찮아질 것 같다고 우겼다.

멜키오르는 아내에게 말했다.

"사람이 금붕어를 먹는다는 말은 한번도 들어본 적이 없소."

"그렇다면 이제라도 들어보면 되겠네요. 당신이 세상에서 처음으로 듣게 될 말이 앞으로도 많을 걸요." 아내는 무뚝뚝하게 말했다.

"하지만 대체 왜 금붕어를 먹겠다는 거요? 그 금붕어보다 더 아름다운 동물은 세상에 다시는 없을 텐데……."

"그 금붕어 칭찬 좀 집어치워요! 그 금붕어로 날 괴롭히지 말라구요!" 아내는 멜키오르에게 소리쳤다.

"당신이야말로 나랑 금붕어를 괴롭히지 않으면 좋으련만!"

이렇게 밀고 당기며 두 사람은 싸웠고, 하인들은 옆방에서 그 싸우는 소리를 듣지 않으려고 귀를 막아야 했다.

멜키오르가 금붕어를 절대로 내놓지 않으려고 했기 때문에 아내는 멜키오르에게 점점 더 화가 났다.

"나한테 금붕어 요리를 해줘요. 아니면 죽어버릴 거예요."

하인들은 그 아내가 죽는 것도 별로 나쁘지 않겠다고 생각했다.

그녀들의 메르헨

그러나 의사들은 무조건 환자를 살려야겠다는 생각에, 아내가 원하는 대로 해주라고 멜키오르를 설득했다. 마침내 멜키오르는 집 안의 평화를 위해 금붕어를 포기했다. 그는 요한에게 금붕어를 고통 없이 죽여달라고 부탁했다. 이 명령을 수행하기 위해 요한은 궁전 정원 근처의 강가로 금붕어를 데리고 갔다. 요한이 물고기 비늘을 떼어내고 있을 때 노파 하나가 우연히 그 곁을 지나가다가 뭘 하고 있느냐고 물었다.

"물고기 한 마리를 잡았어요."

"그렇다면 물고기 심장을 나한테 주구려."

"저야 괜찮습니다. 가져가세요. 하지만 심장을 할머니께 드렸다는 걸 아무한테도 말씀하시면 안됩니다. 공작 부인이 아시면 화를 내실 테니까요."

노파는 비밀을 지키겠다고 약속하고 그 심장을 자기 오두막집으로 가지고 가서 누구도 볼 수 없게 아궁이 뒤에 숨겨두었다. 요한은 그 비늘들을 아가미와 함께 강에 던졌다. 그러나 비늘 하나는 강물에 떨어지지 않고 정원 가장자리에 떨어졌다. 다음날 아침 멜키오르가 창 밖을 보니 그 비늘이 떨어진 바로 그 자리에 황홀하게 아름다운 사과나무가 꽃을 활짝 피우고 서 있었다. 사과나무 잎새와 가지들은 황금빛으로 빛났다.

아내는 이날 아침 그 금붕어 요리를 먹고 다른 어떤 날보다도 기분이 좋았다. 그래서 멜키오르가 아내에게 그 아름다운 나무를 보여주려고 창가로 부르자 재빨리 달려갔다. 그러나 그 마술 같은 나

온 곳 없는 펠리치타스

무를 바라보자마자 멜키오르의 아내는 그 좋던 기분을 완전히 잡쳐버리고 말았다.

"싫어요, 저 나무는 너무 눈을 어지럽혀요. 저 나무를 당장 베어서 태워버리세요."

"하지만 저 나무가 얼마나 아름다운지 당신 눈에는 보이지 않는단 말이오? 저렇게 아름다운 나무를 베어버린다는 건 죄가 될 일이오."

"싫어요, 싫어요. 저 나무는 베어버려야 해요. 어서요, 어서요!"

아내는 화를 내고 탄식하다가 다시 병석에 누웠다. 그래서 멜키오르는 한없이 우울한 심정으로 이번에도 아내에게 져줄 수밖에 없었다.

그는 요한에게 나무를 벨 때 곁에서 지켜보라고 부탁했다. 도끼가 닿자 나무는 신음소리를 냈다. 요한은 나무가 넘어갈 때도 곁에서 있었고, 일꾼들이 수레에 나무를 싣고 떠날 때까지 지켜보고 있었다. 그때 금붕어의 심장을 가지고 갔던 노파가 다시 그 곁을 지나가다가 그 활짝 핀 나무가 베어진 것을 보고 말했다.

"이런 끔찍한 일이! 이 아름다운 나무의 작은 가지 하나만이라도 나에게 주구려."

"저야 상관없습니다. 이 가지를 가져가세요. 하지만 잘 숨겨놓으세요. 그러지 않으면 우리 둘 다 괴로운 일을 당하게 될 수도 있습니다."

"그러구말구. 이 가지를 잘 숨겨놓고, 당신이 준 것이라고 아무

그녀들의 메르헨

에게도 이야기하지 않으리다. 정말 고마워요."

집에 돌아온 노파는 그 가지를 심장과 함께 아무도 볼 수 없는 곳에 숨겨두었다. 그런데 다음날 아침, 노파가 잠에서 깨어나 보니 아궁이 뒤에서 젊은 처녀가 걸어나왔다. 아주 사랑스러운 처녀였다. 처녀는 노파에게 말했다.

"두려워하지 마세요, 마음 좋은 할머니. 심장과 꽃가지를 보존해 주셔서 정말 감사합니다. 그것들이 없었더라면 저를 만나실 수 없었을 테니까요. 저한테 보여주신 사랑에 저도 할 수 있는 한 보답하고 싶어요. 이 집에 살면서 하녀로 일해도 될까요?"

"아, 난 하녀는 필요없어요. 하지만 혼자 몸이라면 우리 집에서 내 딸이 되어 함께 살도록 해요. 아가씨만 좋다면."

"그러겠어요, 어머니. 그리고 제 이름을 알려드려야겠네요. 저는 펠리치타스라고 합니다. 이제부터는 제가 어머니 힘드신 일을 다 맡아서 하겠어요."

예전에 멜키오르의 신부였던 펠리치타스는 이제 이 노파의 집에서 노파와 함께 아주 평온한 삶을 꾸려갔다.

그해 여름에 멜키오르 영지의 들판에는 너무도 곡식이 많이 자라, 곡식을 추수하고 곡식단을 묶을 일손이 많이 필요했다. 젊은이들은 이 일로 좋은 보수를 받을 수 있었다. 펠리치타스도 곡식단을 묶고 낟알을 줍는 일을 하기로 했다. 사실 노파와 둘이서 무척 가난하게 살고 있었기 때문에, 다가올 겨울에 대비해 돈을 조금 벌어두려고 했던 것이다. 펠리치타스는 금빛 머리채를 흰 수건으로 감

온 곳 없는 펠리치타스

싸고 날마다 들판에 나가 공작을 위해 일했다.

몇 주가 지나자 곡식들은 전부 창고에 쌓였고 추수감사제가 열리자 멜키오르도 거기 참석했다. 마을 사람들이 하는 이야기를 즐겨 듣는 그였기에 멜키오르는 한 사람 한 사람에게 짧은 이야기를 하나씩 청했다. 펠리치타스의 차례가 오자 멜키오르는 그녀를 유심히 바라보았다. 펠리치타스는 놀라움으로 얼굴이 하얗게 질려 눈을 아래로 내리깔고 작은 목소리로 말했다.

"저는 아는 이야기가 없습니다, 영주님."

"그대는 뭔가를 알고 있을 것 같은데. 이야기해보라. 그대가 누구이며 어디서 왔는지를."

그러자 고통스러운 감정이 펠리치타스를 휩쓸었고, 그녀는 애써 눈물을 참으려고 했다. 잠시 시간이 흐른 뒤 펠리치타스는 멜키오르의 눈을 차분하게 들여다보며 이야기를 시작했다.

"저는 온 곳이 없습니다. 한때는 샘물가 떡갈나무 위에 앉아 있었죠. 그때 귀한 젊은 분이 저에게 오셔서 사랑한다고 말해주셨어요. 그분은 화창한 여름날처럼 당당하고 아름다운 분이었죠. 저에게 반지를 주셨고 저도 그분께 제 반지를 드렸습니다. 그런 다음 그분은 저를 신부감으로 찾아냈다는 것을 알리려고 아버님께 가셨어요. 제가 그분을 샘물가에서 기다리고 있는데 집시 여인이 다가왔죠. 그 집시는 제게 옷을 바꿔입자고 했고, 저는 제 옷을 주고 집시의 옷을 입었어요. 그런 다음, 함께 샘물에 모습을 비춰보았지요. 둘 중에서 누가 더 아름다운지 그 집시 여인이 보고 싶어했거든요. 그때 그 여인이 갑자기 저를 밀어 샘 속으로 빠뜨렸어요. 하지만 저는 나중에 어떤 마법을 통해 다시 살아나게 되었지요. 그게 전부입니다."

"그게 전부가 아니오, 펠리치타스."

멜키오르가 그녀의 머릿수건을 벗기며 말했다. 그러자 펠리치타스의 땋아내린 긴 금발이 어깨 위로 흘러내렸다.

"바로 당신이오, 펠리치타스. 이제 당신을 찾았으니 다시는 잃어버리지 않겠소." 그런 다음 멜키오르는 펠리치타스의 손을 잡고, 놀라서 입을 다물지 못하는 사람들 눈앞을 지나 아버지에게 가서 그간 일어났던 일을 모두 알렸다. 집시 여인이 마법사였다는 사실도 그때 밝혀졌지만, 펠리치타스가 나타났다는 소식에 너무나 놀라고 화가 난 집시 여인은 바로 그 순간에 죽고 말았다.

1년 후, 환호 속에서 결혼식이 열렸다. 펠리치타스의 어머니가 된 노파도 결혼식에 초대되었고 그때부터 궁전에서 함께 살았다. 요한은 충실함을 인정받아 귀족으로 신분이 높아졌고 공작에게서 충분한 재산을 얻어 자기 아내 테클라를 이 궁전으로 데리고 올 수 있었다. 그래서 행복한 두 쌍의 부부가 탄생했다. 그들은 서로 다른쪽 부부보다 더 행복하게 살려고 노력했다. 행복을 지속하는 데도 노력이 필요한 법이다. 행복해지려고 진정으로 애쓰는 사람은 결국 행운을 얻어 행복을 누리게 된다.

트롤의 아이

셀마 라게를뢰브

 엄마 트롤(북유럽 신화에 나오는 털북숭이 괴물—역
주)이 숲을 헤치며 걸어가고 있었다. 아기를 보리수
통에 넣어 등에 짊어진 채였다. 아기 트롤은 덩치만
컸지 고약하게 생겼고, 머리는 돼지털 같고 이는 삐죽삐죽 솟은
데다 손가락에는 짐승 발톱이 달려 있었다. 그러나 엄마 트롤은
'이 세상에서 이보다 더 예쁜 아기는 없을 것'이라 믿어 의심치 않
았다.

한참 걸어가다가 트롤은 숲 속의 빈터에 다다랐다. 그런데 마침
울퉁불퉁한 숲길로 말을 탄 농부와 그의 아내가 다가오고 있었다.

트롤은 처음에는 수풀 속으로 숨어버리려고 했다. 사람들과 얼
굴을 마주치고 싶지 않아서였다. 그러나 그때 농부의 아내가 아이
를 팔에 안고 있는 것이 보였다. 생각이 달라진 트롤은 숲길 곁으

그녀들의 메르헨

로 살금살금 다가가서 헤이젤 덤불 뒤에 몸을 숨겼다.

"인간의 아이들도 내 아이처럼 예쁜지 한 번 보고 싶어."

엄마 트롤은 이렇게 생각했다. 그러나 너무 열심히 아이 구경에 집중했던 것이 잘못이었다. 농부와 농부의 아내가 탄 말들이 다가오다가 커다랗고 새카만 트롤의 머리통을 발견했던 것이다. 말들은 기절할 듯이 놀라서 뒷발로 일어섰다가, 재빨리 자세를 가다듬고는 그곳에서 도망쳤다. 농부와 그의 아내는 하마터면 말 등에서 떨어질 뻔했다. 두 사람은 비명을 지르며 말 등으로 몸을 숙여 고삐를 당겼고, 순식간에 사라져버렸다.

트롤은 인간의 아이를 제대로 볼 기회가 없었기 때문에 엄청나게 화가 났지만, 잠시 후 다시 기분이 좋아졌다. 땅바닥에 그 아기가 누워 있었던 것이다. 말들이 재빨리 도망쳤을 때 농부 아내의 팔에서 떨어진 모양이었다.

잎새 더미 위에 떨어진 아기는 얼른 트롤의 눈에 들어왔다. 엄마 품에서 떨어질 때는 너무 놀라 요란하게 비명을 질렀지만, 트롤이 자기를 들여다보자 아기는 트롤의 모습이 너무나 우스워서 울음을 그치고 미소를 지으며 손을 뻗쳐 트롤의 까만 수염을 잡아당기려고 했다.

트롤은 어안이 벙벙한 채 거기 서서 인간의 아기를 들여다보았다. 연한 장밋빛 손톱이 달린 작은 두 손, 맑고 파란 두 눈동자, 그리고 작은 입술을 열심히 들여다보았다. 트롤은 부드러운 머리카락을 만져보고 뺨을 쓰다듬어보고 나서, 어린아이라는 게 이토록

트롤의 아이

고운 분홍빛이고 말랑말랑하고 아름다울 수 있다는 것에 놀라움을 금치 못했다.

갑자기 트롤은 등에서 나무로 만든 통을 끌어내려 자기 아기를 꺼내놓고 그 안에 농부의 아기를 앉혔다. 사람의 아기와 자기 아기가 얼마나 다르게 생겼는가를 알게 되자 트롤은 터져나오는 분노를 참을 수가 없어 요란한 소리로 울어댔다.

그 사이에 농부와 그의 아내는 말들을 다시 진정시켰다. 그러고는 아기를 찾으려고 아까 지나온 곳으로 다시 돌아갔다. 트롤은 그들이 돌아오는 소리를 듣고는 눈물이 주르륵 흐를 정도로 슬퍼졌다. 인간의 아기를 아직 흡족할 만큼 들여다보지 못했기 때문이다. 트롤은 말 탄 두 사람이 시야에 들어올 때까지 앉아 있다가, 그 자리에서 재빨리 결단을 내렸다. 자기 아들을 길가에 놓아두고 인간의 아들을 등에 짊어진 채 숲 속으로 도망쳤던 것이다.

트롤이 숲 속으로 사라지자마자 농부와 그의 아내가 아기를 찾으러 왔다. 그들은 동네 사람들에게 평판이 좋은 부유하고 성실한 농사꾼이었다. 숲 언덕 아래 아름다운 농가에 살고 있었던 그들에게는 결혼한 뒤로 여러 해를 기다리다 처음으로 얻은 이 아기가 유일한 자식이었다. 그러니 아기를 얼마나 사랑했을지는 누구라도 짐작할 수 있을 것이다.

농부의 아내는 남편보다 몇 걸음 앞서 다가가다가 길가에 놓인 아기를 먼저 발견했다. 아기는 엄마 트롤을 부르느라 있는 힘을 다

그녀들의 메르헨

해 소리를 지르고 있었다. 농부의 아내는 그 울음소리를 들었을 때 그게 자기 아이의 울음소리가 아니라는 걸 깨달았어야 마땅했다. 트롤의 아기는 울음소리도 달랐기 때문이다. 그러나 농부의 아내는 아기가 죽었을까봐 두려움에 휩싸여 있던 터라서, '세상에, 아기가 살아 있어서 정말 다행이야' 하는 생각뿐이었다.

"저기 우리 아기가 있어요."

농부의 아내가 남편에게 외치며 안장에서 미끄러지듯 내려와 아기에게로 달려갔다.

농부가 그 자리에 도착해보니 아내는 길가에 앉아 아기를 이리저리 살펴보고 있었다. 농부의 아내는 자기 눈을 믿을 수가 없었다.

"우리 아이는 이렇게 삐죽삐죽한 이를 가지고 있지 않은데……. 우리 애는 이렇게 돼지털 같은 머리카락을 갖고 있지 않아. 어떻게 우리 아이가 손가락에 짐승 발톱을 달고 있을 수가 있지?"

농부는 자기 아내가 갑자기 정신이 이상해진 게 아닌가 의심할 수밖에 없었다. 그래서 말에서 재빨리 뛰어내렸다.

"이 애를 보고 말 좀 해봐요. 어떻게 애가 이렇게 달라질 수 있는 건지!" 아내가 그렇게 말하면서 아기를 남편에게 내밀었다.

농부는 아기를 받아들었지만, 아기를 보자마자 침을 세 번 뱉고 그 아기를 던져버렸다.

"이건 트롤의 아이야. 우리 아이가 아니라구." 농부가 외쳤다.

농부의 아내는 여전히 길가에 앉아 있었다. 도대체 무슨 일이 일어난 건지 이해할 수가 없었다.

트롤의 아이

"하지만 아기를 던져버리다니! 도대체 어린애한테 무슨 짓이에요?" 아내가 물었다.

"이 애가 바뀐 아이라는 걸 모르겠소? 어미 트롤이 그 기회를 이용한 거야. 우리 말들이 정신없이 달려갔을 때 우리 아이를 훔치고 트롤 아이를 놓고 간 거라구." 남편이 대답했다.

"그러면 우리 아이는 대체 어디 있는 거예요?"

"트롤들 곁에 있겠지."

농부의 아내는 이제야 비로소 이 불행한 사태를 이해했다. 아내는 얼굴이 새하얗게 질렸고, 남편은 자기 아내가 그 자리에서 정신을 잃을 것 같다고 생각했다.

"우리 아이는 여기서 멀지 않은 곳에 있을 거야." 남편은 이렇게 말하며 아내에게 용기를 주려고 했지만, 남편 역시 큰 희망을 걸고 있지는 않았다.

"숲에 들어가 찾아봅시다." 그러면서 남편은 말들을 나무에 묶어놓고 수풀 속으로 걸어들어갔다. 농부의 아내도 남편을 따라가려고 자리에서 일어섰다. 그때 트롤의 아기가 바닥에 누워 있는 것이 눈에 띄었다. 지금 당장이라도 말들이 그 아이를 짓밟아 죽일 수 있는 상황이었다. 말들이 흥분한 상태여서 번갈아가며 난폭하게 뒷발질을 해댔기 때문이다. 트롤의 아이를 만져야 한다는 생각만 해도 소름이 끼쳤지만, 아내는 그 아이를 말들이 밟을 수 없는 곳으로 옮겨놓았다.

"여기 우리 아이가 손에 들고 있던 딸랑이가 있군. 아이가 떨어

그녀들의 메르헨

질 때 들고 있었던 거야." 농부가 숲에서 나오며 외쳤다. "우리가 길은 제대로 찾은 것 같은데."

아내는 서둘러 남편을 따라갔다. 그들은 숲으로 들어가 오랫동안 열심히 아이를 찾았다. 그러나 그들은 아이도 트롤도 보지 못했다. 어둠이 깔리기 시작하자 두 사람은 말들이 있는 곳으로 돌아갈 수밖에 없었다. 농부의 아내는 눈물을 흘리며 손을 마주잡았다. 남편은 입을 꾹 다물고 한마디 위로의 말도 하지 않았다. 농부는 그 아들을 얻지 못했더라면 대가 끊어져버렸을 좋은 집안 출신이었다. 그래서 그는 자기 아내가 그 소중한 아들을 땅에 떨어뜨린 일에 속으로 화를 내고 있었다. 아이를 제대로 붙잡지도 못하다니! 그러나 아내가 큰 슬픔에 잠겨 있는 것을 보자 아내를 비난할 수가 없었다. 농부는 아내가 안장에 앉도록 도와주었다. 그때 농부의 아내는 트롤의 아이가 생각났다.

"저 트롤의 아들은 어떻게 하죠?" 농부의 아내가 외쳤다.

"어디로 갔는데?" 남편이 물었다.

"저 수풀 밑에 있어요."

"거기 잘 누워 있군." 남편은 이렇게 말하며 씁쓸하게 미소를 지었다.

"그래도 우리는 저 아이를 데리고 가야 해요. 이 숲 속에 내버려 둘 수는 없잖아요."

"어째서 버려둘 수가 없어? 그냥 놔두자구." 농부는 이렇게 말하며 말에 올라타려고 했다.

트롤의 아이

아내는 남편 말이 옳다고 생각하고 말을 타고 몇 걸음 나아가긴
했지만 곧 마음이 약해져 더이상 갈 수가 없었다.

"안돼요, 그래도 아기잖아요. 전 저 애를 그냥 놓아둘 수가 없어
요. 늑대가 잡아먹으면 어떻게 해요. 저 애를 데려다주세요." 아내
가 말했다.

"난 안해. 아까 누워 있던 곳에 여전히 잘 누워 있는데 뭐." 남편
이 말했다.

"당신이 그 아이를 나한테 데려다주지 않겠다면, 오늘밤에 내가
다시 와서 저 아이를 데려갈 수밖에 없어요."

"트롤은 내 아들을 훔쳐간 것으로는 충분하지 않은 모양이로군.
이제 그 녀석들이 내 아내의 혼까지 빼놓고 있어." 농부가 말했다.
그러면서도 그는 트롤의 아이를 안아다가 아내에게 데려다주었다.
아내를 워낙 사랑했고, 아내가 원하는 대로 하는 데 습관이 되어
있었기 때문이다.

다음날 이 불행한 일이 온 마을에 알려졌다. 그러자 늙고 현명한
모든 사람들은 서둘러 농부의 집으로 찾아와 좋은 충고를 해주려
고 했다.

"집에 트롤의 아이가 있으면 날마다 지저분한 막대기에 뱀을 감
아서 아이에게 주어야 해요." 노파가 말했다.

"어째서 아이를 그처럼 못살게 굴어야 하죠?" 농부의 아내가 물
었다. "그 애가 못생긴 건 사실이에요. 하지만 그렇다고 해서 나쁜
짓을 한 건 아니잖아요."

그녀들의 메르헨

"그래요. 하지만 그 사내애를 피가 날 때까지 때리면 마침내는 어미 트롤이 미친 듯이 달려와 훔친 아이를 던져놓고 자기 아이를 데려간다지 뭡니까. 트롤이 훔쳐간 아기를 되찾으려고 그런 짓을 하는 사람을 나는 많이 봤어요."

"하지만 그렇게 해서 되찾은 아이들은 결국 오래 살지 못했어요." 다른 노파가 말했다.

농부의 아내는 그런 수단을 사용하지는 않을 거라고 생각했다. 그런 일은 사람으로서 도저히 할 수 없는 일이었다. 저녁 무렵에 트롤의 아이와 단둘이 방에 있을 때, 아내는 갑자기 자기 아이가 너무나 보고 싶은 마음에 도대체 무슨 일을 해야 좋을지 알 수가 없었다. '어쩌면 역시 나이든 사람들의 충고에 따라야 할지도 몰라.' 농부의 아내는 그렇게 생각했다. 하지만 그런 결심을 하기는 어려웠다.

그 순간 남편이 손에 막대기를 들고 방안에 들어와 트롤의 아이가 어디 있느냐고 물었다. 아내는 남편이 현명한 노파들의 충고에 따라 트롤의 아이를 매질하려 한다는 것을 알았다. 그렇게 해서 자기 아이를 돌려받으려는 생각이었다. '남편이 그렇게 한다면 다행이지 뭐. 나는 정말 어리석은 엄마야. 죄 없는 아이를 때리는 일 따위는 도저히 못해.' 농부의 아내는 그렇게 생각했다.

그러나 남편이 트롤의 아이를 한 대 때리자마자 아내는 재빨리 뛰어들어 그 아이를 팔에 안았다. "안돼요, 때리지 말아요. 때리지 말라구요."

"우리 아이를 되찾고 싶지 않다는 거야?" 남편은 그렇게 물으며 계속 때리려고 했다.

"물론 우리 아이를 다시 찾고 싶어요. 하지만 이런 식으로는 안 돼요." 아내가 대꾸했다.

남편은 다시 아이를 때리려고 팔을 치켜들었지만, 아내가 아이 앞을 막아섰기 때문에 매질은 아내의 등에 떨어졌다.

"하느님 맙소사, 당신이 우리 아이를 전혀 되찾을 생각이 없다는 걸 이제 알겠어. 그게 아니라면 이런 짓을 할 리가 없지."

남편은 우뚝 선 채 기다렸다. 그러나 아내가 바닥에 엎드린 채로 아기를 보호하자 남편은 막대기를 던져버리고 기분이 상해서 방을 나갔다. 그는 자신이 결심한 바를 관철시키지 못한 것에 스스로도 놀랐다. 그러나 아내 앞에서는 뭔지 모르게 자기 맘대로만 할 수가 없었다. 아내의 마음을 상하게 하는 짓은 할 수 없었던 것이다.

고통과 슬픔 속에서 며칠이 지나갔다. 무엇보다도 농부의 아내를 괴롭힌 것은 트롤의 아이를 돌보는 일이었다. 그 아이는 농부의 아내가 자기 아이를 생각하며 슬퍼할 기력을 거의 다 빼앗아갔다.

"트롤의 아이에게 무엇을 먹여야 할지 모르겠어요. 그 아이는 제가 주는 것을 아무것도 먹지 않으려고 해요." 농부의 아내는 어느 날 아침 남편에게 말했다.

"당연하지. 트롤은 개구리와 생쥐말고는 아무것도 먹지 않는다는 것을 당신도 들었을 텐데." 남편이 대꾸했다.

"제가 개구리 늪에 가서 그 아이가 먹을 것을 구해와야 한다는

그녀들의 메르헨

애기는 아니겠지요." 아내가 말했다.

"물론 아니지. 내가 바라는 건 그게 아니야. 트롤의 아이가 굶어 죽기만 한다면 그보다 더 좋은 일은 없겠지." 농부가 대꾸했다.

한 주일 내내 농부의 아내는 트롤의 아이에게 아무것도 먹일 수가 없었다. 아이는 요람 속에서 소리를 지르며 점점 불쌍하게 말라 갔다. 농부의 아내는 온갖 좋은 음식들을 먹이려고 했다. 그러나 트롤의 아이는 모든 것을 밀쳐버리고 뱉어버렸다. 농부의 아내가 뭔가 맛있는 것을 먹이려고 하면 말이다.

어느날 밤 트롤의 아이가 거의 굶주려서 죽을 지경이 되었을 때, 고양이가 쥐를 물고 방안으로 들어왔다. 그때 농부의 아내는 고양이의 목구멍으로 들어가려는 쥐를 잡아채 아이에게 던져주고는, 아무것도 보지 않으려고 서둘러 방을 나왔다. 트롤의 아이가 쥐를 먹는 모습을 보지 않으려고 말이다.

그 뒤로 아내가 개구리와 거미를 트롤의 아이에게 먹이려고 모아들이는 것을 보자 농부는 아내에 대한 혐오감을 도저히 숨길 수가 없었다. 농부는 아내에게 단 한마디도 상냥한 말을 건네기가 어려워졌다. 아내가 그에 대해 행사하는 마법 같은 힘이 없었더라면 농부는 벌써 아내를 떠났을 것이었다.

하인들까지도 농부 아내의 말을 듣지 않고 거역하는 태도를 보이기 시작했다. 농부가 뭐라고 말하지 않았는데도 말이다.

농부의 아내는 곧 다음과 같은 사실을 알아차렸다. 자신이 계속 트롤의 아이를 보호하고 감싸면 남편과의 관계, 하인들 또는 이웃

트롤의 아이

들과의 관계가 대단히 어려워질 것이라는 사실을 말이다. 그러나 농부의 아내는 모든 약하고 박해받는 것들을 보호할 수밖에 없었다. 트롤의 아이 때문에 고통을 받으면 받을수록 농부의 아내는 더 충실하게 그 아이가 나쁜 일을 당하지 않도록 보호하고 지켰다.

몇 해가 지나고 어느날 농부의 아내는 오전에 혼자 방에 앉아 구멍난 트롤 아이의 옷을 꿰매고 있었다. '내 아이가 아닌 남의 아이를 키워야 하는 사람에게는 좋은 날이란 없어.' 농부의 아내는 바느질을 하면서 그렇게 생각했다.

농부의 아내는 꿰매고 또 꿰맸다. 그러나 구멍이 너무 크고 여러 개여서 해도 해도 끝이 없었다. 농부의 아내는 속이 상해 눈물을 흘렸다. '내가 낳은 아들의 옷을 꿰매는 거라면 이렇게 구멍 수를 세고 있지는 않을 텐데.' 농부의 아내는 그렇게 생각했다. '트롤의 아이를 데리고 사는 건 너무 힘들어.' 찢어진 곳 한 군데를 또 발견하자 농부의 아내는 이런 생각까지 했다. '저 아이를 깊은 숲 속으로 데리고 가서 그곳에 놓아두고 오는 게 가장 좋은 방법일 거야. 저 아이를 떼어놓는 일은 별로 힘든 일도 아니야.'

농부의 아내는 잠시 후 생각을 계속했다. '그저 잠깐 내가 한눈을 팔기만 하면 돼. 그러면 그 사이에 저 애는 우물에 빠져죽거나 아궁이에 떨어져 타죽거나 개한테 물리거나 말에게 차여서 죽거나 아니면 일꾼들에게 맞아죽을 거야. 그래, 그렇게 하면 아주 간단하게 저 아이한테서 해방될 수가 있겠지. 저 애는 너무나 흉하게 생

그녀들의 메르헨

겨 저 애를 미워하지 않는 사람이 아무도 없지. 내가 저 애를 지키고 감싸지 않는다면 누군가가 곧 저 애를 죽여버릴 거야.'

농부의 아내는 방 한구석에 엎드려 잠들어 있는 아이를 들여다보았다. 아이는 그동안 엄청나게 자라났고, 처음에 데려왔을 때보다도 훨씬 더 미워졌다. 입술은 크고 툭 튀어나왔고, 눈썹은 거친 솔 같은 데다 피부는 칙칙한 갈색이었다.

"네 옷을 꿰매고 너를 지키는 일은 그래도 할 만해. 너 때문에 더 힘겹게 근심할 필요만 없다면 말야. 내가 너 때문에 그렇게 고통을 받는 걸 생각하면 나 스스로가 정말 제정신이 아닌 것처럼 느껴지지. 그저 불쾌한 트롤에 지나지 않는 너를 위해서 이 고생을 하다니. 내 남편은 나를 미워해. 일꾼들은 나를 경멸하지. 하녀들은 나를 비웃고 있어. 고양이까지도 나를 보면 쉭쉭거리며 적대감을 드러내지. 개도 나를 만나면 으르렁거려. 이 모든 게 다 너 때문이야. 하지만 짐승들과 사람들이 나를 미워하는 건 그래도 가장 끔찍한 일은 아니지."

농부의 아내는 생각에 잠겨 혼잣말을 계속했다. '가장 나쁜 건, 너를 볼 때마다 내 아들 생각이 점점 더 난다는 거야. 아, 내 아들, 내가 세상 무엇보다도 사랑하는 내 소중한 아기, 대체 너는 지금 어디에 있는 거니? 그 어미 트롤 곁에서, 이끼와 나뭇단 위에서 잠을 자는 거니?'

그때 문이 열렸다. 남편이었다. 농부의 아내는 다시 탁자 앞에 돌아가 바느질을 계속했다. 그는 미소 띤 얼굴로 참으로 오랜만에

그녀들의 메르헨

상냥한 목소리로 말했다.

"오늘 이웃 마을에서 축제가 열린대. 거기 가볼까?"

"그래요? 그거 잘됐네요." 농부의 아내는 기뻐하며 말했다.

"그럼 얼른 준비해. 말들이 일을 하고 있기 때문에 우리는 걸어가야 하거든. 하지만 산을 넘어가는 길을 택하면 시간에 맞게 도착할 수 있을 거요."

잠시 후 농부의 아내는 축제용 의상을 입고 문 앞에 서 있었다. 몇 해 만에 처음 있는 아주 즐거운 일이었다. 농부의 아내는 트롤의 아이를 완전히 잊어버렸다.

'하지만 어쩌면 남편은 나를 그저 밖으로 꾀어내려는 것인지도 몰라. 그 사이에 일꾼을 시켜 아이를 때려죽이게 하려고 말이지.' 농부의 아내는 갑자기 그런 생각에 사로잡혔다. 그래서 얼른 방으로 들어가 커다란 트롤 아이를 안고 다시 나왔다.

"그 애를 좀 집에 놔둘 수 없소?" 농부는 그렇게 물었다. 그러나 웃는 얼굴에 아주 상냥한 말투였다.

"이 애를 두고 가면 안심이 안돼요." 아내가 말했다.

"좋아요, 당신 생각이 그렇다면. 하지만 이런 무거운 아이를 안고 산을 넘어가려면 몹시 힘들걸." 농부가 말했다.

그들은 길을 떠났다. 무척 가파른 산길을 올라가야 했다. 이웃 마을에 도착하기 위해 넘어야 할 고개는 몹시 높았다.

농부의 아내는 마침내 너무나 지쳐서 더이상 한 걸음도 옮겨놓을 수가 없었다. 벌써 여러 번 아이에게 제 발로 걸어가라고 설득

트롤의 아이

을 해보았지만 아이는 걸으려고 하지 않았다.

농부는 걸어가는 내내 아주 평온하고 다정했다. 아내가 아이를 잃어버린 뒤로 한번도 보여주지 않았던 태도였다.

"이제 내가 아이를 데리고 가야겠군. 한동안 내가 아이를 안고 가겠소." 남편이 말했다.

"아니에요. 내가 할 수 있어요. 당신이 이 트롤 때문에 고생하는 건 원하지 않아요." 아내가 말했다.

"어째서 당신 혼자 이 고생을 해야 한단 말이오." 그렇게 말하며 농부는 아이를 안았다.

농부가 아이를 안았을 때 산길은 하필 가장 가파른 지점이었다. 그는 낭떠러지 가장자리를 너무도 아슬아슬하게 지나갔다. 발을 옮겨놓을 자리가 거의 없었다. 아내는 남편 뒤를 따라가다가 갑자기 엄청난 두려움에 사로잡혔다. "조심해요." 농부의 아내가 외쳤다. 그 말이 끝나기가 무섭게 농부는 발이 미끄러져 하마터면 아이를 절벽에서 떨어뜨릴 뻔했다.

'아이가 여기서 떨어졌더라면 우리는 영원히 자유의 몸이 되었을 텐데.' 농부의 아내는 그렇게 생각했다. 그러나 바로 그 순간 아내는 아이를 여기서 아래로 던져버리는 것이 남편의 의도라는 것을 깨달았다. 그런 다음 사고로 위장하려는 것이었다.

'아, 남편은 내가 눈치채지 못하게 아이를 없애버리기 위해서 이 모든 일을 계획했던 것이로구나. 그렇다면 내가 그의 뜻을 따르는 것이 최선의 길이 아닐까.' 아내는 그렇게 생각했다.

그녀들의 메르헨

농부는 다시 한번 미끄러운 돌비탈에서 발을 헛디뎠다. 이번에도 아이는 팔에서 떨어질 뻔했다.

"아이를 이리 주세요. 잘못하다 떨어뜨리겠어요." 아내가 말했다.

"아냐, 나도 조심하고 있어." 남편이 말했다.

"나한테 주세요. 벌써 두 번이나 미끄러졌잖아요." 아내가 외쳤다.

바로 이 순간 남편은 세번째로 미끄러졌다. 그는 커다란 나뭇가지를 잡으려고 두 팔을 앞으로 뻗었고 그러면서 아이를 떨어뜨렸다. 아내는 재빨리 달려나가 아이 옷을 겨우 잡아서 다시 길 위로 끌어올려 놓았다. 그때 남편이 아내에게 돌아섰다. 그의 얼굴은 무시무시하게 변해 있었다.

"우리 아들이 말에서 떨어졌을 때는 당신 행동이 그렇게 재빠르지 않았잖아." 남편은 화를 내며 말했다.

아내는 대답하지 않았다. 땅에 주저앉은 아내는 남편의 상냥함이 그저 꾸며낸 연기에 불과했다는 것을 알고 눈물을 흘렸다.

"어째서 우는 거야?" 남편은 잔인하게 말했다. "내가 저 애를 떨어뜨렸다 하더라도 그게 대단한 불행은 아니잖아. 어서 가자구. 이러다 늦겠어."

"이젠 축제에 가고 싶은 생각이 없어졌어요." 아내가 말했다.

"나도 마찬가지야." 남편이 말했다.

"집에 가는 게 낫겠어요." 아내가 말했다.

트롤의 아이

"그래, 축제에 가는 게 즐겁지 않다면 갈 이유가 없지." 남편은 그렇게 말하며 아내의 뜻에 따랐다.

집에 돌아가는 길에 남편은 얼마나 더 오래 자기 아내와 이 아이를 견뎌낼 수 있을까 하고 스스로에게 물었다. 그가 억지로 아내에게 트롤의 아이를 내버리자고 강요한다면 두 사람 사이는 다시 예전처럼 좋아질 수 있을 거라고 남편은 생각했다. 그러나 지금 아내의 행동을 보니, 차라리 아내에게서 해방되고 싶었다. 그는 폭력을 써서 아이를 아내에게서 낚아채려는 생각까지 해보았다. 그러나 아내의 눈길이 너무도 어둡고 슬펐기 때문에 차마 그렇게 할 수가 없었다. 아내의 슬픔 때문에 그는 폭력을 쓸 수가 없었고 모든 것이 예전 그대로가 되었다.

다시 몇 해가 흘렀다. 그리고 어느 여름밤에 농부의 집에서 불이 났다. 사람들이 잠에서 깨어났을 때는 방과 창고들이 온통 연기에 휩싸여 있었다. 그리고 지붕은 온통 불바다였다. 불을 끄거나 뭔가를 꺼낸다는 생각은 아무도 할 수 없었다. 다들 불길을 피해 집 밖으로 달려나가기 바빴다. 농부는 마당으로 달려나와 불타는 자기 집을 바라볼 수밖에 없었다.

"대체 누가 나한테 이런 짓을 한 거지?"

"누구냐구요? 그 트롤말고 누가 이런 짓을 하겠어요?" 일꾼 하나가 말했다. "그 녀석은 벌써 오래 전부터 마른 나뭇가지를 쌓아놓고 불을 붙이는 장난을 했답니다."

"어제 그 녀석이 마른 나뭇가지 더미를 지붕으로 가지고 올라갔

그녀들의 메르헨

어요. 제가 그걸 알아차렸을 때 아이는 벌써 가지 더미에 불을 붙였죠." 하녀가 말했다.

"녀석이 어젯밤에 불을 지른 게 확실해요. 그 트롤 녀석이 이런 끔찍한 일을 저지른 거예요." 다시 일꾼이 말했다.

"그 녀석이 타죽기만 한다면 내 낡은 집이 잿더미가 돼도 억울하지 않을 텐데." 농부가 말했다.

이 말을 하자마자 그의 아내가 아이를 끌고 밖으로 나왔다. 그때 농부는 아내에게 달려들어 그 아이를 빼앗아서 내던졌다가 다시 집 안으로 밀어넣었다. 불길은 그때 마침 천장으로 치솟아 창문으로 번져나오고 있었다. 열기는 끔찍했다. 한순간 아내는 남편을 노려보더니 백짓장처럼 하얗게 질렸다. 아내는 재빨리 돌아서서 아이를 따라 집 안으로 달려갔다.

"당신이 함께 타죽겠다면 난 아무래도 좋아."

농부는 등뒤에서 소리쳤다. 그러나 농부의 아내는 아이를 팔에 안고 다시 밖으로 나왔다. 두 손은 불에 탔고 머리카락은 거의 다 그슬린 채였다. 누구도 농부의 아내에게 말을 건네지 않았다. 아내는 우물가로 달려가 치마 밑단에 붙어 있던 불꽃들을 물로 꺼버리고 땅바닥에 주저앉았다. 트롤의 아이는 농부 아내의 무릎에 엎드린 채 금방 잠이 들었다. 그러나 농부의 아내는 꼿꼿이 앉아 슬픔에 잠긴 눈으로 앞만 바라보았다. 여러 사람들이 불을 끄려고 서둘러 달려갔다. 그러나 누구도 농부의 아내에게 말을 걸지 않았다. 마치 농부의 아내가 공포와 혐오를 불러일으키는 뭔가 끔찍하고

트롤의 아이

불행한 것을 몸 안에 지니고 있는 존재라는 듯한 태도였다.

불이 다 꺼진 다음날 아침에 농부가 아내에게 왔다.

"난 더이상 참을 수 없소. 당신을 떠나고 싶지는 않지만 괴물과 함께 살 수는 없어. 나는 이제 길을 떠나 다시는 돌아오지 않을 거요."

이렇게 말하며 곧장 돌아서는 남편을 보고 농부의 아내는 그를 따라나설 것처럼 몸을 움찔했다. 그러나 무거운 아이는 여전히 아내의 무릎에 엎드려 있었다. 농부의 아내는 그 아이를 떨치고 일어설 힘이 없는 듯, 그대로 앉아 있었다.

숲 속으로 들어가자마자 농부는 언덕을 넘어 빠른 속도로 마주 달려오는 어린 소년을 보게 되었다. 아이는 어린 나무처럼 아름답고 날씬했다. 머리카락은 비단결 같았고, 두 눈은 푸른빛이 도는 금속처럼 빛났다.

'아, 내 아들이 곁에 있었다면 지금쯤 저만큼 자랐을 텐데. 저런 아이를 나도 가질 수 있었을 텐데. 아내가 내 집으로 들여온 그 시커먼 괴물과는 확실하게 다른 인간의 자식을 말이야.' 농부는 그렇게 생각했다.

"안녕, 어디 가는 길이니?" 농부가 아이에게 물었다.

"안녕하세요?" 사내아이는 이렇게 인사하며 농부에게 손을 내밀었다. "제가 누군지 맞힌다면 어디 가는지 알려드릴게요."

그 목소리를 듣자 농부는 창백하게 질렸다. "나는 네 목소리를 안다. 내 아들이 트롤에게 잡혀가지만 않았더라면 나는 당장 네가

그녀들의 메르헨

내 아들이라고 말할 수 있을 텐데." 농부가 말했다.

"예, 제대로 맞히셨어요, 아버지." 아이가 이렇게 대꾸하며 웃었다. "답을 맞히셨으니까, 이제 제가 어머니한테 가는 길이라는 것도 알려드릴게요."

"네 어머니에게 갈 필요는 없다. 네 어머니는 너를 찾고 있지 않으니까. 네 어머니의 마음은 오로지 크고 보기 싫은 트롤 자식에게만 가 있단다."

"그게 정말인가요, 아버지?" 소년은 아버지의 눈을 들여다보았다. "그렇다면 우선은 아버지 곁에 있는 게 낫겠군요."

농부는 아이를 보고 너무 기뻐서 눈물을 흘렸다. "그래, 내 곁에 있어라." 농부는 소년의 팔을 잡고 그에게 입을 맞추었다. 농부는 아들을 다시 잃어버릴까 겁이나 아이를 땅에 내려놓지도 못하고 계속 팔에 안은 채 걸어갔다. 몇 걸음 걸어가자 아이는 이야기를 시작했다.

"아버지가 트롤의 아이를 안고 가실 때처럼 저한테 하지 않으셔서 다행이에요." 아이가 말했다.

"그게 무슨 말이냐?" 농부가 물었다.

"그때 트롤은 저를 데리고 그 반대편 절벽을 걸어갔어요. 그리고 아버지가 트롤 아이를 안고 미끄러질 때마다 트롤도 그렇게 저를 떨어뜨릴 뻔했죠."

"아니, 세상에. 너도 트롤과 함께 절벽 반대편을 걸어가고 있었단 말이냐?" 농부는 갑자기 깊은 생각에 잠겼다.

트롤의 아이

"얼마나 무서웠는지 몰라요. 아버지가 그 트롤 아이를 절벽에서 내던지려고 할 때 트롤도 저를 내던지려고 했죠. 엄마가 그처럼 재빨리 그 아이를 붙잡지 않았더라면……." 아이가 말했다.

농부는 걸음을 늦추며 아이에게 물었다. "그동안 트롤들과 어떻게 지냈는지 얘기해볼래?"

"가끔은 아주 끔찍했어요. 하지만 엄마가 트롤 아이에게 잘해줄 때는 어미 트롤도 저에게 잘해주었지요." 아이가 말했다.

"트롤이 너를 때리기도 했니?" 농부가 물었다.

"아버지가 트롤의 아이를 때린 것만큼만 때렸어요."

"도대체 뭘 먹고 살았니?" 농부가 물었다.

"엄마가 트롤의 아이에게 거미와 생쥐를 줄 때마다 저는 버터 바른 빵을 먹었어요. 하지만 트롤의 아이가 케이크와 고기를 받을 때면 트롤은 저에게 뱀과 개구리를 주었지요. 처음 얼마 동안 저는 거의 굶어죽을 뻔했어요. 우리 엄마가 아버지처럼 인정이 없었더라면 저는 죽고 말았을 거예요."

아이가 이렇게 말하자 농부는 발걸음을 돌려 서둘러 계곡으로 내려가 자기 집으로 향했다.

"이 냄새가 어디서 나는 건지 모르겠구나. 하지만 내가 너를 쓰다듬을 때마다 불에 탄 것 같은 냄새가 난다. 그리고 네 머리카락은 불에 그슬린 것처럼 보이는구나." 농부가 말했다.

"그건 당연한 일이죠." 아이가 말했다. "어젯밤에 아버지가 트롤의 아이를 불타는 집에 던져넣었을 때 트롤도 저를 불 속에 던져넣

그녀들의 메르헨

었거든요. 엄마가 트롤의 아이를 구해주지 않았더라면 저는 불에 타죽었을 거예요."

농부는 더욱 발걸음을 서둘러 거의 달리다시피 했다. 어서 집으로 돌아가 아내를 만나려고 했던 것이다. 그런 그가 갑자기 멈춰 섰다.

"그 전에 어째서 트롤이 너를 보내주었는지 알아야겠다."

"그건 엄마가 자신의 목숨보다 소중한 어떤 것을 희생했기 때문이에요. 그래서 트롤은 더이상 저를 지배할 수 없었고 저를 놓아주게 된 것이지요." 아이가 말했다.

"네 엄마가 목숨보다 더 소중한 것을 희생했다구?" 농부가 물었다.

"예, 아버지가 떠나시려고 할 때 아버지를 붙잡지 않고 그냥 보내드린 것이 바로 엄마의 희생이었어요." 아이가 말했다.

농부의 아내는 여전히 우물가에 앉아 있었다. 잠들지는 않았지만 돌이 된 듯 꼼짝도 하지 않았다. 마치 죽은 사람처럼, 뭔가가 곁을 스쳐 지나가는 것도 느끼지 못하는 것 같았다. 그때 농부의 아내는 남편이 부르는 소리를 들었다. 그러자 심장이 다시 뛰기 시작했다. 새로운 생명이 그 안에서 깨어났다. 아내는 눈을 뜨고, 잠에 취한 사람처럼 주위를 둘러보았다. 눈부시게 아름다운 날이었다. 햇빛이 비치고 새들이 노래했다. 이렇게 아름다운 아침에는 누구라도 불행할 수 없을 것처럼 보였다. 그러나 곧 농부 아내의 눈에는 새카맣게 숯이 되어버린 집의 뼈대가 들어왔다. 자기가 살던 농

트롤의 아이

가가 있던 곳이었다. 새카맣게 된 손과 검댕이 묻은 사람들의 얼굴이 보였다. 농부의 아내에게는 어느때보다도 무거운 불행이었지만, 그럼에도 불구하고 농부의 아내는 이제 모든 고통이 마침내 끝난 것 같은 기분을 느꼈다. 아내는 사방을 둘러보며 트롤의 아이를 찾아보았다. 아이는 농부 아내의 무릎에 엎드려 있지도 않았고 그 어느 곳에서도 찾을 수 없었다.

그때 남편이 멀리서 부르는 소리가 들렸다. 그는 숲에서 나와 집을 향해 내려왔다. 불을 끄는 데 도와준 낯선 사람들 모두가 남편에게 달려가 그를 에워쌌기 때문에 농부의 아내는 남편을 볼 수가 없었다. 다만 남편이 끊임없이 외치는 소리만 들려올 뿐이었다.

"여보, 여보! 어서 와서 봐요! 빨리 와서 보라구!"

그리고 그 목소리는 기쁨에 넘치는 소식을 전했다. 그럼에도 불구하고 농부의 아내는 꼼짝도 하지 않고 앉아 있었다. 남편에게 다가갈 용기가 나지 않았던 것이다. 마침내 사람들 모두가 그녀에게 다가왔다. 그리고 남편이 사람들을 헤치고 다가와 아내의 팔에 예쁜 아이를 안겨주며 말했다.

"우리 아이야. 우리 아이가 다시 돌아왔어. 당신, 다른 누구도 아닌 바로 당신이 이 아이를 구한 거야."

그녀들의 메르헨

새

마리 루이제 카쉬니츠

새 한 마리가 내 방안에 있다는 걸 알아차렸다. 9월의 아름다운 날 오후 3시가 되기 조금 전이었다. 바깥에는 햇빛이 비치고 있었다. 날이 저물어 어둑해진 것도 아니고, 음산한 느낌 따위는 흔적도 없었다. 아침에 늘 일찍 일어나기 때문에, 점심을 먹고 나면 피곤해져서 일을 할 수가 없다. 그래서 신문을 들고 침대에 누운 채 읽다가 잠을 자곤 한다. 잠을 자더라도 커튼은 내리지 않고, 작은 발코니 문도 그대로 열어둔다. 바깥 날씨가 어떻든, 기온이 어떻든 마찬가지다. 내 침대 곁에는 길고 나지막한 탁자가 놓여 있는데, 그 위에는 책과 잡지들 말고도 공책과 필기구가 놓여 있다. 언제든지 뭔가 쓰고 싶을 때를 위해서다.

그러니까 나는 그날도 낮잠을 자다가 깨어났는데, 저절로 깬 것이 아니고 뭔가 이상한 소리가 들리는 바람에 잠에서 깨어났다. 나중에 생각해보니 무거운 날갯짓 소리였지만, 잠결에 그런 가능성을 얼른 떠올릴 사람은 별로 없을 것이다. 그래서 나 역시 처음에는 그게 날개에서 나는 소리라고는 생각하지 않았다. 그저 내 가까이에서 뭔가가 움직였기 때문에 놀랐을 뿐이다.

눈을 떴을 때 새가 한 마리 있었다. 잿빛이 도는 갈색이고 몸집이 큰 그 새를 나는 깜짝 놀라 바라보았다. 이제까지 한번도 새가 방안으로 날아들어온 적이 없었고, 핑크색 벽지를 바른 방안에 새가 날아다닌 적도 없었던 것이다. 그 새는 당황하지도 않고 처음부터 꽤 능숙하게 방안을 날아다녔다. 내 방은 가로 세로 3미터 정도밖에 안되는 그리 넓지 않은 공간이어서, 그 새가 흥분해 이리저리 날아다니다가 상처를 입고 내 발치에 떨어져 죽었다고 하더라도 별로 놀라운 일이 아니었을 것이다. 그러나 새는 매번 아주 급격하게 방향을 바꿨고, 그러면서도 한번도 부리나 꼬리로 벽을 스치거나 부딪치는 일이 없었다.

새가 다시 양탄자 위로 내려온다면, 그리고 발로 걸어 돌아다닌다면, 하고 나는 생각했다. 아마도 새는 처음부터 그렇게 걸어서 방에 들어왔지 싶다. 갈색 양탄자를 이끼라고 생각하고 핑크빛 벽을 노을이라고 생각했을지도 모른다. 그러나 새는 바닥으로 내려오지 않고 방안에서 날아다니고 있었다. 새는 잠시 이리저리 더 날더니 한번은 촛불들이 나란히 서 있는 곳에, 그리고 한번은 거울 가장자리에 잠시 앉았다가, 매번 번개처럼 빠르게 몸을 돌려 다시

그녀들의 메르헨

천장을 스치며 날아다녔다. 새는 곧 지쳐서, 이젠 나갈 수도 들어올 수도 없다는 것을 알아차린 것 같았다. 그래서 나는 어떻게 하면 녀석을 도와줄 수 있을까 생각해보았다. 발코니보다 훨씬 큰 창을 열어놓을까도 생각했다. 그 창을 통해서는 하늘이 상당히 많이 보이니까. 그러나 나는 새가 놀랄까 걱정이 되어 꼼짝 않고 있었다. 그저 공책을 아주 조심스럽게 앞으로 당겨 무릎 위에 놓았을 뿐이다.

3시 반이 조금 지났을 때, 여전히 이리저리 날아다니던 새가 갑자기 소리를 지르기 시작했다. 그것은 아주 길게 끄는 날카로운 소리였다. 귀청을 파고드는 겁에 질린 듯한 목소리가 나를 소스라치게 했다. 나는 이제까지 한번도 새장 같은 것에 가둬 새를 키운 일이 없었고, 짐승을 우리에 가두어본 일도 없었다. 그리고 많은 사람들이 개나 고양이를 대하는 친밀하면서도 존중하지 않는 태도를 한번도 따라할 수 없었다.

그래서 그 새의 요란하고 거친 소리를 들었을 때 내 심장은 거세게 뛰기 시작했다. 벌떡 일어나 방에서 달려나가고 싶었다. 나는 벌써 한 손으로 무릎 위에 덮여 있던 얇은 이불을 걷어냈다. 순간 새는 그제야 내 존재를 알아차리고 갑자기 조용해졌다. 새는 세탁물을 넣어두는 서랍장 위에 앉아 머리를 내 쪽으로 돌렸다. 그리고는 내내 그 위에 앉아 노란색 테두리 안의 서글퍼 보이는 눈으로 나를 바라보았다.

내가 처음부터 이 낯선 새에게 두려움을 느꼈다고 생각할지 모르지만 그건 그렇지 않다. 새의 목소리가 한순간 나를 불안하게 한 것은 사실이다. 그러나 새가 다시 조용해지자마자 나는 새를 아주 차분하게, 객관적 관심을 가지고 바라보았다. 우선 그 새가 어떤 종류의 새인지 알아내기 위해 생김새를 관찰해보았다. 다리와 부리는 얼마나 긴지, 또 깃털은 어떻게 나 있는지 말이다. 그 새를 어느 특정한 종류에 분류해넣는 것은 내게 틀림없이 기쁨을 주었을 것이다. 그리고 그 일이 가능했더라면 새가 방안에 있더라도 더 차분하고 편안한 기분을 느꼈을 것이다. 그러나 나는 이 연구에서 아무런 행운도 얻지 못했다. 내가 알고 있는 새의 종류가 무척 많은데도 불구하고 내 방에 찾아든 이 손님은 이제까지 한번도 본 적이 없는 종류였다.

이 새는 무척 크긴 하지만 벽돌색 깃털을 가진 들기러기류도 아니고 알록달록한 깃털을 가진 야생 비둘기류도 아니었다. 그리고 반짝이는 새까만 깃털을 가진 까마귀류도 아니고, 긴 꼬리를 가진 까치도 아니었으며 깃털 왕관을 쓴 후투티도 아니었다. 그 새의 부리는 도요새처럼 노란색이고 길이가 길었다. 그리고 발도 도요새처럼 튼튼하고 짧았지만, 몸 전체의 빛깔은 고른 편이었다. 그 새의 깃털에는 특별히 빛나는 부분도 없었고 밝은 줄무늬도 찾아볼 수 없었다. 저런 새는 세상에 존재하지 않아, 그렇게 생각하자 조금 불안해졌다. 내가 알고 있는 모든 새들을 기억에서 불러내 보아도 소용이 없었기 때문이다. 그 새들을 모두 자연 속에서 알게 된 것은 아니지만, 언젠가 커다란 천연색 표에서 본 적이 있다. 그 그

그녀들의 메르헨

림표는 어린시절 우리들 방에 걸려 있었다.

너 같은 새는 없어, 나는 큰소리로 그렇게 말하고는 내 목소리에 스스로 놀라고 말았다. 나지막하게 우스꽝스러운 새소리도 내보았다. 마치 나를 찾아온 손님과 대화라도 나눌 수 있다는 듯이 말이다. 그러나 그런 시도가 성공하지 못하리라는 것을 나는 이미 알고 있었다. 그리고 그 새도 꼼짝하지 않은 채 나를 계속 바라보고만 있었다.

내가 기억하건대 잠시 후 나는 그 새를 스케치하기 시작했다. 시간은 벌써 4시경이었다. 아마도 나는 그 새를 스케치하면서, 새를 그린 유명한 회화작품들과 비교할 수 있을 만큼 사실적인 재현을 해내겠다는 의도를 가졌는지도 모른다. 그렇게 해서 이 새가 어떤 새인지 마침내 확인해보고야 말겠다는 심산이었을 것이다. 나는 무릎으로 받치고 있던 메모장에다 그 새를 그렸다. 새를 놀라게 하지 않고 방에 잡아두기 위해 무척 애를 썼다. 시간은 충분했다. 나는 스케치도 아주 잘한다. 학술적인 방식의 스케치 말이다. 이런 능력을 훈련하기 위해 나는 이미 다양한 수업을 거쳤다. 그러나 이상하게도 그 새를 사실적으로 종이에 옮겨놓는다는 것이 가능하지 않았다. 바로 그 점 때문에 나는 무척 놀랐다.

나는 그 새를 네 번에 걸쳐 스케치했다. 첫번째 스케치에서는 황새 다리에 참새 머리를 하고 있었고 두번째 스케치에서는 가느다란 목 위에 머리통 두 개를 달고 있었으며, 세번째 스케치에서는 공중에 매달린 채 다리가 세 개였고, 네번째 그림에서는 거의 나를

향하고 있는 눈만 보였다. 아주 커다란 인간의 눈 같았다. 나는 스케치를 몇 장 더 해보며 계속 종이를 소비했지만, 스케치는 성공적으로 이루어지지 않았다. 내가 그리려는 것을 내 손가락이 해주지 않았다. 그 대신 내가 전혀 원하지 않는 데다가 눈앞에 있는 이 새하고는 전혀 닮지 않은 그 어떤 것, 우리가 알고 있는 새와는 전혀 다르고 아주 불길하게 보이는 어떤 것이 그려졌던 것이다.

내가 그린 스케치들을 한동안 바라보고 있을 때 전화벨이 울렸다. 이 소리를 듣자 새는 날갯짓을 하며 눈을 빙빙 돌리기 시작했다. 그래서 나는 복도로 나가 얼른 전화를 받는 편이 낫겠다고 생각했다. 대부분의 사람들은 전화벨이 여러 번 울리도록 놓아둔다. 전화 건 사람이 포기하고 수화기를 내려놓을 때까지 말이다. 그랬더라면 그 새는 틀림없이 미쳐버렸을 것이다. 나는 이런 일로 방을 빠져나갈 수 있다는 것이 매우 기뻤다. 그리고 내가 방을 비운 사이에 새가 발코니 문까지 걸어가서 다시 날아가주지 않을까 하는 희망도 지니고 있었을 것이다. 나는 방을 나가서 한동안 전화 건 사람과 이야기를 나눴다. 그러나 다시 침실로 돌아와보니 새는 여전히 그 자리에 있었다. 그때까지도 서랍장 위에 올라앉아 있던 새는 이제 깃털을 곤두세우고 있어 아까보다 더 몸집이 커진 것처럼 보였다. 나는 깜짝 놀라서 그 새를 뚫어지게 바라보았다. 그러다가 자리에 앉았는데, 이번에는 의자 위였다.

새를 그리는 일은 더이상 하지 않았다. 새에게 무엇이든 이름을 붙여야 해, 그러면서 생각에 잠겼다. 그러나 아무리 생각해도 아무런 이름도 떠오르지 않았다. 마치 이름만 하나 붙이면 모든 것을 얻을 수 있는 것처럼 나는 몹시 흥분했다. 평온과 안전과 행복 그 모든 것을 말이다. 동화에 나오는 어떤 이름. 그러나 나는 어떤 동화에서 이름을 찾아야 할지 알 수가 없었다. 마침내 나는 그게 어떤 종류의 새였는지 모른다는 결론에 이르렀다. 나는 내 스케치 밑에 '새, 록Rock'이라고 써넣고 작은 소리로 혼자 그 단어를 발음해 보았다. 록, 록, 록. 그러나 이것도 나를 진정시키지는 못했다.

　5시쯤 되자 차를 한 잔 마셔야겠다는 생각이 들었다. 주방으로 가서 가스렌지 위에 물을 얹었다. 끓는 물을 찻잎 위에 붓고는 예전에 내 남편이 쓰던 방으로 쟁반을 가져가기로 마음먹었다. 그러나 내가 문을 제대로 닫지 않았던 모양이다. 남편이 쓰던 방으로 들어가자 새는 벌써 거기 와 앉아 있었다. 다른 곳도 아닌 책과 원고들로 뒤덮여 있는 탁자 위에 앉아 있었던 것이다. 새는 평온하게 앉아 있는 것이 아니라 사방으로 고개를 돌리며 주위를 둘러보았다. 마치 책상과 벽, 책꽂이, 등받이가 있는 긴 의자와 팔걸이가 있는 책상용 의자 등등 이 모든 것을 눈에 담아두려는 것처럼 보였다. 책상 앞에 있는 그 의자는 팔걸이 앞쪽에 줄무늬가 세공되어 있어 그 위에 손가락을 걸칠 수 있게 되어 있다. 새는 이 팔걸이 위에 올라앉았다. 그걸 보자 몹시 언짢아졌다. 지금까지 웬만하면 남들이 이 의자에 앉지 못하도록 해왔기 때문이다. 이 방에도 창문들은 활짝 열려 있었고, 카우치에 앉아 차를 마시는 동안에 나는 어째서 이 새가 밖으로 날아가지 않는가를 곰곰이 생각했다. 그 사이

그녀들의 메르헨

에 벌써 6시가 되었고, 해는 마주보고 있는 두 집 사이에 서 있는 포플러 나무들 위로 져버렸다. 크고 붉은 해가 포플러들 뒤로 사라져버렸을 때 새는 다시 소리를 지르기 시작했다.

그 순간, 당시에는 감히 말로 표현할 수 없었던, 그리고 오늘날에도 여전히 글로 표현할 수 없는 생각이 내 머릿속에 떠올랐다. 다시 전화벨 소리가 울렸고, 이번에는 어떤 여자친구였다. 그 친구는 내가 두어 마디 말을 시작하자마자 깜짝 놀라며 물었다. "무슨 일이야? 무슨 일이 있는 거지?" 물론 나는 그 친구에게 새에 대해 이야기하려고 생각했다. 그러나 그렇게 하지 않았다. 나는 머리가 아프고 토할 것 같다고 말했다. 뭔가 상한 음식을 먹은 모양이라고 둘러댔다. 그러자 친구는 당장 우리 집에 와서 나를 보살펴주겠다고 얘기했고, 나는 재빨리 대답했다. "아냐, 괜찮아. 좀 쉬면 괜찮아질 거야. 지금 침대로 가려고 해." 그러나 나는 침대로 갈 생각이 없었다. 반대로, 수화기를 내려놓자마자 외투를 걸치고 집을 빠져나와 계단을 내려갔다. 내가 어디로 가려는지는 나도 몰랐다.

밖은 벌써 어두워져 있었다. 그러나 여전히 무척 더웠다. 집 밖으로 나온 것이 기뻤다. 한동안은 목표 없이 이리저리 거리를 배회하다가, 친하게 지내는 어느 부부를 찾아갔다. 그 집은 상당히 멀었다. 주말농장들이 있는 곳 부근에, 나이 많은 나무들이 서 있는 정원이 딸린 작은 집이었다. 그 남편은 새 전문가였고 새뿐만 아니라 모든 동물들을 좋아했다. 아마 나는 그 새를 어떻게 해야 좋을지 그에게 조언을 구할 생각이었던 것 같다. 시내의 작은 아파트에

들어온 커다란 새, 날아갈 수 있는데도 날아가려 하지 않는 새를
어쩌면 좋을지 말이다.

　예상했던 대로 두 사람은 정원에 앉아 있었다. 그들은 바람막이
가 있는 등불 곁에 앉아 있었고, 그 등불 주위로는 나방들이 춤을
추고 있었다. 높은 느릅나무 속에서는 올빼미가 소리를 지르고 있
었다. 우리는 이 올빼미들에 대해 이야기를 나눴다. 내가 집 안에
들어온 새에 대해서 이야기하기에는 더없이 좋은 기회였다. 그러
나 나는 그 이야기를 하지 않았다. 사실 이야기를 꺼내기는 했다.
"글쎄 말야, 오늘 이런 일이 있었는데," 그러고는 이야기를 돌려 별
로 중요하지 않은 다른 사건을 이야기했다. 그건 며칠 전에 일어난
일이었는데, 그저 아무 말도 하지 않고 앉아 있기가 뭣해서 꺼낸
얘깃거리였을 뿐이다. 그러면서 나는 키 큰 나무들이 밤바람에 끼
익끼익 소리를 내는 것을 듣고 있었다.

　우리는 다시 한번, 밤에 활동하는 새들에 대해 이야기했다. 그러
나 아주 건조하고 학술적인 이야기였다. 올빼미가 죽음을 예견하
는 새라든가 하는 민간에서 전해오는 이야기 따위는 없었다. 그리
고 인간의 몸에서 빠져나온 영혼이 새의 형태를 갖는다는 '영혼의
새' 이야기도 나오지 않았다. 나는 그날 밤에 두 번쯤 더 내 집에
들어온 새에 대해서 이야기를 꺼내보려 했지만 결국 하지 못하고
말았다. 그리고 이 친구들에게 나를 집에 데려다달라고 얘기해볼
까 하는 생각도 해보았다. 그들과 함께 집에 가서 새가 사라지고
없으면, 나는 이렇게 말했을 것이다. "다행이군. 새 때문에 그렇게

그녀들의 메르헨

겁을 먹었지 뭐야." 그러면서 한번 웃고 나면 그걸로 모든 게 끝이었을 것이다. 그러나 나는 아무 이야기도 하지 않았고, 그 친구들에게 나를 집에 좀 데려다달라는 부탁도 하지 않았다. 그리고 마치 뭔가 침묵해야 하거나 숨길 것이 있는 사람처럼 행동했다.

밤 11시 반쯤 나는 그 친구들과 헤어졌다. 집에 돌아와 보니 자정 직전이었다. 현관에 들어서서 복도 불을 켜자마자 폭 좁고 파란 양탄자 위에 앉아 있던 그 새가 내 쪽으로 천천히 다가오는 것이 보였다. 그런데 새는 그날 오후 책을 쌓아둔 탁자 위에서처럼 몸을 꼿꼿이 세우고 복도를 걸어오는 게 아니었다. 거의 배를 땅에 붙이다시피 낮게 몸을 숙이고는 양쪽으로 편 날개를 질질 끌면서 다가오고 있었다. 복도는 좁았고, 그래서 그 새는 양쪽 날개 끝으로 벽을 쓸고 있었는데, 비질을 하는 듯한 그 소리가 거대한 철새 떼가 바로 우리 머리 위를 낮게 날아갈 때 나는 소리처럼 기묘하게 들렸다.

그 새는 내가 집에서 나갈 때보다 훨씬 더 커진 것 같았다. 이제 보니 낮에 서랍장 위 좁은 공간에 도대체 어떻게 앉아 있었을까 싶을 정도로 컸다. 그 커진 몸집에 소스라치게 놀란 나는 금방 다시 문 밖으로 도망치고 싶을 정도였다. 하지만 그대로 선 채 이제 어떻게 하면 좋을지를 생각해보았다. 이웃 사람들을 깨우거나 소방서에 전화를 할 수도 있었을 것이다. 소방대원들은 긴 사다리를 가지고 와서 나무 꼭대기나 지붕 위에서 길을 잘못 들어 헤매는 동물들을 데리고 내려오곤 하니까 말이다. 그러나 전화를 걸러 가려면

새

새 곁을 지나가야 했다. 아니 그보다는 새 머리 위로 넘어가야 했을 것이다. 그런데 그럴 용기가 없었다. 나는 감히 그렇게 하지 못하고 한동안 비겁하게 그냥 눈을 감고 있었다. 다시 눈을 떠보니 새는 나한테 더 가까이 다가와 있었다. 이제 새는 열려 있는 거실문 곁에 앉았다. 거실 창문들은 여전히 열려 있는 채였다. 그때 나는 포플러 나무 위로 별 두 개가 떠 있는 것을 보았다.

사라져, 나는 머릿속으로 그렇게 생각했다. 어쩌면 그 말을 입밖으로 뱉었는지도 모른다. 그 엄청나게 커다란 새가 바로 내 발치에 와 있었기 때문에 나는 얼이 빠지고 무척 당황해 있었다. 이제 새가 나를 따라 침실로 들어와서 결국 내 가슴 위에 올라앉을 것이라는 생각이 들었다. 이 새가 바로 내 발 앞까지 와서 나를 몰아댔기 때문이다. 맨발에 그 새의 먼지 앉은 체온이 느껴졌다. 새는 아주 크고 못생겼고, 두 눈은 흐릿하고 광채가 없었다. 내가 그 새를 내려다보았을 때, 그리고 바로 그 서글프고 차가운 눈을 바라보았을 때 새는 괴상한 소리를 냈다. 당장이라도 또 소리를 질러대기 시작할 것 같았다. 처음으로 새에서 나는 냄새를 맡았다. 그 냄새는 온종일 햇볕을 쬔 건조한 전나무 바늘잎들의 냄새였다. 그러나 밤이 되면 촉촉한 계곡 심연의 무시무시한 그림자들이 귀신처럼 덮쳐드는 그 전나무들 말이다.

여러분은 짐승을 쫓는 방법을 알고 계실 것이다. 사람들은 양손을 마주쳐 손뼉을 치거나 증기기관차처럼 쉭쉭 숨을 몰아쉰다. 그렇게 해서도 안되면 발을 구르고 양팔을 풍향기 날개처럼 휘저으

그녀들의 메르헨

며 소리를 지른다. 이 밤에 나는 이 모든 짓을 했다. 그러자 새는 정말 움직였다. 그 새는 방안으로 기어들어가더니 거기서 창문을 넘어 날아갔다. 하지만 요란하게 날갯짓을 하지도 않고 소리를 지르지도 않은 채 아주 침착하게 행동했다. 날아가는 동안 그 새는 신체의 각 부분들이 따로따로 노는 것처럼 아주 이상하게 보였다. 머리 따로, 날개 따로, 그리고 꼬리도 따로 분리되어 있는 것 같았다. 그 신체 부분들 사이사이에 공기가 들어가 마치 그 부분들이 이제 막 본체에서 떨어져나가기 시작하는 것처럼 보였다. 나는 잠시 그 새가 공중을 날아가는 모습을 보았다. 새는 이제 다시 작아졌고, 보통 새보다 특별히 커보이지 않았다. 그 새는 어느새 보이지 않았다. 나는 날아가는 새를 잘 보려고 얼른 창가로 달려갔다. 아니, 그 새가 나가자마자 창문을 닫으려고 그랬는지도 모른다. 그러나 그곳에는 아무것도 없었다. 고요하고 창백하게 서 있는 집들 앞에는 어떤 그림자도 없었고, 포플러 나무들 위에도 아무 기척이 없었다. 오로지 사라진 새를 향해 공중으로 두 팔을 뻗고 있는 나 혼자뿐이었다.

다음날도, 또 그 다음날도, 그렇게 여러 날 동안 한낮이면 기대로 설레며 침대에 누워 있었다. 그러나 그 새는 오지 않았다. 그리고 나 역시 그 새가 다시는 오지 않을 거라는 걸 알고 있었다.

새

어리석은 이야기

마리 폰 에브너-에셴바흐

1

 오래 전 독일 어느 곳에 막강한 기사가 살았다. 그는 멋진 성에 살았고 휘하에는 용감하고 잘 싸우는 병사들도 있었다. 기사는 넓은 영지를 소유하고 있었는데 그 땅들은 모두 스스로 싸워서 정복한 것이었다. 그는 직접 약탈한 것들로 엄청난 부를 이룩했다. 그에게는 아름답고 정숙한 아내도 있었다. 그 아내의 이름은 디나, 그러니까 기품있는 여인이라는 뜻이었는데, 사실 이 아내는 기품있는 여인이라기보다는 순종적인 여인이라고 불려야 마땅했다. 조용하고 부지런하게 온종일 주방과 베틀 앞에서 일을 했고, 저녁이 되면 발코니로 올라가 출정 나간 남편을 기다렸다.

기사가 성으로 돌아오는 모습이 보이기만 하면 아내는 금실로 짠 손수건을 흔들며 남편을 맞이하러 달려갔다. 그리고 자기 시동

(侍童. 궁중의 실무를 익히기 위해 높은 귀족의 하인으로 일하는 귀족 가문의 소년이나 청년—역주)과 함께 기사를 곰가죽이 깔려 있는 방으로 모셨다. 기사는 사랑스러운 아내 앞에 두 다리를 길게 뻗고는 말했다. "장화!" 그러면 아내는 애정이 넘치는 태도로 계절에 따라 먼지, 오물, 또는 눈이 묻어 있는 장화를 열심히 벗겼다.

하는 일 없이, 그러나 이를 갈면서 시동은 그 곁에 서 있었다. 감수성이 예민한 이 젊은이는 그 곁에 서서 이렇게 생각했다. 여성다운 상냥함과 부덕도 좋지만 남편에게 저렇게까지 해서는 안돼. 저게 무슨 짓이야! 그렇게 여러 차례 자기 감정에 휘둘리다가 시동은 목소리를 있는 힘껏 자제하며 말했다. "마님, 제가 하게 해주십시오. 마님처럼 고귀하신 분이 장화를 벗기는 불명예스러운 수고를 하시다니오."

그러나 그의 애원은 무시되어 공허하게 울리고 말았다. 시동은 말할 수 없이 깊은 상심에 빠졌다. 그의 명랑하고 활달한 태도는 사라져버렸다. 시동은 한번도 가본 적이 없는 세계에서 방황했다. 그 세계는 그의 머릿속이었다.

그의 생각은 풍요로운 싹을 틔우며 살아 움직이기 시작했고, 계속 발전해가려고 애썼고, 점점 크게 자라나더니 마침내는 머릿속 어둠의 제국을 벗어나 현실세계에 도달했다. 발명가 정신이 실질적인 연구성과를 거두게 된 것이다!

시동은 작은 통나무를 잘라 그것을 탑으로 운반한 뒤, 며칠 밤을 새워 톱질하고 대패질하고 줄을 사용해 매끈하게 다듬었다. 사람

어리석은 이야기

들은 그가 일하는 소리를 들을 수 있었다. 그러나 무슨 일을 하는지는 알 수 없었다. 시동은 자신의 작업에 관한 한 어떤 정보도 누출하지 않았다. 몸은 갈수록 말라갔지만, 그의 두 눈은 성공을 향해 정진하고 있는 사람답게 자부심과 기쁨으로 빛나고 있었다.

어느 화창한 여름날이 저물었다. 뿔피리 소리가 울렸을 때는 벌써 저녁이었다. 기사는 자기 병사를 거느리고 집으로 돌아오고 있었다. 그는 도중에 감기에 걸려 목이 쉬었고, 말에서 뛰어내리자마자 자신을 반기는 아내에게 말했다. "약술 가져와!"

아내는 남편이 요구한 것을 준비하려고 달려갔고, 기사는 시동과 단둘이서 방으로 올라갔다. 기사는 방안에서 이상한 물건과 맞닥뜨렸다. 낼름 내민 두 개의 혀 같은 육지와 그 사이에 낀 작은 만灣. 꼭 그런 풍경처럼 생긴 희한한 기구가 비스듬히 놓여 있었던 것이다. 그 기구에는 튼튼하고 짧은 다리가 두 개 달려 있었다.

"누가 나한테 이걸 가져왔지? 이게 뭔가?" 기사가 물었다.

"제가 직접 만들어서 가지고 왔습니다." 시동은 발명가의 자부심으로 뺨을 붉히며 대답했다. "주인님, 이 기계는 '장화 하인'이라고 부릅니다."

시동은 기사에게 새로운 기구의 사용법을 설명했다. 그러자 기사는 대단히 기뻐하며 아주 만족스럽게 그 기구를 사용해 자기 장화를 두 번 벗었다 신었다 했다.

기사가 이 멋진 발명품을 세번째로 시험해보려고 할 때 아내가 방안으로 들어오다가 그 기구를 보고는 혼비백산해, 약술이 담긴 황금

어리석은 이야기

잔을 받쳐들고 있던 은쟁반을 하마터면 바닥에 떨어뜨릴 뻔했다.

"무슨 짓을 하고 계신 겁니까?" 그렇게 묻는 아름다운 아내의 두 눈은 금방 눈물로 차올랐다.

"제가 당신께 해드리는 일이 이제 필요 없게 되어버렸단 말입니까? 이따위 나무 조각이 저를 대신할 만큼 가치가 있단 말인가요?"

"그럴 리가 있나. 이번 한번만 시험해보려던 거요." 기사가 대꾸했다.

그러나 이런 말도 아내에게는 전혀 위로가 되지 않았다.

"단 한번도 싫어요. 대체 누가 저의 주인께 저를 불필요한 존재로 만들려고 이런 몹쓸 발명을 했단 말입니까?" 기사의 아내는 불안에 떨며 물었다.

"마님의 가장 충실한 하인인 저입니다."

시동은 말을 더듬으며 기사 아내의 발 앞에 몸을 던졌다. 시동은 기사의 아내에게 자비와 용서를 청하며, 자신의 의도가 전혀 불순한 것이 아니었음을 강조했다. 자신이 지켜주고 싶었던 '여성의 품위'와 기사 부인이 생각하는 '여성의 품위'가 서로 다른 것이었기 때문에 이런 문제가 생긴 것이라고 말했다.

그러나 무슨 말도 도움이 되지 않았다. 여주인은 시동이 자신의 정당한 권리를 침해하려 했다고 주장하며, 그 목적에 교활하게 사용된 도구를 당장 불에 태워버리라고 명령했다.

이런 명령을 내리는 여주인의 눈길은 가련한 젊은이의 심장을 갈가리 찢어놓았다. 그 눈길은 그가 자기 여주인의 총애를 영원히

그녀들의 메르헨

잃어버렸음을 알려주고 있었다. 부당하고 끔찍하게 오해를 받은 사람들만이 알 수 있는 처절한 고통이 시동을 사로잡았다. 그러나 그와 동시에 자신의 발명품에 대한 엄청난 애정이 그를 사로잡았다. 그는 이 기구를 탑에 있는 자기 방으로 끌고 올라왔다. 그리고 그 선량한 '장화 하인'의 등에 정확한 사용설명서를 써붙여 성벽의 깊게 파인 곳에 숨겨놓고는 그 위를 돌로 덮어놓았다. 그런 다음 이 기구를 이해해줄 만한 발견자에게 마음으로 바치고는 다음날 새벽, 성에서 도망쳐버렸다.

누구도 다시는 이 시동 얘기를 듣지 못했다. 그는 잊혀지고 사라져, 자기 발명품의 순교자가 되었다.

2

백 년이 지난 뒤 이 막강한 기사의 증손자가 이 성에 살게 되었다. 그는 평화로운 심성을 지녀 성실하게 학문을 갈고 닦았고, 그의 아내는 작고 활기 넘치는 여인이었다. 이들에게는 예쁜 아이 둘이 있었다. 아이들은 반쯤 허물어져가는 탑에서 숨바꼭질을 하다가 우연히 '장화 하인'을 발견하고 그 기구를 어머니에게 가지고 갔다. 성주의 키 작은 아내는 그 희한한 물건을 보고 놀랐다. 호기심에 글읽기를 배워두었던 아내는 거기 첨부되어 있는 사용설명서를 읽을 수 있었다. 그걸 읽는 동안 아내의 얼굴은 점점 즐거워져 갔고, 급기야는 요란하게 웃음을 터뜨렸다. 그러자 아이들도 덩달아 웃었다. 성주의 아내는 좋아서 폴짝폴짝 뛰다가 '장화 하인'과 함께 방안을 빙빙 돌며 춤을 추었다. 그러자 아이들은 어린 산양들처럼 춤추고 점프하며 엄마의 환호에 함께 환호했다.

즐거움이 절정에 달했을 때 아버지인 성주가 날마다 하는 건강산책을 마치고 집에 돌아왔다. 그는 머리를 문틈으로 들이밀고 말했다. "주일도 아닌 주중에 환호하며 춤을 추는 것은 적절치 않은 행동이야. 얘들아, 이제 가서 공부해라. 그리고 여보, 투스넬다, 내 장화 좀 벗겨줘."

"그렇게는 못하겠는데요." 아내는 이렇게 말하고 복잡한 중세 스타일의 제스처로 무릎을 굽혀 절을 하며 이렇게 말했다. "나의 남편의 장화를 위해 하인을 하나 고용했습니다. 당신의 하녀는 이제 그 일을 그만둔다는 사실을 통고합니다." 그러면서 아내는 남편의 발 앞에 '장화 하인'을 내밀었다.

"투스넬다, 대단하군." 그 기계를 보자마자 남편이 한 말은 그게 다였다.

그는 현기증이 난다며 안락의자에 앉았다. 온갖 지식으로 가득한 그의 눈 앞에 더이상 새로울 것도 없는 문화사의 새로운 장이 열리고 있는 것이 보였다. 모든 여인들이 앞으로는 자기 아내의 본보기를 따라, 애정이 가득 찬 손으로 남편의 장화를 직접 벗겨주는 대신 아무 감정도 없는 기계로 장화를 벗으라고 할 것이 뻔했던 것이다.

"불쌍한 내 아들!" 남편은 한참 후에 일곱 살짜리 아들의 머리에 한 손을 얹으며 말했다. "순종적인 하녀가 그 일을 그만둔다는군.

그녀들의 메르헨

BITUME SEYSSEL

너도 들었지? 너한테는 그게 나한테만큼 충격적이지 않니? 결코
즐겁지 않을 미래가 내 아들을 향해 다가오고 있구나. 남자와 여
자, 남편과 아내의 정상적인 관계가 깨지는 거지.”

“그저 모든 게 제자리를 찾아가는 것뿐인데요, 뭐.” 투스넬다는
그렇게 대꾸하며 어린 딸의 구불거리는 머리카락을 쓰다듬었다.

“당신의 말도 안되는 생각이 나를 슬프게 하는군. 가정의 조화를
가져오는 애정 넘치는 아내들의 순종이 사라진단 말이지.” 남편이
탄식했다.

“굴종하는 여인들과 폭력을 행사하는 남자들의 괴상한 조화가
사라지는 것뿐이죠.” 아내가 대꾸했다.

남편은 깜짝 놀라서 커다랗게 뜬 눈으로 아내를 쳐다보았다.

“그렇다면 우리도 아이들을 세상에 던져놓고 언젠가 아이들이
찾아오기를 기다려야 한단 말이오?” 남편이 물었다.

아내는 손뼉을 쳤다. “맙소사! 그렇게 공부를 많이 한 내 남편의
입에서 그런 말도 안되는 소리가 흘러나오다니!”

그러자 남편은 화가 나서 말했다. “어떻게 감히 당신이 나한테
그런 식으로 말할 수 있지? 당신은 나를 정말 화나게 하고 있어. 멍
청한 여자들 같으니라구! 여자들은 그렇게 해서 더 많은 것을 얻는
다고 생각하지만, 사실 삶의 질은 점점 떨어지고 제자리걸음만 할
뿐이야! 어떤 남자다운 남자도 남편을 따뜻하게 돌보려고 하지 않
는 여자에게 청혼을 하지는 않을 테니까 말이야. 당신네 여자들은
남편에게 모든 면에서 현명하지 못하고 멍청하게 굴고 있는 거야.

그녀들의 메르헨

당신들 스스로가 존경할 만한 구석이 없다면 뭘 보고 남편이 아내를 존중하겠어? 그리고 당신들이 사랑받을 만한 면을 지니고 있지 않다면 어느 남자가 당신들을 사랑하겠어?"

그는 이야기를 계속하려고 했다. 그러나 투스넬다는 요란하게 웃음을 터뜨려 남편의 말을 중단시켰다. "이렇게 다 털어놓아 주어서 고마워요. 당신은 정말 믿을 만하고 성실한 동지예요!" 그렇게 말하며 아내는 남편의 목을 얼싸안았다.

부모가 서로 포옹하고 있는 사이에 그 아이들은 방의 반대편 구석에서 때리며 싸우고 있었다. 오빠가 자기 장화를 벗겨주지 않는 여자와는 절대로 결혼하지 않겠다고 말했기 때문이다. 그러자 여동생은 오빠에게 따귀를 올려붙였다.

"당장 그만두지 못해?" 아버지가 명령했다. "너의 어머니처럼 이성적으로 처신해봐라."

"나 참!" 아내는 머리를 어깨 쪽으로 갸웃하며 탄식했다. "내가 여자라서 얼마나 속상한지 몰라. 오로지 여자라는 이유 때문에 현명하지 못하고 능력 없고 이성이 부족하다는 소리를 들어야 하다니 말이다. 학식이 높으신 나의 주인이 그렇게 말씀하시니, 그 말씀에 내가 반기를 들 수는 없지."

"반기를 들 수 없다?" 남편은 이렇게 중얼거리며 생각에 잠겼다. "여보, 당신이 정말 당신 의견 없이 내 말만 따르고 산다면 그 결과는 정말 끔찍할 거야." 남편은 마침내 그렇게 말하고는 한숨을 쉬며 '장화 하인'을 이용해 장화를 벗었다.

스핑크스의 미소

잉에보르크 바흐만

모든 지배자들이 위협을 받고 있던 시대에, 이 이야기에서 말하려고 하는 나라의 지배자가 불안과 불면에 빠졌다. 위험을 느끼는 데는 여러 가지 원인이 있고 그 어떤 원인도 똑같을 수가 없기 때문에 이 위험이 어디서 비롯된 것인지를 설명하는 것은 헛된 일이지만, '아래로부터', 그러니까 자기 백성으로부터 이런 위협을 느꼈던 것은 아니고, 그것은 위에서 온 것이었다. 이 지배자가 따라야만 한다고 믿고 있고 또 그가 알지 못하며 입 밖에 내지 않은 요구와 지시로부터 온 것이었다.

자기 궁전을 향해 난 길로 어떤 그림자가 나타난 것을 알게 되었을 때 지배자는 아마도 위험을 숨기고 있을 그 그림자를 불러내서 그것에 생명을 부여해 맞서 싸워야겠다고 생각했다. 그래서 사람들이 그림자가 왔다는 것을 알려주자마자 곧장 그림자에게 돌진

했다. 그림자를 던지고 있는 원래의 형태를 파악하기란 쉬운 일이 아니었다. 한번에 눈으로 파악하기에는 그림자가 너무 컸기 때문이다.

처음에 지배자는 궁전 주위를 느릿하게 어슬렁거리며 돌아다니고 있는 어마어마한 짐승밖에는 아무것도 볼 수 없었다. 나중에야 그는 머리통일 거라고 추측했던 부위에서 납작하고 넓은 얼굴을 발견할 수 있었는데, 그 얼굴은 어느 때든지 입을 열어 수백 년 전부터 누구도 대답하지 못했던 질문을 하는 스핑크스의 것이었다. 사람들은 그 질문에 대답하지 못하고 결국 생명을 빼앗기고 말았다. 왕은 공포심을 자아내는 괴상한 스핑크스를 알아볼 수 있었다. 이제 그는 자기 나라와 백성들의 존속을 위해 그 스핑크스와 싸워야만 했다. 그래서 지배자는 먼저 입을 열어 스핑크스가 요구하려는 것이 무엇인지를 물었다.

"지구의 내부는 우리 눈에 보이지 않는다." 스핑크스는 이렇게 말을 시작했다. "그러나 너희들은 그 속을 꿰뚫어보아야 한다. 그리고 지구가 숨기고 있는 것들을 내 앞에 펼쳐보여야 한다. 또 지구 속의 열과 지구의 내구성에 대해서도 알려주어야 한다."

왕은 미소를 지으며 학자들과 일꾼들에게 지구의 내부를 연구하라고 지시했다. 지구 내부를 꿰뚫어 그 비밀을 밝혀내고 모든 것을 측량해서 발견한 사실들을 누구도 따를 수 없는 정밀함으로 완벽하게 정리해놓으라는 것이었다. 복잡한 도표와 두꺼운 책으로 이 연구성과를 옮겨놓는 과정을 왕은 몸소 따라다니며 감독했다.

스핑크스의 미소

일이 상당히 진척된 어느날 왕은 신하들에게 이제까지 해온 작업들을 제출하라고 말했다. 스핑크스는 그 작업이 완벽하고 공격할 여지가 없다는 사실을 고백할 수밖에 없었다. 다만 많은 사람들이 보기에, 스핑크스는 이 결과에 대해 충분한 경의를 표하지 않았다. 그러나 누구도 스핑크스의 그런 행동이 올바르지 못하다고 비난할 엄두를 내지 못했다.

몇 명은 여전히 두려워하고 있었다. 스핑크스가 왕을 안심시키기 위해서 우선 그렇게 수월한 과제를 주었을 뿐, 이제 새로운 질문으로 왕을 함정에 빠뜨릴 것이 명백하다고 걱정했던 것이다. 그러나 그런 몇몇의 근심은 이제 사라져버렸다. 스핑크스의 두번째 요구 역시 오해의 소지가 전혀 없고 단순한 것이었기 때문이다. 거의 마법이 풀린 이 괴물은 차분하게 다음과 같은 것을 요구했다. 이제 지구 주변의 영역을 포함해서 지구의 표면을 덮고 있는 것들이 무엇인지를 밝혀내라는 것이었다. 학자들은 기존의 연구팀 외에 더 많은 연구자들을 불러 이 작업을 수행했다. 이들은 미증유의 세밀한 연구로 우주를 도면화했다. 우주의 모든 별들과 그 별들이 돌아다니는 행로, 물질의 과거와 미래, 이 모든 것들을 포함한 도면이었다. 그러면서 이들은 스핑크스가 요구할 세번째 과제까지도 자신들이 이미 해결해버렸다는 은밀하고 고소한 기쁨을 느꼈다.

왕이 생각하기에도 스핑크스가 더이상의 요구를 한다는 것은 불가능해 보였다. 왕은 다가오는 승리를 예감하며 두번째 과제에 대한 해답을 제출했다. 스핑크스가 눈을 감았던가, 아니면 스핑크스

그녀들의 메르헨

는 원래 앞을 못 보는 존재였던가? 왕은 조심스럽게 스핑크스의 표정을 읽으려고 애썼다.

스핑크스가 세번째 과제를 말하기까지 너무나 많은 시간을 끌었기 때문에 사람들은 두번째 과제에 대한 대답에 자신들이 워낙 열의와 공을 들여, 사실상 이 치명적인 게임에서 승리를 거둔 것이라고 믿기 시작했다. 그러나 그들은 스핑크스의 입가에서 가벼운 실룩거림을 감지하고는, 그 이유를 알지도 못하면서 얼어붙었다.

"그대가 다스리는 인간들 내면에는 도대체 무엇이 있는가?"

왕이 곰곰이 생각에 잠겨 있는 동안 스핑크스는 그렇게 물었다. 왕은 위기를 모면하기 위해 재빠른 농담으로 대답하고 싶었지만, 그래도 제때에 거리를 취하며 물러나와 신하들과 연구자들에게 조언을 구했다. 왕은 이들을 작업으로 내몰았고, 이들이 자기가 강요하는 대로 따르는 것에 화를 냈다. 연구자들은 사람들의 허울을 벗겨내는 실험을 시작했다. 수치심을 갖지 말라고 강요하며 이제까지 살아온 삶의 밑바닥에 침전되어 있는 것들을 다 털어놓게 했고, 사람들의 머릿속에 든 생각을 모두 끄집어내 그것들을 수백 가지로 분류하고 배열했다.

이 작업은 끝이 보이지 않았다. 그러나 그들은 이 사실에 대해 침묵했다. 왕이 실험실을 돌아다니며 연구자들을 전혀 신뢰할 수 없다는 듯 더 빠르고 더 정확한 연구 방법을 숙고하는 태도를 보였기 때문이다. 왕에 대한 그들의 추측은 어느날 현실로 나타났다. 왕은 가장 권위 있는 학자들과 능력이 뛰어난 정치가들을 불러 이

그녀들의 메르헨

작업을 당장 중지하라고 명령한 뒤, 비밀회의에서 자신의 새로운 방안을 제출했다. 그 내용은 누구도 다른 사람에게 전해서는 안되는 것이었지만, 그럼에도 불구하고 백성 모두가 영향을 받을 수밖에 없는 내용이었다.

얼마 후에 사람들을 집단으로 분류해 이주시키라는 명령이 떨어졌다. 아주 정밀하게 체계화된 단두대들이 세워져 있는 곳으로 말이다. 괴로울 정도의 정확성으로 한 사람 한 사람이 자기에게 맞는 단두대 앞으로 불려나가 그곳에서 목숨을 죽음과 바꾸어야 했다. 이와 같은 일이 벌어진다는 얘기가 퍼져나가자, 그 여파는 왕이 생각했던 것보다 훨씬 더 심각했다. 그런데도 왕은 완벽을 기하기 위해, 이 일을 조직하고 단두대를 설치했던 인원까지 다 죽여버렸다. 수수께끼 푸는 일을 위태롭게 하지 않기 위해 백성 모두를 단두대에 희생시켰던 것이다.

기대에 가득 차서 몸을 구부리고 침묵한 채 왕은 스핑크스 앞으로 걸어나갔다. 왕은 스핑크스의 그림자가 거대한 망토처럼 죽은 사람들 위를 덮고 있는 모습을 보았다. 죽은 사람들은 그림자가 그들을 지키고 있기 때문에 할 얘기를 하지 않았다.

왕은 숨조차 쉬지 않고 스핑크스에게 자기가 준비한 대답을 들으라고 요구했다. 그러나 스핑크스는 그럴 필요 없다고 왕에게 손짓으로 알렸다. 왕은 이미 세번째 문제의 답을 찾아냈으며 그래서 완전한 자유를 얻었으니, 왕 자신의 목숨과 나라를 마음대로 해도 좋다고 스핑크스는 말했다.

스핑크스의 미소

스핑크스의 얼굴 위로 비밀의 바다에서 던져진 물결이 일렁였
다. 스핑크스는 미소를 지으며 멀어져갔다. 왕이 그동안 일어났던
모든 일들을 돌이켜 생각해보고 있을 때, 스핑크스는 경계를 넘어
왕의 나라를 떠나갔다.

그녀들의 메르헨

쌍둥이 형제

크리스티네 뇌스틀링어

옛날에 눈부시게 아름다운 쌍둥이 형제가 살았다. 그들은 팔과 다리뿐만 아니라 날개도 달고 있었는데, 날개는 짙은 푸른색 깃털로 덮여 있었다. 머리카락은 금빛으로 빛났다. 그리고 화려한 새의 부리도 있었고 목에서 발가락까지 그들의 몸은 짙은 푸른색 깃털로 덮여 있었다. 그들은 달리고 헤엄치고 하늘을 날 수도 있었다. 그들이 사는 나라는 그들의 것이었다. 여름이면 쌍둥이 형제는 물가에 세워진 궁전에서 살았고 겨울에는 바위 동굴에 살았다. 둘은 서로를 아주 사랑했고, 날마다 오로지 행복하게 살았다. 서른 살 생일이 될 때까지 그들은 이 세상에 고통과 근심이 있다는 것조차 알지 못했다. 그러나 서른 살 생일이 되었을 때 이웃나라에서 아주 많은 사람들이 국경을 넘어왔다. 지극히 평범한 사람들이었다. 그들은 부리도 날개도 깃털도 없었다. 자기들의 나라가 너무 좁아졌기 때문에 그들은 이렇게 말했다. "이제부터는 이 나라도 우리 거야!" 그러면서 저항하는 사람은 모두 죽였다! 가련한 쌍둥이 형제는 그들에게 대항할 힘이 없었다. 단 둘이서는 그 많은 사람을 상대로 아무것도 해볼 수가 없었기 때문이다.

그 지극히 평범한 사람들은 집을 짓고 도로와 다리를 건설하고 정원을 만들었다. 그렇게 해서 그럴듯한 두 개의 도시까지 생겨났다. 도시 하나는 강 오른쪽에, 그리고 다른 하나는 강 왼쪽에 지어졌다. 그리고 이 지극히 평범한 사람들은 쌍둥이 형제를 비웃었다! 이게 도대체 무슨 괴상한 몰골이란 말인가. 그들은 그렇게 생각했다. 그리고 이렇게 말했다. "사람도 아니고 새도 아니잖아. 이런 꼴불견을 세상에 내놓다니, 이건 자연의 실수임에 틀림없어!" 사람들은 쌍둥이 형제를 사냥하려고 했다. 그들을 잡으려고 사람들은 커다란 그물을 쳤다. 쌍둥이 형제 중 하나는 강물에서 물고기처럼 건져올려졌고, 다른 하나는 나무 꼭대기 위에서 아래로 끌어내려졌다. 사람들은 형제 중 하나를 오른쪽 강가의 도시로 데려가고, 다른 하나는 강가 왼쪽 도시로 데리고 갔다. 사람들은 각 도시의 중앙 광장에 나무 창살이 있는 감방을 만들었다. 그리고 그 안에 쌍둥이 형제를 각각 가두어두었다. "이 자연의 실수는 우리 아이들에게 아주 중요한 교훈이 될 거야!" 사람들은 그렇게 말했다.

그러나 갇힌 첫날밤 자정 쌍둥이 형제는 나무로 된 창살을 부리로 쪼아 부러뜨렸다. 그들의 튼튼한 부리로 나무 조각을 쪼아 부러

그녀들의 메르헨

DUBARDIN SC.
J. J. Grandville

뜨리는 것쯤은 아무것도 아니었다! 칠흑같이 캄캄한 밤에 그들은 거리를 헤매며 사랑하는 형제를 찾아다녔다. 그러면서 그들은 이렇게 생각했다. 이런 모습으로 돌아다니다가는 내일 아침이 되자마자 사람들에게 발견되어 다시 갇히고 말 거야. 그러면 그들은 감옥에 쇠창살을 달겠지. 쇠창살은 내 부리로도 부러뜨릴 수 없을 거야! 그래서 그들은 이렇게 생각했다. 날개와 깃털을 다 뽑아버린다면 누구도 나를 금방 알아차리지는 못하겠지! 그래서 그들은 고통을 참으며 날개와 깃털을 다 뽑아버렸다. 해가 뜰 때쯤 이들은 벌거벗은 채로 완전히 매끈해졌다. 등에 남은 두 군데의 핏자국만이 그들에게 날개가 있었음을 말해주고 있었다. 그들은 긴 금발도 짧게 잘랐다. 그러나 부리만은 어떻게 할 수가 없었다. 하지만 머리를 숙이고 그늘진 곳에 서 있으면 사람들은 새의 부리와 인간의 커다란 코를 쉽게 구분하지 못할 것이었다.

강가 오른쪽 도시에 갇혔던 형제는 여관 문 앞에서 자고 있는 술 취한 사람을 발견했다. 그리고 그에게서 웃옷과 바지, 셔츠와 신발을 벗겨 자기 몸에 걸쳤다. 강의 왼쪽 도시에 갇혔던 형제에게는 이런 행운이 없었다. 그는 어느 집에 몰래 들어가 옷장에서 옷들을 훔칠 수밖에 없었다.

아침이 되자 쌍둥이 형제는 거리를 걸어보았다. 아무도 그들을 알아보지 못했다. 며칠 동안 그들은 열심히 서로를 찾아헤맸다. 결국 그들은 시골에서 형제를 찾으려고 도시를 떠났다. 오른쪽 강가에서 왼쪽 강가로 건너가는 다리에서 그들은 마주쳤다. 오른쪽 강

그녀들의 메르헨

가 도시에서 온 형제는 다리 밑에 앉아 잠시 쉬고 있었다. 그리고 왼쪽 강가 도시에서 온 형제는 다리 위에 서서 다리 난간 아래로 몸을 굽히고 물속을 들여다보고 있었다. 그는 상대방을 향해 안녕하세요, 하고 인사까지 건넸다. 그러나 그의 형제 역시 깃털과 날개를 다 뽑고 머리카락도 잘랐다는 사실을 모르고 있었기 때문에, 그는 형제를 알아보지 못했다. 그리고 다리 밑에 앉아 있던 형제 역시 금발이고 화려한 깃털을 가진 자기 형제만 찾았기 때문에, 그 다리 위에 서 있는 보잘것없는 남자에게 안녕하세요, 하고 중얼거리듯 대꾸할 뿐이었다.

두 쌍둥이 형제는 다시 각자 자기 형제를 찾으려 다녔다. 몇 날이 흐르고 몇 해가 흐르도록 말이다. 늙고 병약해진 채 그들은 수백 번 우연히 마주쳤지만 서로를 알아보지 못했다. 그들이 아직도 죽지 않았다면 여전히 어딘가를 헤매며 서로를 찾고 있을 것이다. 그들은 수없이 서로를 생각하며 쓰라린 눈물을 흘렸다. 그리고 그들의 눈물이 떨어진 곳마다 아주 작고 짙은 푸른색 꽃이 자라났다. 그 꽃은 잎 속에 섬세한 황금빛 잎맥을 지니고 있었다. 그래서 사람들은 이 꽃을 '브루더트로이'(형제애)라고 불렀다. 그것이 너무나 알맞은 이름이라는 것도 모르는 채로 말이다.

쌍둥이 형제

달나라 공주

아르님 모녀의 동화들

© Angelika kauffmann

왕자

베티나 폰 아르님

옛날 옛적에 아주 멋진 나라를 가진 왕이 살았다. 그의 성은 높은 산 위에 있어서, 아주 멀리까지도 볼 수 있었다. 성채 뒤에는 왕의 취향대로 만든 아름다운 정원이 있었는데, 이 성채는 아름다운 강과 울창한 숲으로 둘러싸여 있었고 숲속에는 들짐승들이 가득했다. 사자, 호랑이들이 이곳에 살았고, 살쾡이들이 나무 위에 앉아 있었다. 또 여우와 늑대들이 덤불 속을 이리저리 뛰어다녔고, 흰곰과 황금빛 곰들이 짝을 이루어 강물을 헤엄치다가 왕의 정원에 다가오는 것을 자주 볼 수 있었다. 나무 꼭대기에는 독수리와 매들이 둥지를 틀고 있었다. 왕의 나라와 붙어 있는 이 숲은 진짜 동물의 왕국이었다. 그리고 그들 삶의 터전이었다.

왕은 그 아름다움에 반해 어떤 처녀를 아내로 맞이했고 아내와 함께 아이를 얻고 싶어했다. 왕비가 임신을 하자 백성들도 왕좌를 물려받을 2세의 탄생을 기뻐했으며 왕비를 존경하고 아꼈다. 그러나 출산일이 훨씬 지나서도 아기는 세상에 나오지 않았다. 왕은 아내가 중병에 걸려 곧 죽을 거라고 생각하고 슬퍼했으나 왕비는 건강한 사람들과 똑같이 제대로 먹고 마셨다. 그러면서 7년 동안 커다란 배를 내밀고 다녔던 것이다. 왕은 이런 모습에 화를 내며 왕비가 신의 노여움을 사서 이처럼 호된 벌을 받는 것이라고 생각했다. 왕은 왕비와 더이상 같은 방을 쓰지 않았고, 왕비를 성의 뒤편에 혼자 살게 했다. 그곳에서 왕비는 슬픔에 잠겨 무거운 몸을 이끌고 아무도 없는 정원을 느릿느릿 걸어다니며 건너편 숲에서 강으로 물을 마시러 오는 들짐승들을 지켜보았다.

봄이 되자 나이든 사자나 호랑이들이 새끼들을 데리고 물을 마시러 왔다. 그 모습을 보며 왕비는 깊은 절망에 빠져 자신도 들짐승이었으면 하고 바랐다. 오로지 자기 자식들을 먹여살리기 위해 거칠게 싸워가며 숲에서 먹이를 구하는 들짐승들 말이다. "하지만 나는 무거운 몸으로 무거운 탄식을 토해내며 여기서 이렇게 정원이나 왔다갔다하고 있어야 하는구나. 너희들은 해마다 새끼를 낳고 그 새끼들을 거칠고 험한 자연 속에서 키워나가지. 하지만 제후의 딸인 나, 왕비인 나는 내 고귀한 혈통을 이어받을 누구도 키울 수가 없구나. 그래서 불행하게 살며 남편인 왕에게서도 미움을 받아야 하는구나."

어느날 야자나무 아래 한적한 곳에 앉아 있을 때 왕비는 아픔을

그녀들의 메르헨

느꼈고, 그 자리에서 아들을 하나 낳았다. 그 아들은 세상에 나오자마자 일곱 살짜리 소년의 힘을 지니고 있는 것 같았다. 아이가 어머니 뱃속에서 나오는 동안 암곰 한 마리가 강을 건너왔는데, 아기는 어머니에게서 떨어지자마자 이 곰을 움켜잡았던 것이다. 곰은 자신의 등가죽을 움켜잡고 있는 아기를 업은 채 헤엄을 쳐 숲으로 들어가버렸다. 왕비는 있는 힘을 다해 고함을 질렀다.

"내 아들이야, 내 하나뿐인 자식이라구. 내 자식이 숲에서 들짐승들의 먹이가 되다니!"

왕의 호위병들은 왕비의 비명을 듣고 달려와 강을 건너 숲으로 달려가려고 했다. 그들은 몽둥이와 화살과 활을 들고 갓 태어난 왕자를 찾아올 생각이었다. 그러나 짐승들은 인간들이 무기를 들고 자기들의 영역을 침범한 것을 알고는 다들 숲에서 강가로 몰려나와 자신들을 방어하려고 했다. 곰들은 몸을 곧추세우고 앉아 앞발을 쭉 폈고, 사자들은 이를 갈며 꼬리를 흔들어댔다. 호랑이들은 불타는 눈빛으로 강가를 이리저리 어슬렁거렸고 늑대들은 울부짖었으며, 코끼리들은 앞발로 흙을 퍼내며 물 속으로 바윗덩어리들을 굴러 떨어뜨렸다. 새들은 전부 둥지에서 날아올라 하늘을 덮고는 기분 나쁘게 소리를 질러댔다. 그러니 아무리 용맹한 기사라도 그들에게 다가갈 수가 없었다. 기사들은 결국 다시 강을 건너 혼자 있는 왕비에게 돌아왔다. 어차피 왕자를 구할 수 없을 거라고 생각했던 것이다. 돌아와 보니 왕비는 그 사이에 여섯 명의 아들을 더 낳았다. 새로 태어나는 아이마다 앞에 태어난 아이보다 더 활달하

왕자

고 힘이 센 것처럼 보였다. 그래서 사람들은 잃어버린 첫째 아이에 대해 별로 슬퍼하지 않았다. 왕비는 여섯 명의 젖먹이 아이들을 데리고 영광스러운 어머니가 되어 왕에게 돌아갔다. 왕은 크게 기뻐하며 존경으로 왕비를 맞아들였다.

무럭무럭 자라는 아이들을 왕비는 지극한 정성과 인내심으로 돌보며 키웠다. 그러나 밤이면 왕비는 잠자리에서 일어나 성 뒤편 그 자리로 가보곤 했다. 자신이 앉아 있던 나무 밑, 곰이 아이를 데리고 간 그곳 말이다. 왕비는 혹시 아이를 덤불 속에서 찾을 수 있을까 해서 물가를 돌아다녔다. 잃어버린 아들이 이미 죽었을 거라는 생각은 한번도 해본 적이 없었다. 양떼 전부를 두고도 잃어버린 양 한 마리를 찾아헤매며 근심하는 양치기 같았다. 마치 잃어버린 양이 가장 훌륭한 양이고 자신의 유일한 양이기라도 한 것처럼 말이다.

왕비는 한밤중에 들짐승들이 울부짖는 소리를 들어도 더이상 그들을 겁내지 않게 되었다. 어쩌다가 짐승 한 마리가 성 뒤편에 있는 정원에서 길을 잃어 어슬렁거리고 있으면 왕비는 그 짐승에게 다가가 자기 아이를 아느냐고 물었다. 그러나 짐승들은 왕비의 말을 알아들으려고 하지 않았다. 왕비는 초조하고 간절한 마음으로 곰들에게 애걸하다가 곰들을 협박하고 곰가죽을 움켜쥐기도 했다.
"너희들이 내 아들을 훔쳐갔어!"

그러나 곰들은 그 일에 별로 신경을 쓰지 않았고, 그저 자기들이 늘 하던 대로 행동할 뿐이었다. 짐승들은 왕비가 누구인지 알고 있

그녀들의 메르헨

었고 왕비에게 해를 끼치지 않았다. 왕비는 다시 성으로 돌아오면 얼른 눈물을 닦고 다른 아이들을 들여다보았다. 엄마가 없어 불안해하는 아이들에게 왕비는 눈물을 감추고 말했다. "내 불쌍한 자식들이 떨고 있구나. 아이들을 따뜻하게 해주고 먹을 것을 줘서 다시 안심시켜야지."

왕비는 낮에는 슬픔을 감춘 채 얼굴을 햇빛 쪽으로 돌리지도 않고 지냈다. 다른 자식들 모두보다 잃어버린 아들 하나를 더 사랑하는 것 같아 스스로도 부끄러웠기 때문이다. 그러나 왕비는 다른 아들들을 인내심과 지혜로 정성껏 키웠다. 하지만 아이들이 잠든 밤이 되면 왕비는 계속 맏아들을 찾으러 다녔다. 왕비는 높은 하늘을 이리저리 날아다니면서 새끼들에게 먹이를 날라다주는 커다란 독수리들에게 말을 걸었다.

"날아다니는 짐승들이여, 내가 너희들처럼 공중을 떠돌며 수풀 속을 내려다볼 수 있다면, 그래서 내 아들을 찾을 수만 있다면! 제발 말해다오. 내 아들이 아직 살아 있는지. 아니면 그 애의 시신을 본 적이 있는지."

새들이 갑자기 알아들을 수 없는 소리를 지르며 날아다녔기 때문에 왕비는 뭔가를 알아들으려고 앞머리를 귀 뒤로 넘겨가며 귀를 기울였다. 왕비는 아들이 아직 살아 있고 곧 어머니에게 돌아올 거라고 새들이 외치고 있다고 믿어버리곤 했다. 새들이 지르는 소리를 해석해보려고 노력도 했다.

꿀벌과 웅웅거리는 풍뎅이들에게도 말을 걸었다. 그들은 물 위

그녀들의 메르헨

를 빙빙 돌며 날았고, 왕비 주위를 맴돌며 자기들 나름대로 붕붕거리다가 다시 날아가버리곤 했다. 불쌍한 왕비에게 어떤 들짐승이나 벌레들도 신통한 이야기를 들려줄 수가 없었다. 그들은 사람의 말소리를 이해할 수 없었기 때문이다.

인간들은 짐승을 괴롭히고 짐승과 함께 어떤 일도 하지 않는다. 오로지 털가죽이나 고기를 얻기 위해서 짐승의 목숨을 빼앗을 뿐, 위로를 받으려고 짐승들을 찾아가는 인간은 아무도 없다. 하지만 많은 들짐승들은 인간이 교활하게 빼앗아간 자유를 찾으려고 울부짖는다. 인간은 들짐승의 자유를 빼앗고 그들을 노예로 부리는데, 그 짐승들로 말하자면 그럴 만한 잘못을 저지른 적도 없고 그 본성 자체가 인간에게 길들여지게 되어 있지도 않다. 그런데도 인간에게 붙잡힌 짐승들은 숲속에서 신선한 나뭇잎들을 먹는 대신, 일한 대가로 얻은 말린 풀을 뜯어먹어야 하며, 주둥이에 재갈이 물린 채 채찍질을 당하며 살아야 한다. 그래서 짐승들은 인간을 신뢰하지 않고 인간을 피해 다니지만, 어쩔 수 없는 상황에서는 인간을 공격해 끔찍한 방법으로 갈기갈기 찢어놓기도 한다. 오로지 자신들의 자유와 새끼들을 지키기 위해서다.

왕자들은 키가 자라는 만큼 현명해졌고, 성격은 모두 조화로웠다. 그리고 모든 면에서 고귀하게 처신했다. 왕은 어느 아들에게 왕관을 물려주어야 할지 판단을 내릴 수가 없었다. 여섯 중 누가 먼저 태어났는지 누구도 알 수가 없었고, 어느 왕자가 더 왕의 자리에 적합한지 누구도 말하기 어려웠기 때문이다. 왕이 왕자들에

왕자

게 상을 걸고 경기를 시키면 다들 똑같은 상을 받거나 각자 독특한 방식으로 두각을 나타냈다. 왕은 어느 왕자도 편애하지 않았다. 하나같이 잘생겼고, 그들 하나하나가 햇빛을 받고 서 있는 팔색조의 영롱한 목깃털에 비교할 만했기 때문이다. 팔색조는 서 있는 방향에 따라, 이리 보면 붉은색 저리 보면 초록색이 가장 아름답게 보이고 또, 다른 방향에서 보면 다른 빛깔이 두드러져 보인다. 혹은 날개를 치거나 위아래로 움직일 때 그 빛깔은 번개처럼 빠르게 변화하고, 빛깔 하나하나가 한결같이 아름다워서, 어떤 빛깔이 가장 아름다운지 판단을 내릴 수가 없는 것이다. 혹은 마치 일곱 가지 빛깔이 하나로 합쳐져 있으면서 넓은 하늘에 펼쳐져 있어 각각의 빛깔이 언제나 다른 빛깔보다 두드러지는 무지개 같기도 했다.

그러니 왕은 자기 나라를 여섯 왕자에게 나누어주거나 다른 사람보다 한 사람에게 더 많이 줄 수가 없었다. 결국 왕은 그냥 여섯 왕자의 머리에 다 맞을 만한 순금 왕관을 만든 뒤 왕자들에게 말했다.

"너희들의 생각이 이 순금처럼 순수하고, 너희들이 모두 일치해 있으면 그리고 너희들의 머리가 모두 이 왕관에 맞고, 너희들이 서로 사랑하는 마음으로 입맞춤을 나눈다면, 나는 이렇게 말하고 싶다. 내 영토는 오로지 한 명의 군주를 갖는다. 몸은 여럿이지만 영혼은 하나다."

그러면서 왕은 큰 잔치를 베풀었다. 그 잔치에서 백성들은 새로 왕이 된 여섯 왕자들을 볼 수 있었다. 귀족 모두가 궁정에 모였다.

그녀들의 메르헨

궁전 마당에 거대한 순금 옥좌가 놓였고 그 위에 여섯 명의 왕자들이 앉아 있었다. 그리고 그들 하나하나에게 왕이 몸소 왕관을 씌워주었다. 조용하고 말이 없는 왕비는 화려한 의상과 보석으로 치장하고 금실로 짠 베일과 망토 차림으로 나타났다. 그러자 백성들은 왕비에게 환호했다. 사람들은 왕비를 영광이 가득한 어머니라고 칭송했고 악기로 멋진 음악을 연주해 왕비를 찬미했다. 그러나 왕비는 얼굴을 베일 뒤에 숨기고 잃어버린 왕자를 생각하며 쓰디쓴 눈물을 흘렸다. 그때 여섯 명의 왕자들이 옥좌에서 내려와 어머니의 축복을 받으려고 왕비의 발 아래 무릎을 꿇었다. 왕비는 일어나서 오른손을 들어 자식들에게 축복을 나누어주었다. 그러나 왼손은 가슴에 얹은 채로 잃어버린 아들을 그리워했다.

들짐승들은 온 나라에 울려퍼지는 환호소리를 듣고 들떠서, 강을 헤엄쳐 건너왔다. 보초병들이 이 끔찍한 소식을 전하자, 백성들은 모두 자기 집 안으로 재빨리 도망쳤다. 그러나 왕비만은 그 자리를 떠나려고 하지 않았다. 아무런 두려움도 없었던 것이다. 왕자들은 어머니를 홀로 남겨두지 않으려고 했다. 그러나 왕비는 어머니를 지키려는 왕자들의 간청에 마음이 약해지지 않았다. 짐승떼가 가까이 다가왔고, 그들 한가운데 하늘을 바라보고 선 아름다운 남자의 모습이 있었다. 사람처럼 보이는 모습이었지만 보통 인간들보다 더 아름답고 더 고귀해 보였다. 그는 사자와 호랑이를 타고 왔는데 이 등에서 저 등으로 날렵하게 뛰어다녔다. 그 모습을 보자 왕비는 말했다. "내 아들이야." 그러면서 그를 향해 나아갔다. 그의

왕자

가슴에 기대자 왕비는 자기 심장에서 무거운 돌이 굴러 내려가는 것을 느낄 수 있었다. 짐승들은 왕비를 알고 있었고 왕비에게 아무런 해도 끼치지 않았다. 그러나 짐승들이 데리고 온 그 젊은이는 인간의 언어를 몰랐고, 자신의 의사를 손짓으로만 전할 수 있었다. 그는 왕관을 머리에 얹고 그 왕관을 머리 위에서 일곱 바퀴 돌린 다음, 억센 손으로 땅에서 올리브 나무 한 그루를 뽑아내 여섯 형제들에게 가지 하나씩을 나누어주었다. 그리고 자신은 그 줄기를 손에 쥔 채 "내가 왕이다. 하지만 너희들은 나와 평화롭게 함께 살아갈 것이다"라고 외쳤다. 마침내 그는 짐승과 인간들을 영혼과 특별한 언어로 다스리는 왕이 되었다.

그녀들의 메르헨

달나라 공주

기젤라 폰 아르님

어느 소도시의 탑에 살고 있는 어린 여자아이가 있었다. 종지기인 아이의 할아버지는 튼튼한 줄을 당겨 종을 쳤다. 둥근 추에는 독특한 갖가지 문양이 새겨져 있었다. 그 종소리는 멀리까지 울려퍼졌고 아침에도 한낮에도 그리고 저녁에도 울렸다. 종소리는 외로운 아이를 즐겁게 해주었다. 노인은 아이가 온종일 탑의 나선형 회랑을 위아래로 뛰어다니며 놀게 내버려두었다.

저녁이 되면 아이는 할아버지가 종을 울리는 시간에 맞춰 살금살금 할아버지 곁으로 다가갔다. 커다랗게 울리는 종소리가 싫지 않았기 때문이다. "탑 주위에는 거친 바람이 분단다." 할아버지가 말했지만 아이는 밖으로 나가길 좋아했다. 아이는 차가운 돌난간에 기대어 아래를 내려다보았다. 그곳에는 이상한 굴뚝이 달린 낡은 지붕들이 있었고, 거기서 저녁식사를 준비하는 연기가 하늘로 올라갔다. 아이는 코를 앞으로 내밀고 그 아래 사는 사람들이 무슨 음식을 먹는지 냄새를 맡아보곤 했다. 넘어가는 해가 벽을 금빛으로 물들였고 다락방 창문들을 붉게 달궜다. 잿빛 새끼고양이 한 마리가 이 지붕에서 저 지붕으로 뛰어다녔다.

아이가 가장 바라보기 좋아하는 곳은 오래된 작은 교회였다. 그 교회는 집들이 모여 있는 곳이 아니라, 도시 외곽에 홀로 서 있었다. 교회 담장 곁에는 키 큰 보리수가 있고 그 아래로 라일락꽃이 피어 있었다. 교회 마당에는 검은 십자가가 세워진 초록빛 작은 둔덕이 여러 개 있었고 그 십자가 꼭대기에 저녁 노을이 걸리곤 했다. 키 큰 수풀과 들꽃들 사이에서 아이들 노는 모습이 자주 보였다. 하지만 저녁이 되면 그들은 집으로 돌아갔고, 바람이 키 큰 풀 숲을 헤치며 아이들의 발걸음을 재촉했다. 보리수가 바람에 움직이며 소리를 내면 아이는 호기심에 가득 찬 눈으로 바라보았다. 할아버지는 사람들이 그 둔덕 밑 땅 속에 꼼짝 못하고 갇혀 누워 있다고 말한 적이 있다. 할아버지는 이런 말도 덧붙였다. 일단 그 사람들 몸에서 날개가 자라나면 그들은 그 아래 누워 있지 않고 하늘로 올라간다는 것이었다. 풀잎들 밑에서 그 사람들은 전혀 움직이지 않는 걸까? 보리수 속에서 장난을 치는 게 아닐까? 그러나 그런 소리는 들을 수가 없었다.

아이는 바라보기에 지치면 먼 곳을 보았다. 산 너머로는 해가 지고 있었고, 평지에서는 양치기 소년이 양들을 지팡이로 몰며 집으

그녀들의 메르헨

로 가고 있었다. 양들을 몰고 가는 양치기는 많았지만 아이는 오로지 그 양치기 소년만 알아볼 수 있었다. 왜냐하면 그 소년은 언제나 산꼭대기로 양들을 몰고 갔고, 그의 양떼가 가장 적은 수였기 때문이다. 소년은 넓은 산림지대 속에서 도드라져 보이는 마을로 양떼들을 끌고 갔다. 암소들이 집으로 돌아갔고, 소떼를 치는 목동은 조용히 목소리를 높였다. 어떤 거리에서는 암소들이 제각기 자기 집으로 돌아갔고, 사람들은 그 암소를 맞아들였다. 그리고 아이들은 얼른 소들을 맞이하고 싶어서 마당문을 열어놓았다.

아래 내려다보이는 세상은 점점 금빛으로 물들어갔고, 그러면서도 그늘이 깊어졌고, 삶이 더욱 활기차게 보이면서도 아주 고요해졌다. 그때 푸른 대기를 뚫고 금빛 달이 당당한 순례자처럼 천천히 그리고 열정적인 모습으로 다가왔다. 땅은 밤의 베일에 감싸였다. 집집마다 불이 밝혀졌고 안개가 피어올랐다. 하지만 달은 그 모든 것보다도 더 아름답고 크구나, 푸른 공기의 바닷속에서 헤엄치고 있는 저 달 좀 봐. 아이는 그렇게 생각했다. 그러나 할아버지의 발자국 소리가 들리면 아이는 재빨리 안으로 들어왔고 고양이는 아이를 언제나 문가에서 맞아들였다. 고양이는 꼬리를 치켜들고 아이에게 다가와서는 그르렁거리며 자기 털을 문설주에 문지르고는 아이와 함께 짝을 이루어 다시 구석 난롯가에 가서 앉았다.

한번은 할아버지가 아이를 바깥 달빛 아래서 붙잡아온 적이 있었다. 그때 할아버지는 몹시 화를 내며 말했다. 달은 이미 수없이 운 나쁜 일들을 만들어냈다는 것이다.

"에를리, 에를리! 너를 또 한번 달빛 아래서 마주치면 그때는 커다란 매를 들고 올라올 거야." 할아버지가 단호하게 말했다.

하지만 달은 너무나 아름다웠고, 아이는 오랫동안 달을 바라보면서 그 부드러운 빛이 자신을 어떻게 비추는지를 느끼고 싶었다.

저녁에 할아버지는 긴 의자에 기대앉아 담배를 피우며, 낡아서 누렇게 된 책들을 읽었다. 그러다가 가끔씩 생각에 잠긴 듯 지붕 대들보를 올려다보았다. 아이는 난롯가에 앉아 있는 것을 좋아했다. 잿빛 털을 가진 수고양이가 한옆에서 야옹거리며 초록색 눈동자로 아이를 바라보았다. 그럴 때면 아이는 이렇게 물었다. "야옹아, 무슨 얘기를 하는 거니?" 그러면 고양이는 자기 머리를 아이의 가슴에 대고 더 사랑스럽게 야옹거렸다. 아이는 웃음을 터뜨리며 말했다. "네가 나를 아주 좋아한다고 말하려는 거구나." 그런 다음 아이는 난로에서 떨어진 돌멩이들을 가지고 장난을 했다. 고양이는 점잖게 아이를 지켜보면서 가끔 앞발을 안쪽으로 접어넣었다가 다시 똑바로 펴곤 했다. 아이는 고양이에게 할아버지가 들으면 무뚝뚝하게 고개를 설레설레 젓곤 하는 자기 생각과 이야기들을 들려주었다. 아이는 언제나 그 난롯가 구석에서 잠이 들었다.

겨울이 왔고 탑의 회랑은 눈으로 뒤덮였다. 눈은 돌난간에 높이 쌓였고, 바닥을 덮으면서 오래된 석조 분수를 아름답게 꾸며주었다. 온 천지에는 눈송이가 펄펄 날아다녔다. 탑에 있는 노인은 열심히 불을 땠고, 에를리는 언제나 고양이와 함께 난로 앞에 앉은 채 가끔 지루해하며 생각했다. '저 아래 사는 사람들은 무엇을 하

그녀들의 메르헨

고 있을까? 그 사람들은 분명히 천사들처럼 행복하겠지. 다들 함께 모여 사니까.' 크리스마스 저녁에 할아버지는 에를리를 창가로 들어올려 주었다. 아래 세상에서는 온갖 것들이 희미하게 반짝였다.

"아, 천사다!" 아이가 말했다.

"누구라고?" 할아버지가 물었다.

"저 밑에 사는 사람들 말이에요." 아이가 대답했고 할아버지는 서글프게 미소를 지었다.

겨울이 지나 얼음이 녹기 시작했고, 태양이 비쳐들더니 긴 고드름들이 물방울이 되어 떨어지기 시작했다. 어느날 아침 언제나처럼 노인이 먹을 것들이 담긴 바구니를 끌어올리자 그 속에 커다란 편지 한 통이 들어 있었다. 맛있어 보이는 커다란 과자도 함께 있었다. 그 과자는 할아버지가 에를리를 위해 주문한 것이었다. 편지를 읽더니 노인은 화를 내며 말했다. "대부代父가 내일 온단다."

노인은 에를리가 들어갈 수 없게 되어 있는 옆방에 가서 초록색 비단을 씌운 의자를 꺼내왔다. 에를리는 그 의자를 바라보았다. 기대에 차서 잠이 오지 않았다. 땅에 사는 사람은 대체 어떻게 생겼을까. 할아버지는 가끔 저 아래 세상으로 내려갔지만 그곳에서 누구도 데리고 오지 않았다.

에를리는 다음날 아침 일찍 잠에서 깨어 뛰어내려와서는, 탑 난간에서 아래를 내려다보며 이리저리 왔다갔다했다. 다시 밖으로 나갔을 때 에를리는 아래에서 발소리를 들었다. 녹이 슨 초인종이

그녀들의 메르헨

새된 소리로 울렸다. 에를리는 눈을 크게 뜨고 외쳤다. "왔어요!"

노인이 빗장을 빼자 머리통 하나가 불쑥 나타났다. 구불거리는 흰 가발 아래로 발간 두 뺨이 반짝였다. 그리고 상냥해 보이는 푸른 눈동자가 주위를 둘러보았다. 남자는 갈색 사라사(무늬를 프린트해 넣은 인도의 면직물—역주) 재킷을 입었고 금으로 된 시계줄을 조끼로부터 늘어뜨리고 있었다. 아주 잘생기긴 했지만, 사실 에를리는 저 아래 살고 있는 사람들은 그보다 더 아름다울 거라고 상상했던 터였다. 대부는 할아버지를 포옹했고 그를 가슴에 꼭 끌어안았다. 그러나 낡은 종이 갑자기 사라져버린 고요를 탓하듯 노인은 큰소리를 질렀고, 대부는 깜짝 놀라 뒤로 물러섰다. 그들은 방으로 들어갔고 에를리는 조심스럽게 발꿈치를 들고 뒤를 따라갔다. 대부는 빠른 말투로 수다를 떨기 시작했다. 어깨에 짊어지고 있던 짐을 내려놓은 뒤 그는 빨간 스타킹을 신은 가늘고 연약한 다리를 난롯가에 얹어놓고 꽁꽁 언 손을 불에 쪼이며 비벼댔고, 흰 가발에 달린 아침 이슬을 털어냈다. 노인은 무뚝뚝한 표정으로 그 모습을 바라보았다. 에를리는 구석에 선 채 커다란 푸른 눈으로 대부를 바라보고 있었다. 에를리는 그의 머리카락이 섬세한 은실로 만들어지지 않았을까 생각하고 있었다. 아래 세상에서 일어난 일들을 모두 이야기하고 난 뒤 그는 푸른 눈을 반짝이며 에를리를 바라보았다.

"아니, 세상에. 쟤는 에를리잖아요!"

그는 에를리의 뺨을 장난스럽게 잡아당기며 예쁘다고 칭찬했다.

달나라 공주

그런 다음 짐을 풀어 아름답고 알록달록한 사라사 천들을 꺼내놓았다. 그는 천들을 펼쳐놓고 손바닥으로 쓰다듬으며 입맛을 다셨다. 그 중에는 파란 꽃무늬가 있는 천도 있었다. 그 천은 얼마나 아름다웠는지! 그는 그 천을 에를리에게 선물로 주고, 노인의 귀에 속삭였다. 그러자 노인은 에를리에게 나가 있으라고 했다. 대부는 자기가 에를리를 아래 세상으로 데리고 가겠다고 노인을 설득했다. 자신은 오로지 에를리를 데려가서 키우기 위해 이곳에 왔다면서, 자기가 저 아이를 훌륭한 여자로 키우겠다고 말했다. 노인은 큰소리로 화를 냈지만 결국은 그의 말에 동의했다. 이 먼 친척이 다른 모든 사람과 마찬가지로 멍청하긴 하지만 나쁜 사람은 아니니 에를리를 데리고 가도 좋다고 노인은 생각했다. 하지만 가능하면 달밤에는 아이에게 저녁 공기를 쏘이지 않게 하라고 당부했다.

지상에 대한 동경

그 동안 에를리는 바깥에 서서 아래를 내려다보고 있었다. 파란 꽃무늬가 있는 사라사 천을 가슴에 꼭 끌어안은 채였다. 이제까지 누구도 그런 선물을 준 적이 없었다. 지붕들은 연기를 뿜고 있었고 나무들은 꽃을 피웠다. 새들은 에를리 발 아래로 날아다니며 노래를 불렀고, 땅에서 자라는 나무들 위로 날아 내려갔다. 에를리는 거리를 내려다보았다. 염색업자가 널어놓은 직물들이 우스꽝스럽

그녀들의 메르헨

게 바람에 날리고 있었다. 마치 봄에게 인사를 하려는 것 같았다. 그리고 아이들은 거리에서 이리저리 뛰어다니고 있었다. '얼마나 멋진지 몰라. 나도 저 아래서 놀고 싶은데.' 에를리는 생각했다. 사실 이 모든 것은 에를리가 위에서 내려다보고 있기 때문에 그처럼 아름다울 뿐이었다.

그때 커다란 동경이 에를리의 가슴속에서 눈을 떴다. 에를리는 진심으로 저 아래 있는 아이들과 나무들에게로 내려가고 싶었다. '분명히 저 아래 사는 사람들은 굉장히 아름다울 거야. 금빛 머리카락을 하고 있겠지. 할아버지를 찾아온 저 대부 아저씨보다 훨씬 더 아름다울 게 틀림없어. 저 아저씨는 벌써 늙었으니까 말이야. 그리고 그 사람들은 모두 다 내 잿빛 고양이만큼이나 나를 사랑할 거야.' 저 아래로 내려가면 양치기 소년을 더이상 볼 수 없다는 것만이 유일하게 에를리의 마음을 무겁게 했다. 하지만 에를리는 어느 집 위에 올라서서 그를 보면 될 거라고 생각했다. 그래도 저 아래 있는 집 위에서는 그렇게 멀리까지 볼 수 없을 것 같기도 했다.

할아버지가 에를리를 불렀다. 식사를 한 뒤 할아버지는 에를리에게 아래 세상으로 내려가야 한다고 말했다. 에를리는 너무나 기뻐서 아무 말도 못하고 가만히 있었다. 할아버지는 에를리 물건을 챙겨 짐보따리를 만들어주고는 에를리의 이마에 입을 맞추었다. 대부는 에를리의 손을 잡았고 할아버지는 에를리에게 다시 한번 고개를 끄덕여준 다음 빗장을 열고 두 사람을 밖으로 밀어 내보냈다. 그런 다음 다시 문을 닫았는데 고양이가 에를리를 따라 나오려

달나라 공주

다가 문에 끼일 뻔했다.

탑 꼭대기에서 아래로 내려가는 길은 어찌나 먼지, 에를리는 어둠 속에서 대부 뒤에 꼭 붙어서 종종걸음을 쳤다. 내려가는 길에는 때때로 작은 창문 하나가 구멍처럼 나 있었고, 그 창문을 통해 썩어가는 나무계단 위로 빛이 떨어졌다. 탑 아래에 다다르자 두 사람은 좁은 돌문으로 빠져나왔다. 에를리는 돌문을 빠져나오자마자 자기 발 아래서 자라고 있는 풀과 꽃들을 보며 꿈을 꾸고 있다고 생각했다. 몇 그루 나무들이 꽃봉오리로 뒤덮여 그곳에 서 있었다. 얼마나 아름다운지, 그렇지 않아?

아이들이 길을 따라 달려오고 있었다. 아이들은 에를리를 바라보았다. 에를리가 꿈꾸는 듯한 순진한 표정을 짓고 있었기 때문에 아이들은 에를리를 보고 깔깔거렸다. 어떤 남자가 에를리에게 꽃줄기를 던졌다. 에를리는 깜짝 놀라 주위를 둘러보았다. 사내애는 다시 한번 에를리에게 꽃을 던졌다. 에를리는 눈물을 흘렸다. 아주 예쁜 아이 하나가 어느 대문 앞에 앉아 있었다. 아이는 봄꽃들로 화관을 엮고 있었다. 그 모습을 보자 모든 근심이 사라져버렸다. 에를리는 그 아이에게 달려가 황홀한 기분으로 그 꽃들을 움켜잡고 향기를 맡았다. "이런 멍청한 애가 다 있담." 화관을 엮던 아이는 그렇게 말하며 에를리를 한 대 때렸다. 에를리는 한 대 맞고 넘어질 뻔했다. 그런 행동을 에를리는 이해할 수 없었다.

"내가 네 사라사 천을 들고 가야겠다." 대부는 그렇게 말하고 에를리의 팔에서 천을 걷어내 가방 속에 넣었다. 그들 앞에 산으로

그녀들의 메르헨

올라가는 듯한 길이 나왔고, 그곳에는 작은 현관이 있는 집 한 채가 서 있었다. 집 앞에는 염색업자가 널어놓은 천들이 바람에 날리고 있었다. 위쪽으로는 엄청나게 높은 탑이 보였다. 그 집은 에를리가 탑 위에서 항상 내려다보던 바로 그 집이었다.

대부는 그 염색업자의 집으로 들어갔다. 낮고 둥근 문을 지나 두 사람은 돌이 깔린 현관으로 들어섰다. 부엌과 방이 나타났고 여기저기 옷장들이 여럿 있었다. 벽난로에서는 석탄이 달아오르고 있었다. 둥근 창문을 통해 얼마 안되는 빛이 알록달록하게 색칠한 푸른 궤짝 위로 비쳐들었다. 궤짝 위에는 아이들 세 명이 앉아 놀고 있었는데, 그 중 나이가 제일 많고 굵은 머리카락을 가진 작은 눈의 거친 사내아이는 몹시 화가 나서 자기 남동생을 쥐어뜯고 있었다. 그리고 작은 여자애는 겁먹은 표정으로 대부를 바라보다가 옷궤짝 뒤로 숨어버렸다. 대부는 조용히 문을 두드리며 부드럽고 윤기 있는 목소리로 외쳤다. "블라우리더 부인!"

금방 문이 열렸고 몸집이 풍만한 여자가 문 앞에 나타났다. 누르스름한 얼굴은 조금 전에 본 이 집 큰아들과 비슷하게 보였고, 잿빛 머리카락을 검은 모자로 덮고 있었다. 부인은 얼른 앞치마의 주름을 펴고 푸른색 웃옷을 편편하게 두드린 뒤 미소를 지으며 최대한 상냥하게 대부를 맞아들였다. 그런 다음 재빨리 입가에 묻은 빵가루를 닦았다. 사라사 직물을 만드는 대부가 에를리에 대해 이야기하고 있는 동안 부인은 벽장에서 유리잔을 하나 꺼내어 상냥한 미소를 지으며 그 잔에 황금빛 액체를 부었다. 그리고 예쁜 과일무

달나라 공주

스를 뿌린 빵과 함께 그 잔을 대부 앞에 놓아주었다. 대부는 감동을 받은 듯이 부인을 한참 동안 쳐다보았다. 그러더니 가방을 열고 에를리에게 주었던 그 파란 꽃무늬 사라사 천을 꺼냈다.

"이것으로 예쁜 앞치마를 두 개는 만들 수 있을 겁니다. 저 탑 위에서 난 이 천을 이 꼬마에게 선물했죠. 노인을 안심시키려구요. 하지만 이젠 그럴 필요가 없어요!" 그는 웃음을 터뜨렸다.

사람들이 흔히 말하듯 그도 언젠가 한번은 죽을 목숨이고, 죽는다면 그 전에 뭔가 그럴듯한 것을 남기고 죽어야 한다고 대부는 말했다. 나이가 들면 어떻게 살아갈지를 이미 계산하고 있어야 한다는 것이었다.

에를리는 그 천을 선물로 받았다고 생각했었다. 그리고 그건 엄청난 기쁨이었다. 그런데 이제 그 천을 저 착한 아주머니가 받았고 그 아주머니 역시 무척 기뻐하는 것이었다. 대부와 아주머니는 함께 있는 것을 즐거워하는 것 같았다. 아저씨가 먼저 잔을 홀짝거리고 아주머니가 같은 잔으로 한 모금 마시면 또 아저씨가 한 모금 마셨다. 아저씨의 코는 빨갛게 달아올랐다. 에를리는 입을 벌리고 서서 아무 생각 없이 두 손을 맞잡아 위로 뻗쳤다. 그때 무슨 일이 일어났을까? 뭔가가 에를리의 옷소매에 걸렸다. 그건 어린 여자애가 자기 큰오빠에게 갖다주려던 잼 바른 빵이었다.

대부는 일어나서 집을 나섰고 에를리는 그의 팔에 매달렸다. 대부는 에를리를 향해 돌아섰다. 그때 그의 코가 얼마나 빨갛게 번쩍였던지!

그녀들의 메르헨

"얘야, 하늘나라에는 착한 일을 해야만 들어갈 수 있는 거란다."
그렇게 말한 그는 비틀거리며 가버렸다.

다음날 에를리는 일을 하러 가야만 했다. 학교에 가는 대신 면직물을 짜야 했던 것이다. 블라우리더 씨와 그 부인은 이렇게 짠 면직물을 가져다 염색했다.

탑 위에서 내려다 볼 때 이 아이들은 얼마나 착해보였던가. 그런데 에를리가 홀로 앉아서 실을 짜고 있으면 밖에서 아이들이 소리를 지르면서 싸우는 소리가 들려왔다. 아이들은 옆집 닭들을 괴롭혔고 닭들에게 달려들어 깃털을 뽑았다. 그리고 자기들이 잘못을 저지르면 그 죄를 에를리에게 뒤집어씌웠다. 그러면 블라우리더 부인은 무섭게 화를 냈다.

이웃 사람들이 가끔 이 집을 찾아왔는데, 그들은 이 예쁜 에를리가 창가 등받이가 없는 의자에 조용히 앉아 있는 것을 보고 놀랐다. 긴 금발은 에를리가 바퀴를 돌려 실을 자아낼 때면 당당하게 물결쳤다. 에를리는 아주 경건해보였고 어둠침침한 창문 뒤쪽에서 일만 했다. 그러다가 에를리가 눈물을 흘리면 이웃들은 이렇게 말했다. "저것 좀 봐! 저 아이는 꼭 별처럼 빛나는구나. 어쩌면 저렇게 희고 사랑스러울까. 갓 구워낸 흰 빵 같잖아. 마치 싱싱한 호두 속살처럼 아름답군." 이런 칭찬들은 에를리를 더욱 힘들게 만들었다. 블라우리더 부인은 이웃들에게서 이런 얘기를 듣고 나면 전보다 더 심하고 못되게 굴었기 때문이다.

에를리는 밤이 되어 일이 끝나도 단 한번도 거리에 나가볼 수 없

달나라 공주

었다. 그건 할아버지가 금했기 때문이다. 날이 어두워지면 에를리는 이마를 창문에 대고 밖을 내다보았다. 그러면 새들이 탑 주위를 맴돌며 쉴 곳을 찾는 모습이 보였다. 저 탑 주위의 공기는 이제 무척 서늘하겠지. 에를리는 다시 탑 위를 그리워할 만도 했지만, 그러기에는 이 지상에서 너무나 많은 새로운 일들이 일어났다. 그리고 에를리는 생생한 삶과 활기를 느끼고 싶어했다.

블라우리더 부인의 늙은 남편은 몰래 에를리를 좋아했다. 집 안에 아무도 없을 때면 그 남편은 문틈으로 고개를 들이밀고 에를리에게 미소를 지으며 몇 마디 상냥한 말을 건넸다. 그는 약간 바보스러운 사람이었다. 그러나 에를리는 그를 곁에서 위로해주어야 했다. 한번은 그가 방안에 아무도 없다고 생각하고 방울 달린 흰모자를 쓴 채 고개를 들이밀었다. 에를리가 평소처럼 자신을 쳐다보지 않았기 때문에 그는 헛기침을 했다. 그런데 아뿔싸, 그의 머리가 문틈에 끼이고 말았다. 블라우리더 부인이 눈치채지 못하게 문 뒤에 숨어 있다가 재빨리 남편의 머리통을 문틈에 끼워버린 것이다. 그 늙은 남편은 그 뒤로 오랫동안 에를리의 모습을 보러 올 수 없었다. 에를리는 밥을 많이 먹는 일이 없었다. 블라우리더 부인은 어느날 저녁 식사 때 화를 내며 이렇게 말했다.

"이 건방진 것아, 그처럼 높은 곳에서 태어나 해와 달을 가까이하고 살더니, 아무것도 먹지 않아도 되는 모양이지. 너는 달의 위장을 가졌구나. 반달의 배처럼 그렇게 매끈하고 비쩍 말랐으니까."

"그래 맞아, 반달배, 반달배! 앞으로 너를 그렇게 불러야겠다."

그녀들의 메르헨

아이들이 외쳤다.

그러나 에를리가 이처럼 적게 먹는 데는 이유가 있었다. 에를리는 다른 사람들보다 정말 먹는 양이 적었고 결코 음식에 욕심을 내지 않았다. 그리고 지구상의 어떤 다른 아이보다 아름다웠고 품성이 훌륭한 아이였다. 뭔가 옳지 않은 일을 하겠다는 생각 따위는 꿈에도 가져본 적이 없었다. 에를리의 마음은 언제나 스스로에게 아름답고 훌륭한 것만을 이야기했다. 그렇지 못한 것에 대해서는 생각하는 일이 없었다. 그런 에를리도 이제까지 살면서 꼭 한 번 잘못을 저질렀다. 달에 대한 동경 때문에 할아버지 몰래 밖으로 나갔을 때였다.

어느날 밤 에를리는 이 집 아이들이 구석에 모여 서로 속삭이는 모습을 보았다. 에를리는 '저 애들이 분명히 뭔가 또 장난을 칠 계획을 세우고 있나보다'라고 생각했다. 큰아들 녀석이 자기 아버지의 염색통에서 염료를 훔쳐다가 기름에 섞는 것이 보였다. 그런 다음 아이들은 이웃집 여자가 키우는 닭들이 있는 닭장 뒤로 갔다. 저녁에 에를리가 잠자리에 누워 거의 잠이 들려고 할 때 아이들이 나직하게 속삭이는 소리가 들렸다.

"내일 아침이면 난리가 날 거야!"

"다들 에를리가 그 짓을 했다고 시침 딱 떼고 말하는 거야, 잊지 마. 엄마는 지난번에 아주 커다란 회초리를 만들었거든. 그리고 말했지. 다음번에 또 저 애가 무슨 일을 저지르면 이 회초리 세례를 받을 거라고. 저 애가 워낙 건방지기 때문에, 엄마는 저 애한테 매번 손수 벌을 주는 것도 싫다고 하셨어. 그래서 회초리로 저 애를 때리면 좋은 술을 마시게 해주겠다고 아버지한테 약속했지. 그러자 아버지가 그러겠다고 대답하던걸.” 큰아들이 말했다.

에를리는 슬펐다. 회초리에 대한 두려움보다는 아이들의 아버지가 자기를 버렸다는 사실이 더 서글펐다. 그날 밤 에를리는 잠을 이룰 수가 없었다.

다음날 아침 다른 누구보다도 일찍 자리에서 일어난 에를리는 창가로 달려가 옆집을 내다보았다. 창 앞에서는 요란한 비명소리가 들렸다. 무슨 일일까? 이웃집 아낙네의 닭들이 온통 알록달록하게 물감을 뒤집어쓴 채 뛰어다니고 있었다. 하얀 암탉은 장밋빛 깔을 뒤집어썼고 커다란 수탉은 초록빛 코트를 입은 것 같았다. 병아리들은 온통 알록달록하게 칠해진 부활절 달걀들처럼 이리저리 뛰어다니고 있었다. 현관문 앞에는 이웃집 아낙네가 양손을 허리에 걸친 채 서 있었다. 점잖은 비단 캡은 비뚤어져 있었고 화가 나서 숨을 몰아쉬고 있었다. 이웃들 모두가 창문과 대문을 열고 이웃집 여자를 내다보았다. 빵집 주인 젬블라인 씨는 줄무늬가 있는 면직 재킷을 입고 손에 밀가루를 묻힌 채 서 있었다. 그는 벌써 1년 전부터 끊임없이 이웃집 아낙네에게 청혼을 하고 있는 중이었다. 그는 그 이웃집 여자를 위로하듯 여러 번 끌어안았다. 그 때문에 캡이 완전히 삐딱하게 내려가고 밀가루가 자기 몸 여기저기에 뿌려졌는데도 그녀는 아무것도 알아차리지 못하는 것 같았다. 에를리는 겁을 먹었다. 모든 이웃들이 자신에게 다가서고 있었고, 굵은

그녀들의 메르헨

회초리가 눈앞에서 출렁거렸던 것이다. 아이들이 한 말이 바로 이 것이었구나! 에를리의 가슴은 요란하게 뛰기 시작했다. 에를리는 뒷문으로 달려나가 작은 부엌 마당을 통해 곧장 나 있는 도로로 내 달렸다. 발 아래 보도블럭이 불타듯 뜨거웠다. 에를리는 성문으로 들어서는 농부의 수레를 옆으로 스치며 달렸다. 길가의 체리 나무 들이 활짝 꽃을 피우고 있었고, 아침 태양이 아직 수풀의 이슬을 말리기도 전이었다. 공기는 아주 싸늘했다. 에를리는 바람이 머리 카락 사이로 휘파람 소리를 낼 정도로 달렸다. 한쪽 옆으로는 초록 빛 들판이 있었고 그 옆으로는 떡갈나무 숲이 있었다.

에를리는 문득 걸음을 멈췄다. 수풀 속에서 양치기의 부드러운 휘파람 소리가 들려왔다. 그리고 나뭇가지들 사이로 뭔가 하얀 것 이 반짝거렸다. 양들이 아닐까? 에를리는 그쪽으로 달려갔다. 에 를리가 풀숲을 뚫고 걸어가보니 어떤 농부 소년이 낡은 옷을 입고 평온하게 풀피리를 불고 있었다. 에를리를 상냥하게 바라보는 그 의 검은 눈은 둥근 밀짚모자 아래에서 반짝였다. 그 밀짚모자 위에 는 푸른 테두리가 둘러쳐 있었고, 물망초 꽃이 꽂혀 있었다. 소년 은 계속 피리를 불면서 자기 옆의 푸른 이끼 위를 가리켰다. 에를 리는 거기 앉았다. 키 큰 수풀들 속에 앉아 있는 것은 정말 멋졌다! 태양은 잎새들 사이에서 오락가락했고 색색의 나비들이 곁을 지나 날아다녔다. 그리고 새들은 노래를 불렀다. 붉은 뺨을 가진 사내애 는 에를리가 무척 마음에 들었다. 피리 불기를 마치고 소년은 에를 리에게 어디서 왔느냐고 물었다.

달나라 공주

"너는 그처럼 희고 예쁜 얼굴을 가지고 있어서 꼭 천사처럼 보이는구나. 너는 분명히 마을에서 온 아이가 아닐 거야." 소년이 말했다.

에를리는 마음속에 참고 있던 것을 모두 풀어놓았다. 소년은 모든 것을 진심으로 함께 느끼며 들어주었다. 에를리가 이야기를 마치자 소년은 벌떡 일어나더니 수풀 속으로 달려들어갔다. 그러고는 곧 다시 나와서 초록빛 잎새 위에 얹힌 빨간 딸기들을 건네주었다. 소년은 자기 빵을 에를리와 나눠먹었다. 그것들은 얼마나 맛이 있었는지 모른다. 그런 다음 둘은 함께 놀기 시작했다. 소년은 빵을 싸고 있던 종이를 잘게 찢어 에를리에게 그것들을 날려보라고 했다. 그것들은 꼭 비둘기떼처럼 보였다. 부드럽고 가벼운 바람이 그 종이조각들을 몰고 갔고 비둘기떼 같은 그 조각들은 하늘을 날다가 곧 풀 위로 내려앉았다. 에를리는 그렇게 즐거운 날을 한번도 겪어본 적이 없었다.

저녁이 되자 양치기들은 가축떼를 몰고 저녁노래를 피리로 불며 집으로 돌아갔다. 에를리는 소년과 헤어지는 것이 슬펐다. 소년은 생각에 잠겼다.

"있잖아, 내가 마을로 내려갈 때까지 여기서 기다리고 있다가 나를 따라와. 내가 일하고 있는 농가의 주인은 세번째 집에 살고 있거든. 마침 그 아저씨는 거위들을 돌볼 사람을 구하고 있어. 너를 거위치기로 써줄지도 몰라."

에를리는 수풀 아래 몸을 숨기고 있었다. 마침내 집으로 돌아가

그녀들의 메르헨

는 양떼와 양치기들이 먼지를 날리며 멀리 사라져갔을 때 에를리는 시골길을 달려 마을로 내려갔다. 그 마을은 관목숲으로 에워싸여 있었고, 작은 불빛들이 벌써 창문을 밝히고 있었다. 집 대문 앞에서 사람들이 나지막한 소리로 속삭였고 처녀들은 나무로 만든 신발을 딱딱 부딪치며 샘물로 물을 길러 갔다. 그리고 도르래에 매달린 양동이가 밑으로 내려가는 소리가 들렸다.

마을의 세번째 집은 짚으로 엮은 지붕을 인 작은 집이었다. 담쟁이덩굴로 뒤덮인 집 앞에서 에를리는 불이 밝혀진 작은 창문을 통해 조심스럽게 안을 들여다보았다. 초록색의 큰 난로 앞에 붉은빛을 띤 갈색의 식탁이 놓여 있었고, 품위 있게 그려진 독특한 그림들이 벽을 장식하고 있었다. 농부는 난롯가에 누워 있었고, 그 앞에는 강아지가 있었다. 농부는 다갈색으로 그을린 작은 얼굴로 화가 난 듯 밖을 내다보며 담배를 피우다가 파란 모자 아래로 잿빛 머리카락을 긁었다. 농부의 아내는 김이 나는 수프그릇을 식탁에 올려놓았고, 그뒤 어두운 곳에서 쿠르트가—이것이 소년의 이름이었다—가축떼를 모는 채찍을 벽에 걸고 있었다. 쿠르트는 문 쪽을 흘끔흘끔 쳐다보았다.

마침내 에를리는 겁을 먹은 채 조용히 문을 두드렸다. "들어와요!" 농부가 외쳤다. 오늘 그는 기분이 좋은 것 같았다. 에를리는 앞치마를 양손으로 비틀고 있었다. 그러나 농부는 많은 것을 묻지 않았다. 에를리는 자신이 도시에서 온 가난한 아이라고 소개했다. 농부는 에를리가 급료를 요구하지 않았기 때문에 만족스러워하며

달나라 공주

거위 치는 일을 시켰다. 곧 쿠르트와 에를리는 함께 웃는 얼굴로 마주앉아 김이 오르는 수프그릇 위로 고개를 숙이고 숟가락질을 했다. 농부는 만족스러운 듯 두 아이를 보며 웃음을 터뜨렸다.

식사가 끝난 뒤에 소년이 말했다. "이제 자러 가자." 그러고는 에를리의 손을 잡고 낡은 계단을 올라가 건초더미 위로 데리고 갔다. 얼마나 재미있는 침대인가! 염소 우리의 등잔불로 환하게 밝혀진 그곳은 바닥에서 천장까지 뚫려 있는 공간이었다. 둘은 이제 부드러운 건초 위에서 장난을 하며 놀았다. 잠들기 전에 쿠르트는 온갖 옛날 이야기를 들려주었다. 그 이야기는 늙은 농부의 아내에게서 들은 것이었다.

날마다 쿠르트와 에를리는 함께 가축떼를 몰고 밖으로 나갔다. 들판은 너무나 아름다웠다. 종달새는 푸른 하늘을 날며 노래했고, 들판의 곡식은 차츰차츰 익어갔다. 늙은 농부는 화를 잘 내는 사람이었지만 에를리와 쿠르트는 어차피 하루종일 밖에 있었다. 여느 때보다 일찍 집에 돌아간 저녁이면 쿠르트는 건초로 엮은 지붕 위로 올라갔다. 에를리도 함께 따라가 둘은 어린 새들로 가득한 새 둥지를 들여다보았다. 한번은 농부가 그 광경을 보고는 몹시 화를 냈다. 아이들이 자기 집 지붕을 망쳐놓는다고 생각했기 때문이다. 사흘이 지나자 쿠르트는 둥지의 새들을 몹시 보고 싶어했다.

"아기새들은 그 사이에 분명히 깃털이 돋았을 거야." 쿠르트가 말했다.

"가지 마, 또 한번 들켰다가는 농부 아저씨가 가만두지 않을

그녀들의 메르헨

거야."

그러나 쿠르트는 에를리의 말을 듣지 않았다. 그는 지붕 위로 올라가 새들 곁에 앉았는데 그때 마침 농부가 마당에 나타났다. 에를리는 농부가 그렇게 화를 내는 것을 한번도 본 적이 없었다. 운 나쁘게도 쿠르트는 너무나 놀란 나머지 짚으로 엮은 지붕 일부와 함께 아래로 미끄러져 떨어졌다. 미끄러지면서 짚단을 움켜잡았기 때문이다. 쿠르트는 하필이면 두엄더미 위로 떨어졌다.

"내 눈앞에서 당장 사라져! 지금부터 넌 해고야!" 농부가 외쳤다.

에를리는 잠시 후에 농부와 쿠르트가 떠나는 소리를 듣고 너무나 놀라 건초더미 속에 몸을 숨기고 가만히 앉아 있었다. 한참 지난 뒤에 에를리는 계단을 살금살금 내려와 무슨 일이 일어났는지 귀를 기울여보았다. 농부와 농부의 아내가 이야기를 주고받고 있었다.

"마차를 몰고 지나가던 마부가 그 녀석을 태우고 가버렸으니 더욱 화가 나지 뭐야." 농부가 말했다.

에를리는 무척 슬펐다. 이제 혼자 여기서 뭘 한단 말인가? 에를리는 화가 난 농부가 자신을 쫓아낼 것이 두려웠다. 그래서 에를리는 뒷문을 열고 밖으로 나와 마을을 떠났다. 깊은 어둠 속에 에를리 혼자뿐이었다.

달나라 공주

하늘을 향한 동경

쿠르트는 에를리에게 아무 말도 없이 떠나버렸다. 그것이 에를리를 슬프게 했다. 지금까지 아래 세상에 내려와 사귄 사람들이 모두 나빴다는 사실이 에를리를 슬프게 했다. 돌멩이로 뒤덮인 시골길은 아주 한적했다. 매미들이 길가에서 울었다. 늙은 수양버들은 옹이가 진 가지들을 시커먼 팔처럼 뻗고 있었다. 에를리는 갑자기 도시로 가는 쪽 길로 접어들었다. 오래된 탑이 멀리 보였기 때문이다. 에를리는 멈춰섰다. 그래, 다시 저 탑으로 올라가는 거야. 할아버지가 계신 곳으로, 하늘을 가까이서 볼 수 있는 곳으로 말야. 위를 올려다볼 때면 하늘이 얼마나 아름다웠던가. 더군다나 달이 떠올랐을 때는 말이다. 에를리는 달려갔다. 작은 도시가 눈에 들어왔고 성문이 다가왔다. 에를리는 성문을 지나갔다. 처음에는 사람들에게 가서 자기가 돌아왔다고 말하려고 했다. 그런데 작은 채소밭에 다다랐을 때 에를리는 콩덩굴 뒤에서 들려오는 속삭임을 들었다. 그건 대부가 블라우리더 부인과 나누는 대화였다.

"그래요. 그 늙은 종지기는 죽었답니다. 그리고 그의 돈은 갈색 옷장 밑에 있는 작은 항아리 안에 그 아이 앞으로 쓴 편지와 함께 들어 있어요. 죽기 며칠 전에 그 늙은이가 그걸 나한테 보여줬지요. 그렇다니까요! 그 노인네는 벌써 탑 아래로 뛰어내릴 계획을 세우고 있었던 거예요. 블라우리더 부인, 나는 그 탑에 혼자 올라가는 것이 두려워요. 함께 갑시다. 새 종지기가 올라가기 전에, 그

그녀들의 메르헨

러니까 그 종지기가 아직 탑 아래 살 동안 말입니다."

"그럼 오늘밤에 갈까요?" 블라우리더 부인이 무뚝뚝하게 말했다.

"내일 아침이 낫겠소." 대부는 겁먹은 듯이 말했다.

에를리는 울어야 할지 말아야 할지 알 수가 없었다. 할아버지가 죽다니, 그럴 리가 없었다. 에를리는 머리가 불덩어리처럼 뜨거워질 때까지 달려 그 오래된 탑으로 갔다. 탑 아래 문은 열려 있었다. 그 아래 작은 방에 새로운 종지기가 살고 있었다. 열린 문틈으로 빛이 새어나왔다. 에를리는 살금살금 계단을 올라갔다. 어둠 속에서도 두려운 줄을 몰랐다. 에를리는 마지막 계단 위에서 몸을 떨며 귀를 기울였다. 아무 소리도 들리지 않았다. 에를리는 회랑으로 가는 문을 열었다. 바람이 싸늘하게 탑 주변을 휘감고 돌았다. 에를리는 안으로 들어갔다. 문이란 문은 모두 열려 있었고 모든 것이 전과 다르게 놓여 있었다. 할아버지는 거기에 없었다. 커다란 잿빛 고양이만 예전과 다름없이 벽난로 재 위에 앉아 있었다. 에를리는 울었다. 그때 옷장 밑에 있다는 그 항아리가 생각났다. 에를리는 거기로 달려가 그 항아리를 찾아냈다. 잘 보기 위해 에를리는 밖으로 나와서 그 항아리를 난간 가장자리에 세워놓고 편지를 읽었다. 에를리는 글을 읽을 줄 몰랐다. 항아리를 거꾸로 엎어 난간 위에 그 내용물을 쏟았다. 에를리는 황금이 번쩍거리는 것을 보았다. 그러나 그것으로 무엇을 할 수 있는지 몰랐다. 그저 한 줌을 집어들고 장난을 치다가 어둠 속으로 던져버렸다. 황금이 반짝였다. 에를

달나라 공주

리는 그 금화가 다 없어질 때까지 던졌다. 그렇게 해서 에를리는 욕심 많은 대부와 블라우리더 부인이 차지하려던 돈을 남김없이 없애버렸다. 어떤 가난한 방랑자가 공동묘지에서 그 돈을 주웠을 지는 누구도 알 수 없다. 에를리는 피곤해져서 탑 다른 쪽에 있는 돌 벤치에 앉았다. 멀리까지 아래를 내려다볼 수 있는 쪽이었다. 머리를 벽에 기대고 있자니 눈물이 뺨을 타고 흘러내렸다. 골짜기 에서는 안개가 피어올랐고 숲은 어두운 평원 속에 잠겨 있었다. 그 때 하늘에서 보름달이 천천히 그리고 타오르는 빛깔로 솟아올랐 다. 에를리는 바로 곁에서 자기 이름을 부르는 소리를 들었다. 에 를리 옆에 커다란 초록빛 눈동자를 가진 고양이 한 마리가 에를리 를 진지하게 쳐다보고 있었다.

"에를리, 너는 내가 말을 못하는 줄 알았지? 하지만 달이 떠올라 세상을 비출 때면 나는 말을 아주 잘할 수 있단다. 벌써 오래 전부 터 너랑 이야기를 하려고 다가가기도 했지만, 네가 좀더 크면 언젠 가는 제대로 이야기를 나눌 수 있을 거라고 생각했었지. 달을 동경 하는 네 마음을 나는 잘 이해할 수 있어. 사과는 나무에서 멀리 떨 어지는 일이 없는 법이니까." 고양이가 말했다.

"야옹아, 할아버지가 어떻게 되셨는지 얼른 말해봐."

"그 얘길 하자면 길어. 아주 처음부터 시작해야겠다. 그럼 잘 들 어봐. 네 부모님 얘기를 해줄게. 우선 편안하게 앉아. 그렇지. 이제 나도 네 곁에 앉을게. 너는 내 목덜미를 가끔 긁어주면서 그렇게 달을 올려다보는 거야. 달님은 언제나 세상 위로 높이 떠서 금방

그녀들의 메르헨

탑 꼭대기로 올라가지. 할아버지는 세상이 싫어서 세상을 떠나오셨어. 저 아래 세상에서는 온통 화가 나고 서글픈 일들만 일어났지. 그래서 종지기가 되어서 딸을 데리고 이 탑 위로 올라오신 거야. 그 딸이 바로 너의 어머니란다. 네 어머니를 따라왔던 그때는 나도 아기고양이였지. 할아버지는 당신이 돌아가시면 네 어머니를 수도원으로 보내려고 하셨지. 늘 남자들에 대해 화를 내고 욕을 하고 투덜거리셨어. 그게 너무 심해서 너의 어머니는 깔깔댔었고 마침내 할아버지까지 함께 웃을 수밖에 없었지. 하지만 할아버지는 너무나 아름답고 사랑스러운 네 어머니에게 반해 줄줄이 탑 위로 찾아오는 남자들을 막을 수는 없었어.

그 남자들 중에는 시장의 아들도 있었단다. 나는 아직도 기억이 나. 하얀 가발을 쓰고 약간 위로 들린 코에 커다란 입과 눈처럼 새하얀 치아를 가진 젊은이였어. 입술 위에는 솜털 같은 노란 수염이 돋아 있었지. 그러니까 말하자면 잘생긴 젊은 사내였던 거야. 삐걱삐걱 소리를 내는 그의 긴 장화는 새까맣게 윤이 났어. 작은 별들이 박혀 있는 새파란 조끼는 마치 네 어머니를 향한 그의 심장이 별들에게 불을 붙여놓기라도 한 것처럼 아름답게 빛났지. 할아버지도 그 청년만은 매몰차게 돌려보내시지 못했어. 그러려고만 하셨다면 밥을 주지도 않고 내쫓을 수도 있었는데 말이야.

날마다 그 많은 남자들이 쿵쾅거리며 올라와서 겁을 먹은 채 벨을 누르던 일이 지금도 생생해. 남자들은 네 어머니가 문을 열 거라고 생각하고 더 조심스럽게 머리를 안으로 들이밀었지. 그때 그

그녀들의 메르헨

들의 귀에는 깃털처럼 가벼운 발소리가 들려왔어. 네 엄마였던 거야. 그런 다음 그들은 할아버지에게 도시의 온갖 새로운 뉴스들을 이야기했지. 그러면서도 계속 곁눈질로 아름다운 마리아를 훔쳐보았단다. 네 어머니 마리아는 정말 아름다웠지! 그 아름답고 하얀 얼굴과 비교할 수 있는 것은 세상에 아무것도 없었어. 두 눈은 푸른색으로 반짝였고 그 눈에 깃들인 광채는 정말 진실하고 순수했지. 방금 내린 눈처럼 새하얀 블라우스에 어두운 초록빛 비단 스커트를 입고 있었는데, 그건 주일에만 입는 옷이었어!"

갑자기 고양이가 아래로 폴짝 뛰어내려 돌난간을 따라 걸었다.

"왜 그래?" 에를리가 소스라치게 놀라 물었다.

"걱정 마. 쥐 한 마리를 찾아냈을 뿐이야. 나는 그 사이에 다시 쥐를 잡는 데 익숙해졌어. 네가 이곳을 떠난 뒤 더이상 나한테 먹이를 주지 않았잖아. 쥐를 잡는 일은 정말 끔찍하고 혐오스러운 살해행위야.

보통 때 네 어머니는 꽃자주색 리본이 달린 검은 스커트를 입고 있었는데, 그 리본들은 네 어머니의 성격처럼 경쾌하게 흩날렸지. 갈색 찬장에서 알록달록한 찻잔들을 꺼내 손님들에게 가져다줄 때면 말야. 젊은 사내들은 마리아가 자기에게 따라준 커피를 긴장해서 늘 엎지르곤 했단다. 시장의 아들은 대담하게 이런 부탁을 하기도 했지. 설탕과 크림을 넣는 대신 마리아의 손가락 끝을 커피에 담가달라고 말이야. 그게 훨씬 더 맛있을 거라면서. 한번은 우연히 커피가 마리아의 손가락을 타고 흘러내린 적이 있었는데 시장 아

달나라 공주

들은 그 커피를 황홀한 기분으로 마셨지. 진짜 커피도 아니고 맛이 쓰디쓴 대용 커피에 불과했는데도 말야.

손님들이 돌아가면 할아버지는 그 사람들에 대해 투덜댔어. 하지만 그들이 마리아에게 어떤 인상도 남기지 못했다는 걸 잘 알고 있었지. 그래, 나도 그건 충분히 알 수 있었어. 할아버지가 너를 들어가지 못하게 했던 작은 방 거울 앞에 마리아가 아침마다 서 있을 때면 나는 그걸 알 수 있었단다. 마리아의 손길이 닿은 그 방은 얼마나 아름다웠는지 몰라! 할아버지는 그 방을 마리아를 위해 정말 예쁘게 꾸며주었어. 그 방에는 어디에도 먼지 한 점 없었지. 초록색 비단을 씌운 의자들은 누구든지 보기만 하면 앉고 싶은 기분이 들었어. 문 위에 놓인 선반에는 마리아의 노래책이 꽂혀 있었고, 내가 늘 가지고 놀던 실뭉치가 담긴 바구니가 있었지. 그 곁 예쁜 작은 항아리에는 남자들이 갖다준 꽃다발이 들어 있었어. 마리아는 나를 아침마다 그 선반 위에 올려놓곤 했지. 나는 아직 어려 거기서 내려올 수 없었어. 그건 나를 놀리기 위해서였지. 난 선반 위에서 햇빛이 마리아의 금빛 머리카락을 감싸고 춤추는 모습을 바라보고 있었어. 마리아가 머리를 빗는 동안 말이야. 마리아는 둥근 거울을 들여다보면서 자주 웃음을 터뜨렸어. 거울에 비치는 자기 모습을 보면서 말이야. 그러다가 돌아서서 나를 장난스럽게 바라보며 내가 자기 속을 이해하기라도 하는 듯 이렇게 말했지. "야옹아, 나는 사실 그들 모두를 사랑하지 않아. 그 사람들은 자기 스스로를 이해하지 못하고 세상을 이해하지도 못해."

그녀들의 메르헨

도시에 살고 있는 사람들은 마리아를 예쁜이라고 불렀어. 그리고 많은 매춘부들이 질투하며 탑 위를 올려다보았지. 하지만 나는 마리아가 누구도 사랑하지 않는다는 것을 다른 누구보다도 잘 알게 되었지.

밤마다 마리아는 달빛 속에 앉아 있는 걸 좋아했어. 여기 이 난간 위에서 말이야. 그러나 할아버지는 그러는 걸 좋아하시지 않았지. 밤에 그렇게 서 있다가 차가운 밤공기 때문에 건강을 해칠까봐 걱정을 하셨던 거지. 그래서 마리아는 할아버지가, 그러니까 자기 아버지가 잠드신 뒤에 몰래 밖으로 나가곤 했어. 어느날 저녁 마리아는 달에 대한 동경을 못 이겨 결국 이렇게 하기로 결심했지. 작은 문틈으로 아버지의 나이트 캡이 보이고 코고는 소리가 들려오자 마리아는 방을 빠져나갔던 거야. 탁자 위에서는 램프가 흐릿하게 빛나고 있었고, 마리아는 살금살금 그 곁을 지나갔단다. 나는 마리아 뒤를 따라갔어. 밖으로 나오자 마리아는 벌써 돌 벤치에 앉아 있었지. 정말 멋진 밤이었어. 나는 지붕 위로 기어올라가 지붕 장식쇠 위에 앉았지. 마리아를 방해하지 않으려고 말이야. 마리아는 혼자서 달의 아름다움에 대해 속삭이고 있었어. 달은 마침 탑 꼭대기에 걸려 있었는데, 그게 어떻게 된 건지는 나도 잘 모르겠지만 갑자기 주위가 환해지면서 달빛이 아래로 내려와 탑을 감싸는 거였어. 그게 어떤 모습이었느냐구? 마치 너희 할아버지의 나이트 캡 같았지. 나는 위를 올려다보았어. 그때 황금빛 사다리가 보였지. 빛으로 이루어진 그 사다리는 마리아의 발치까지 드리워져 있

달나라 공주

었어. 그리고 어떤 형상이 사다리를 타고 내려왔단다. 금빛으로 빛나는 당당한 머리카락이 이마 위로 흘러내려와 있는 젊은이였지. 그의 두 눈은 마치 별 같았어. 그는 오로지 마리아만 쳐다보았지. 그의 옷은 금빛으로 빛나고 있었고, 그의 두 발이 차가운 돌바닥 위를 딛고 있는 모습이 내게는 무척 이상하게 보였어. 그는 마리아 옆에 서 있었지. 금빛 사다리는 사라져버렸고 달은 이제 아주 부드럽게 어두운 땅과 탑을 비추고 있었단다. 젊은이는 아무 말도 하지 않았지. 그의 가슴에 꽂힌 장미꽃에서 나는 향기가 밤바람에 실려 왔어. 마리아는 위를 올려다볼 엄두를 내지 못했지. 그래서 아래만 쳐다보고 있었지만 나는 마리아의 심장이 뛰는 소리를 들을 수 있었어. 그때 그 젊은이가 마리아의 무릎에 그 장미꽃들을 올려놓고 말했지. "나는 벌써 오래 전부터 당신을 사랑해왔어요! 달빛이 당신을 비추는 고요한 밤마다 내가 당신을 내려다보고 있었던 거예요."

젊은이는 온갖 아름다운 이야기들을 마리아에게 들려주었어. 그리고 두 사람은 아이들처럼 함께 소곤소곤 이야기를 나누었지. 마리아는 그에게 누구냐고 물었어. "나는 달나라 왕의 아들이에요." 그는 그렇게 말하고 너무나 멋진 달나라에 대해서 이야기를 들려주었어. 마리아는 웃음을 터뜨리며 그 이야기에 귀를 기울였지. 시간은 날개를 단 듯 정신없이 흘러갔어! 이제 헤어질 때가 되었다고 그는 서글프게 말했지. 그리고 손가락에서 금으로 된 반지를 빼내어 마리아에게 약혼해주겠느냐고 물었어. 그 순간 달빛이 다시 환

그녀들의 메르헨

하게 아래를 비쳤고, 젊은이는 재빨리 달빛을 타고 떠났지. 수없이 뒤를 돌아보긴 했지만, 그는 서둘러 하늘로 올라갔고, 곧 그의 하얀 망토자락이 휘날리는 모습만 보였지. 그가 사라지자 마리아는 재빨리 잠자리로 돌아갔어.

　다음날부터 마리아는 온종일 꿈을 꾸는 듯한 모습으로 지냈단다. 그 전에 하던 일들을 아무것도 하지 않게 되었던 거지. 근심에 싸인 할아버지는 마리아가 사랑에 빠진 것이라고 생각하고, 아래 세상에서 올라오는 모든 사람들을 돌려보냈어. 그러니까 누가 벨을 눌러도 문을 열어주지 않았던 거야. 여전히 많은 남자들이 벨을 눌렀지만 말이야. 이렇게 되자 사람들은 호기심을 키워갔단다. 밤중에 갑자기 탑을 휘감고 도는 밝은 빛깔의 구름을 본 많은 사람들이 탑에 사는 종지기에게 그것을 보았느냐고 물었어. 하지만 그가 아무것도 보지 못했다고 말했기 때문에 처음에 사람들은 그런 구름을 보았다고 말하는 다른 사람들을 비웃었지. 매달 보름달이 뜨면 마리아는 밖으로 나갔는데, 늘 자기 등뒤로 문을 조심스럽게 잠갔기 때문에 나는 따라나갈 수 없었어.

　어느날 밤 사방이 어두워졌을 때 네 할아버지는 벽난로 앞에 앉아 계셨고 마리아는 그 곁에 앉아 있었지. 지금도 생생하게 기억나. 마리아가 자기 아버지에게 물었단다. 자기가 결혼한다면 허락해주시겠느냐고. "안돼! 절대로 안돼!" 할아버지가 대답하셨지. "하늘에서 불비가 내린다면 모를까."

　할아버지는 금방 잠이 드셨고 마리아는 자기 방으로 가서 예쁘

달나라 공주

게 치장을 했지. 왜 그러는지 나는 이유를 몰랐어. 그날 나는 마리아 뒤를 따라나갔지. 워낙 마리아가 생각에 골몰해 있었기 때문에 내가 따라나가는 것을 눈치채지 못했거든. 마리아는 달리듯 재빨리 밖으로 나갔지만 나는 천천히 그 뒤를 따라 살금살금 걸었지. 마리아의 옷자락이 날리는 것만 볼 수 있었어. 마리아는 그 젊은이와 함께 황금 사다리를 타고 올라갔어. 아침이 밝아올 무렵 마리아는 다시 돌아왔는데, 어찌나 아름답고 상냥하게 보였는지 몰라. 정말 놀라운 아침이었지! 나는 문 뒤에 서서 마리아가 아버지에게 말하는 소리를 들었어. 결혼했다면서 금반지를 할아버지에게 보여드렸지. 그리고 달의 신부님에게서 받아온 결혼 증명서도 함께 말이야. 금종이 위에 쓰인 결혼 증명서는 금상자 안에 들어 있었어. 하지만 네 할아버지는 마리아를 마녀라고 생각하시고 어둠의 왕과 결혼을 한 거라고 말씀하셨지. 그래서 마리아는 평생 사슬에 묶인 노예처럼 그 어둠의 왕과 살게 될 거라고 하셨어.

이제부터 이야기는 슬프게 변하지. 할아버지는 마리아를 방안에 가두고 창문을 전부 캄캄하게 막아버렸어. 마리아는 조용하고 차분했지. 이제 알겠니? 너는 마리아와 달나라 왕자 사이에 태어난 딸인 거야. 하려고만 했다면 마리아는 쉽게 도망칠 수 있었을 거야. 하지만 마리아는 아버지를 가슴 아프게 하지 않으려고 했지. 한참 지난 뒤에 네가 세상에 나왔어. 할아버지는 너를 보자 그 기쁨을 숨기지 못했지.

어느날 밤 마리아는 갑자기 앓아누웠단다. 나는 방안에서 혼자

그녀들의 메르헨

네 요람을 지키며 그르릉거렸지. "나는 곧 죽을 것 같아. 이 지상의 공기를 더이상 참을 수가 없어. 나는 하늘로 올라가야만 해." 네 어머니는 그렇게 말하며 창문을 전부 열고 위를 올려다보았어. 그때 그 젊은이가 벌써 창문 앞에 서 있는 것이 보였지. 두 사람은 하늘로 날아올라갔고 너는 방안으로 비쳐든 밝은 빛에 웃음을 띠었어."

고양이는 다시 발작을 일으키듯 지붕으로 뛰어올라가더니 아래 도시 쪽을 향해 세 번 야옹거렸다. 그러나 고양이는 정신을 가다듬고 다시 돌아왔다.

"내 옛날 애인을 향해 그냥 외쳐본 거야. 세상에, 내 애인은 저 아래 지붕들이 있는 곳으로 내려갔어. 나는 1년 전부터 그 고양이를 사랑하고 있지. 하지만 너에게 신의를 지키려고 이곳에서 기다리고 있었던 거야, 에를리."

"아, 그랬구나. 야옹아, 이야기를 계속해봐. 아빠와 엄마가 아직 살아 계시니?" 에를리가 물었다.

"응. 그리고 할아버지도 아직 살아계셔. 그건 내가 이제까지 너에게 털어놓지 않고 감추고 있었던 아주 기쁜 일이지. 하지만 이제 내 말을 들어봐!"

에를리는 꿈속에서처럼 침묵을 지켰다.

"들어봐, 이제 이야기는 거의 다 끝났어. 잘 들어. 딴생각 하지 말구. 네 할아버지는 병이 나셨어. 네가 가버린 뒤에 말이야. 이젠 나이가 많으시니까 정말 기운이 없으셨던 거야. 침대에 누워 잠이 들었는데 그때 뭔가가 할아버지를 깨웠어. 방안이 아주 밝아졌거

달나라 공주

든. 침침한 램프 불빛만 있던 방안이 말이야. "주님, 저는 벌을 받았습니다. 불비가 내리는군요." 할아버지가 말씀하셨지. 하지만 그 밝은 빛은 달에게서 오는 거였어. 네 어머니가 방안에 서 있었지. "저와 함께 가시겠어요, 아버지? 누구도 죽지 않는 나라로 말예요." 할아버지는 딸의 가슴에 머리를 묻고 말씀하셨어. "그래, 너를 다 용서하마." 마리아는 아버지를 품에 안고 하늘나라로 갔지."

폴짝! 고양이는 탑 꼭대기로 뛰어올라갔다. 금빛 달이 그 위에서 반짝이고 있었다.

"에잇, 달님은 오늘도 탑 꼭대기에 올라오기 전에 너무 시간을 끄는군." 고양이가 투덜거렸다.

"야옹아!" 고양이의 움직임과 놀라운 이야기에 거의 입을 열지 못하고 있던 에를리가 외쳤다. "모든 게 아직도 그런 거야? 그럼 다들 하늘 위에 있단 말이야?"

"물론이지!" 고양이는 에를리를 내려다보며 외쳤다. "사람들은 종지기가 아래로 떨어졌다고 생각하지. 죽은 종지기를 탑 아래에서 찾았기 때문이야. 잠깐! 달님이 온다!"

에를리는 위를 올려다보았다. 달은 이제 바로 탑 꼭대기 위에 걸려 있었다.

"아, 나도 올라가게 해주세요!" 에를리는 그리움에 가득 차서 외쳤다.

그때 달이 열리더니 빛줄기가 아래로 쏟아졌다. 뭔가가 목을 감아 에를리는 눈을 떴다. 그건 한 소년이었다. 그의 두 눈이 에를리

그녀들의 메르헨

의 눈 속에서 빛났고 그의 입술이 에를리의 입술에 닿았다. 그의 머리에 씌워진 이슬을 잔뜩 머금은 장미꽃 화관이 에를리의 뜨거운 이마를 식혀주었다.

"내가 누나의 동생이야." 사내아이가 작게 속삭였다. "어서 와, 누나, 엄마한테 가자." 아이는 에를리를 끌어안았다.

"야옹!" 고양이가 외쳤다.

"가자, 야옹아!" 에를리가 말했다.

고양이는 에를리의 품안으로 뛰어들었다. 그리고 그들은 함께 하늘 위로 올라갔다. 오래된 탑만 어두운 지상에 홀로 남겨졌다.

어느 추운 날 밤에 한 소년이 길가에 앉아 있었다. 주위는 온통 눈으로 덮여 있었다. 그건 쿠르트였다. 달이 너무도 휘황하게 그를 비추었고 쿠르트는 거의 얼어죽어가고 있었다. 갑자기 그의 둘레가 환하게 밝아졌다. "어서 이곳으로 올라와, 여기는 언제나 봄이란다." 쿠르트가 알고 있는 목소리가 그렇게 외쳤다. 그건 에를리의 목소리였다. 쿠르트는 부드럽게 위로 들어올려졌다. 같은 날 밤 도시의 어느 지붕 위에서 잿빛 고양이 한 마리가 지붕 위를 기어가다가 갑자기 사라졌다. 그건 고양이의 애인이었다. 나는 어느날 갑자기 사라진 우리 집 작은 고양이가 바로 그 고양이일 거라고 생각한다.

달나라·공주

수염 없는 한스

베티네 폰 아르님

 옛날에 가난한 여인이 있었다. 워낙 가난해서 먹을 것을 제대로 살 수 없었기 때문에 여인은 아들이 일곱 살이 될 때까지 젖으로만 키웠다.

어느날 어머니는 아들에게 말했다. "숲에 가서 어떤 나무를 흔들어봐라. 네가 그 나무를 뿌리째 뽑을 수 있으면 너는 그대로 세상으로 나아가야 한다. 내가 너무 가난해서 너에게 먹을 것을 구해줄 수가 없으니 말이다." 아들은 숲으로 가서 나무를 흔들어보았지만 나무를 뿌리째 뽑을 수는 없었다. 그래서 다시 집으로 돌아가 어머니에게 말했다. "나무가 흔들리지 않았어요." 그러자 어머니는 아들에게 다시 젖을 먹였다.

7년이 더 지난 뒤 어머니는 아들을 다시 숲으로 보내며 말했다. "그 나무의 가지를 잡고 힘껏 흔들어봐라. 그 나무를 뽑아낼 수 있다면 세상으로 나가서 네 인생을 살아라. 나는 너무 가난해서 너를 제대로 먹일 수가 없으니까.” 아들은 숲으로 가서 어머니가 말한 대로 해보고는 커다란 나뭇가지를 하나 끌고 집으로 돌아와서 말했다. “어머니, 그 나무를 뽑을 수는 없었지만 커다란 가지를 하나 꺾어가지고 왔어요.” 그러자 어머니는 다시 7년 동안 아들에게 젖을 주었다. 그리고 그를 다시 숲으로 보냈다.

아들은 이번에도 나무를 뽑을 수 없는지 시험해보아야 했다. 나무를 뽑을 수 있으면 세상으로 나가서 자기 먹을거리를 벌어야 했다. 나무뿌리 쪽을 잡고 온 힘을 다해 끌어당겨야 한다, 어머니가 아들에게 말했다. 어머니가 말한 대로 했더니 튼튼한 나무 한 그루가 뿌리째 뽑혔다. 그래서 아들은 그 길로 곧장 세상으로 나아갔고, 다시는 집으로 돌아가지 않았다.

그 숲에는 물방앗간이 있었다. 그곳은 안전한 곳이 아니어서, 어떤 물방앗간지기도 거기 머물러 살려고 하지 않았다. 거기서 살려고 하면 모두가 죽었기 때문이다. 나무를 뽑은 한스는 바로 그 물방앗간을 발견하고 거기서 과부를 만났다. 과부의 남편이었던 물방앗간지기도 그곳에서 목숨을 잃었던 것이다. 이 과부에게 한스는 물방앗간지기로 취직하겠다고 했다. 급료는 받지 않고, 먹을 것만 주면 된다는 조건이었다. 그 말을 듣자 과부는 대단히 기뻐하며 그러자고 했다. 그러나 한스는 한 가지 더 원하는 것이 있었다. 둘 중 누구도 상대방에게 해고를 통고해서는 안된다는 것이었다. 그는 과부에게서 약속을 받아내려고 했다. 먼저 결별을 통고하는 사

수염 없는 한스

람은 상대방에게 흠씬 두들겨맞을 각오를 해야 한다는 것이었다. 그러자 과부는 대단히 기뻐했다. 한스가 귀신을 보게 되면 금방 도망가버릴 거라고 생각했기 때문이다.

과부는 한스에게 얼른 수프를 끓여주었지만 한스는 그 수프를 불 위에다 쏟으며 말했다. 자기가 먹을 수프는 스스로 끓이겠다는 것이었다. 그러고는 커다란 넙치 한 마리를 물속에 넣어 아궁이에 올려놓고 물방앗간에 있는 빵이란 빵은 모두 가져왔다. 그리고 숟가락 대신 고기 갈고리를 가져다가 음식을 와작와작 먹어대기 시작했다. 과부는 그 모습을 보자 머리카락이 하늘로 치솟았다. 한스가 살아남는다면 자기 식량을 다 먹어치울 것이라는 두려움이 생겼다. 그래서 과부는 밤이 되자 한스를 물방앗간으로 보냈다. 한스가 그곳에서 곡식을 갈고 있는 동안 귀신들이 나타나 그를 죽여버리기를 바랐던 것이다.

한밤중이 되자 귀신 셋이 물방앗간에 나타나 한스를 목졸라 죽이려고 했다. 그러자 한스는 귀신 하나를 붙잡아 방앗돌 아래로 던져넣고 귀신의 코를 갈아버렸다. 그리고 귀신의 배에서 한 부분을 떼어낸 뒤 돌려보냈다.

아침이 되자 과부는 한스가 아직 살아 있는 것을 보고 깜짝 놀랐다. 그날 밤 과부는 다시 한스를 물방앗간으로 보내며, 이번에는 그가 죽을 거라고 생각했다. 자정이 되자 다시 귀신들이 나타났고, 한스는 이번에는 둘을 붙잡아 방앗돌로 한 귀신의 넓적다리를 갈아버리고 다른 귀신에게서는 뺨을 갈아냈다. 다음날 아침 그는 과

그녀들의 메르헨

부에게 말했다. "할 일이 더 없어요? 곡식은 다 갈았는데."

과부는 그를 숲으로 보내 나무를 해오게 했다. 한스는 멋진 말 네 마리를 과부에게서 받아 마차를 매달고는 숲으로 달려갔다. 한스가 제일 먼저 숲에 도착했기 때문에 뒤에 나무를 하러 온 다른 농부들은 기다려야 했다. 한스는 나무를 베느라고 고생도 하지 않고 나무를 뿌리째 뽑아냈다. 하지만 수레가 너무 무거워져서 말들은 그 수레를 끌 수가 없었다. 그러자 한스는 말들을 한 마리씩 차례로 때려죽이고 나무가 실려 있는 수레 위로 던졌다. 말들을 모두 죽이고 난 뒤 그는 수레 뒤로 가서 흙으로 언덕을 쌓았다. 농부들은 그 길을 지나갈 수가 없어 누구도 나무를 하지 못했다. 한스는 혼자 힘으로 수레를 끌고 집으로 돌아왔다. 죽은 조랑말 네 마리를 수레에 싣고 돌아오는 한스를 본 과부는 두려움에 질려 대문을 잠갔다. 그러나 한스는 나무와 조랑말들을 가득 실은 수레를 담벼락에 부딪쳐 집을 박살내버렸다.

겁이 난 과부는 한스를 어떤 동굴로 보냈다. 악마가 사는 동굴에 가서 약초를 캐오라고 시킨 것이다. 그 다음 이야기는 렌하르트 부인도 몰랐다. 렌하르트 부인 말로는 이 이야기가 이렇게 끝난다고 했다. 악마로부터 많은 돈을 받은 한스는 과부에게 돌아가 자기가 저지른 못된 짓을 다 변상해주었다는 것이다. 하지만 이 이야기에서 가장 내 마음에 든 건 한스가 지금까지도 귀신들을 계속 처치하고 있다는 사실이다.

수염 없는 한스

앞 못 보는 공주

베티네 폰 아르님

 어느 왕에게 아주 아름답지만 앞을 보지 못하는 딸이 있었다. 왕은 보게젠 산맥 어딘가에 그의 성을 가지고 있었는데, 그 성터가 지금도 남아 있다. 하지만 그 왕의 이름이나 공주의 이름은 나도 잊어버렸다. 높은 귀족의 아들인 시동 하나가 이 공주를 보고 사랑에 빠졌다. 시동은 젊은이로 자라나자 아버지의 성으로 돌아가 전쟁터로 나가야 했다. 작별을 고하기 전에 그는 젊은 공주에게 자신의 사랑을 고백했다.

귀족의 아들이 떠나 있는 동안 왕은 어떤 은자에 관한 이야기를 듣게 되었다. 그 은자는 성스러운 형제라고 불렸는데, 기도를 통해 이미 여러 가지 기적을 일으켰다고 했다. 왕은 이 은자가 자기 딸을 도와줄 수 있을 거라고 생각했다. 그래서 짐을 꾸려 길을 떠나, 숲에 사는 그 은자를 찾았다.

그날 밤 은자는 기도를 하고 있던 중에 멀리서 들려오는 시끄러운 소리를 들었다. 그는 숲 속에 사는 자신의 형제를 깨웠다. 그리고 두 사람은 함께 달빛이 비치는 밖으로 나가 정성 들여 기도했다. 그러나 시끄러운 소리는 점점 더 가까워졌고, 그 때문에 그들은 오두막집에 숨어 더욱 열심히 기도를 올렸다. 마침내 왕이 횃불을 든 많은 신하들과 함께 은자의 문 앞에 도착했다. 은자는 악마가 찾아온 거라고 생각하고 문을 열어주지 않으려고 했다. 그러나 왕이 자기 죄를 고백하는 소리를 듣고는 문을 열고 왕의 죄를 하늘의 이름으로 용서해주었다. 그리고 왕은 은자에게 앞으로는 세상의 즐거움을 멀리하고 살겠다고 약속했다. 왕이 자신의 고민거리를 털어놓자 은자는 아침해가 밝아올 때까지 밤새 공주를 위해 기도해주었다. 그리고 공주의 머리에 양손을 얹었다. 그러자 공주는 다시 앞을 볼 수 있게 되었다.

바로 그 시간에 공주를 사랑하는 귀족 청년이 전쟁터에서 돌아오면서 바로 그 숲을 지나가게 되었다. 공주는 그 행렬을 구경하려고 밖으로 나갔다. 그러나 공주는 자기 애인의 얼굴을 본 적이 없었기 때문에, 눈부시게 희고 아름다운 말 위에 앉아 승리의 깃발에 둘러싸여 모두의 환호를 받고 있는 그 남자가 누구인지를 몰랐다. 그때 젊은이는 공주를 보고 너무나 놀랐다. 차오르는 기쁨에 숨이 막혀 청년은 심장마비로 죽었고 말에서 떨어졌다. 공주는 수녀원에 들어갔다.

그녀들의 메르헨

과자로 만든 집

기젤라 폰 아르님

어린 남매가 있었다. 둘은 크리스마스에 선물을 듬뿍 받아 아주 만족스럽고 즐거웠다. 남매는 그때 마침 도시에 사는 아주 가난한 사람들 이야기를 들었고, 창문 앞에 가난한 아이들이 앉아 있는 것을 보았다. 그 아이들은 추위에 떨며 굶주려 있었다. 야콥은 왜 이런 일이 있느냐고 아버지에게 물었다.

"그래, 가난한 아이들은 배가 고프기만 한 것이 아니고 집이 없어 당장 오늘밤 어디서 자야 할지 모르는 경우도 많단다." 아버지가 대답했다.

남매인 야콥과 마리는 어떻게 하면 그 아이들을 도와줄 수 있을까 궁리했다. 그러다가 그 아이들이 살 집을 지어주기로 했다. 그러나 대체 어떻게! 결국 둘은 부유한 이웃 사람들로부터 기부를 받기로 했다. 남매는 어머니에게 작은 바구니를 달라고 부탁했고, 엄마는 웃음을 터뜨리며 그들이 빈손으로 집으로 돌아오게 될 거라고 말했지만 귀담아 듣지 않았다. 아버지는 이 아이들의 바구니 속에 다음과 같은 시를 써서 넣어주었다.

우리들은 아직 어린아이들

아주 어리고 연약하지요.

우리는 두 눈을 곱게 뜨고

작은 소리로 간청합니다.

눈빛은 믿음으로 가득 차 있고

한여름 더위에

꿀벌들이 용기 있게

꽃 속으로 돌진해가듯

이유를 묻지도 않고

여러분의 마음에 다가갑니다.

어린아이의 눈을 바라본다면

누군들 그 소원을 거절할 수 있겠어요?

아, 아름다운 어린이들의 눈

그 눈이 간절히 청하고 있습니다.

그들이 문 앞에 서서

행운과 명예를 빌어준다면

문 밖에서 작은 소리로

그녀들의 메르헨

그렇게 간절히 청한다면
사랑스러운 아이들의 눈은
모두의 가슴을 두드립니다.

　남매가 돈 많은 양말 직조공 슈파초프의 집에 가서 도와줄 수 있느냐고 물었을 때, 아이들은 이런 대답을 들었다. 마침 지금 살고 있는 집 앞에 집 한 채를 새로 지으려고 하기 때문에 자신도 그 공사를 위해 돈을 모으고 있다는 것이었다. 액세서리 상점을 하는 말첸테 아주머니는 마침 자신의 열두 아이들에게 모피 코트를 사주려는 참이어서 한 푼도 줄 수 없다고 말했다. 목공일을 하는 라이머리히 씨는 마침 여자 요리사가 수프에 소금을 너무 많이 쳐서 아주 기분이 상해 있었다. 그렇지 않았더라면 아마 그는 아이들과 이야기를 나누었거나, 적어도 바구니 속에 있는 그 시를 읽었을 것이다. 그 여자 요리사는 아이들 엉덩이까지 찰싹 때렸다.
　그런 식으로 아이들은 이 집에서 저 집으로 돌아다녔다. 사람들마다 제각기 돈을 줄 수 없는 이유가 있었다. 그저 몇몇 사람들만이 빵 한 조각이나 동전 한 푼을 바구니에 넣어주었을 뿐이다. 모퉁이의 아주 작은 집에 사는 가난한 바느질 품팔이 처녀에게도 남매는 찾아갔다. 그 처녀는 아이들이 아주 좋아하는 사람이었다. 언제나 아이들에게 다정하고 친절했고, 또 그 집에는 미니어처로 만든 날씨 관측기가 있었기 때문이다. 그러나 그 처녀는 줄 수 있는 것이 아무것도 없었다. 가난한 사람들을 위해 거둬가는 빵 한 조각

과자로 만든 집

은 따로 남겨두어야 했기 때문에 아이들에게는 머릿수건과 실 감을 때 쓰는 실패 하나를 넣어줄 수밖에 없었다.

지붕에 둥지를 틀고 있는 황새가 우울한 표정으로 이들을 지켜보고 있다가 자기 깃털을 하나 뽑더니 가난한 아이들의 침대를 만드는 데 쓰라고 창틈으로 던져주었다. 황새는 가난한 어린아이들에 대해서도 부잣집 어린아이들에 대해서와 똑같은 마음을 가지고 있었다. 왜냐하면 아기라면 언제나 황새가 물어다주었기 때문이다.

이 작은 선물들은 사실 아무런 도움이 되지 않았다. 그래서 남매는 마지막 희망을 품고 돈이 엄청나게 많은 연금생활자 슈피네푸스 씨에게 갔다. 슈피네푸스 씨는 자기가 돈이 많다는 사실을 남매에게 숨기지 않았다. 그러나 그는 그 돈을 전부 남에게 빌려주었노라고 한탄했다. 야콥은 커다란 금고를 가리키면서 저 안에는 돈이 충분히 있을 테니 거기서 반만 줄 수 없냐고 물었다. 그러나 슈피네푸스 씨는 금고에 돈이 들어 있는 것이 자신을 기쁘게 한다면서, 자신은 그 금고 위에 즐겨 앉는다고 말했다. 금고는 자기가 가장 좋아하는 부드러운 좌석이고, 자기는 그 위에 앉아 다리를 이리저리 흔들며 편안하게 지낸다는 것이었다. 게다가 그는 금고 열쇠를 잃어버렸노라고 덧붙였다. 야콥은 슈피네푸스 씨가 금고를 주기만 하면 돈은 우리가 알아서 꺼내겠다고 말했다. 그러자 슈피네푸스 씨는 큰소리로 웃으며 말했다. 그 무거운 금고에서 열쇠 없이 돈을 꺼낼 수 있다면 그 자리에서 절반을 주겠다고 말이다. 두 아이들은

그녀들의 메르헨

서글퍼하며 집으로 돌아갔다. 집에 도착하자 야콥이 말했다.

"마리, 사람들이 우리에게 아무것도 주지 않는다면 우리 과자로 직접 집을 만들자. 크리스마스 때 받은 과자로 말이야."

늙은 유모가 그들을 비웃으며 과자로 만든 집은 너무 작을 거라고 말했지만 아이들은 신경쓰지 않았다. 그리고 정말 과자로 집 한 채를 지었다. 그 집은 별로 멋지지는 않았다. 그들과 친한 책 제본사 에쉬바흐가 골격을 세웠고 아이들은 그 나머지 일을 했다.

지붕은 빨갛고 둥근 후추알로 만들었고, 벽은 갈색 과자로, 창문은 여러 가지 색깔의 사탕으로 만들었다. 지붕 주위로는 아몬드와 건포도로 가장 아름다운 장식을 달았다. 그 집을 오래 붙잡고 만들면 만들수록 점점 멋진 아이디어들이 떠올랐다.

같은 시간에 쥐왕국의 클렙스 왕은 아주 어려운 처지에 빠져 있었다. 왕은 요리책들로 이루어진 그의 방대한 도서관에서 해결책을 구하려고 고심중이었다. 다른 쥐왕국의 팝스라는 왕이 전쟁을 선포했기 때문이다. 팝스는 클렙스 왕의 딸인 건포도 공주와 자기 아들 아몬드를 결혼시키려고 했다. 그러나 팝스는 제과점과 세련된 주방보다는 식료품 가게와 잡화점에 더 관심이 있는 왕이었기 때문에 클렙스 왕은 그의 아들을 자기 딸과 맺어주고 싶지 않았다.

클렙스 왕은 요리책에서 누군가를 독살할 수 있는 아몬드 푸딩 만드는 법을 찾아냈다. 그는 그 아몬드 푸딩으로 도시 성벽 전체를 발라 굽게 만들었다. 적의 병사들은 이 도시로 쳐들어오기 위해 그 성벽을 갉아먹었다. 그러자 그들은 아주 비참한 꼴이 되고 말았다.

과자로 만든 집

클렙스 왕은 한동안 평온을 누릴 수 있었다. 그러자 팝스 왕은 클렙스의 도시 전체에 그 유명한 남작의 발모제 '뒤퓌트리앙'을 살포했다. 아주 오래된 잡화점 지하실에서 그가 찾아낸 것이었다. 그러자 모든 것이 털로 뒤덮였다. 도시의 성벽, 집들, 굴뚝들, 사람들, 그리고 궁전의 주방에서 왕의 식탁으로 운반되는 온갖 음식들도 말이다. 왕 앞에 운반되어 온 커다란 케이크가 턱수염과 콧수염으로 뒤덮인 것을 보고 클렙스 왕은 쓰디쓴 눈물을 흘렸다.

그러는 동안에 건포도 공주는 아몬드 왕자를 아주 기분좋고 취향이 세련된 인물이라고 믿으며 멋진 방법으로 사귀게 되었다. 왕자는 어느날 밤 달빛이 비칠 때 산책을 하려고 몰래 빠져나왔다. 걷다 보니 클렙스 왕의 궁전 정원까지 오게 되었다. 마침 건포도 공주가 시녀장과 함께 정원을 산책하고 있었는데, 그 시녀장은 아주 상냥한 부인이었다. 시녀장은 마침 커다란 계피 오블레이트(밀가루 반죽을 반투명 상태로 얇게 만든 종이 같은 과자—역주)로 만든 월산月傘 밑에서 막 잠이 든 참이었다. 다른 사람들이 햇빛 때문에 피부에 반점이 생기듯 그녀는 달빛 때문에 피부에 반점이 생겼기 때문에 양산 대신 월산이 필요했던 것이다. 그 틈을 이용해 서로 사랑하게 된 공주와 왕자는 함께 요리를 했다. 부모들은 원수지간이었지만 건포도 공주는 아주 천천히 맛있는 크림과자와 슈크림과 만두처럼 속을 채운 과자를 만들어 은그릇에 담고, 레모네이드의 속삭임과 수풀 사이로 날아다니는 종달새 구이의 지저귐을 들으며 노래를 했다. 공주와 왕자가 생크림 케이크가 자기들이 가장 좋아

그녀들의 메르헨

ROUGET.

하는 음식이라는 사실을 서로 고백했을 때, 그리고 그것을 이유로 죽을 때까지 함께 살자고 결의했을 때 시녀장은 잠에서 깨어났다. 왕자는 시녀장이 자신을 적으로 생각하고 자신이 공주와 이야기를 나누는 것을 나쁘게 여길 것이라고 여기고는 도망쳤다. 시녀장은 아무것도 눈치채지 못한 채로 월산을 펼치고는 잠자리로 갔다.

공주는 적국의 왕자를 사귀게 되자 이 전쟁에 대해 약간은 마음이 편안해졌다. 그러나 도시 전체는 더욱 불안에 떨게 되었다. 털이 돋아나는 속도가 점점 빨라졌기 때문이다. 처음에 이들은 이 일을 이용해 자신들의 낡은 모피 옷들을 창가에 내다 걸었다. 그러면 납작하게 눌린 털에서 다시 털들이 돋아났다. 대머리들은 비가 아주 많이 올 때도 모자를 쓰지 않고 산책에 나섰다. 이제 모든 것이 어둠 속처럼 캄캄해졌다. 털은 거리에서도 풀처럼 자라났다. 창문들도 털에 덮여 밖이 보이지 않게 되었다. 굴뚝 청소부는 모피 토시처럼 털에 뒤덮인 굴뚝을 뚫고 올라와 청소를 해야 했다.

그러나 이런 모든 것보다 더 끔찍한 것은, 어느날 밤 왕이 지는 해를 보기 위해 탑 모양 나이테 케이크 위 아몬드로 구운 발코니 위에 앉아 있었을 때였다. 왕은 그곳에서 자기 백성들과 자신의 달콤한 딸인 건포도 공주와 함께 기분좋은 시간을 보내고 있었다. 빨간 산딸기 리본이 달린 흰 달걀 거품 드레스를 입은 공주는 세상 누구보다도 예쁜 공주였다. 그때 갑자기 아주 미세한 뒤퓌트리앙 발모제 비가 내리기 시작했다. 왕은 재빨리 테이블 보를 머리에 뒤집어썼다. 그러나 불쌍한 다른 쥐들은 털이 북실북실 자라기 시작

그녀들의 메르헨

했다. 쥐들이 마침 왕이 하는 말을 잘 들으려고 입들을 벌리고 있었기 때문에 이제 이들의 이빨까지 털들로 뒤덮였다. 건포도 공주는 손수건을 재빨리 머리에 뒤집어썼는데도 불구하고 이마에서 꼬불꼬불한 수염이 자라났다. 이제 쥐들은 모두 무릎을 꿇고 왕에게 항복하자고 간청했다. 공주도 역시 그러자고 졸랐다. 그래야만 팝스 왕에게서 제모제를 제공받아 자신의 아름다움을 되찾을 수 있기 때문이었다. 그러나 공주는 자신이 아몬드 왕자를 이미 알고 있다는 얘기는 왕에게 하지 않았다. 왕자가 돌아간 뒤에야 잠에서 깨어나 아무것도 모르고 있는 시녀장이 두려웠기 때문이다. 중신들과 공주는 왕이 마침내 노여움을 누그러뜨릴 때까지 빌고 또 빌었다. 그래서 이들은 마침내 항복을 했다.

클렙스 왕은 시녀장에게 조언을 구했다. 이제 젊은 아몬드 왕자는 3일에 걸쳐 세 가지 시험에 합격해야만 했다. 그가 이 시험을 다 통과해야만 건포도 공주를 아내로 맞을 수 있고, 그렇지 못하면 왕자는 공주를 포기해야 하며 이 도시는 공짜로 제모제를 공급받을 수 있다는 조건이었다. 이 시험은 공주를 누구보다도 사랑하고 아끼는 시녀장에 의해서 이루어졌다. 시녀장은 세련된 교육을 받은 공주가 곡식 낱알이나 커피, 혹은 그런 비슷한 것말고는 아는 것 없는 무식한 왕자의 손아귀에 들어가야 한다며 탄식했다.

왕자는 우선 용감하게 물을 헤엄쳐 공주에게 건너가야 했다. 두 번째로는 성벽을 뚫고 공주에게 건너옴으로써 자신의 지구력을 증명해야 했다. 세번째로는 세상에서 가장 아름다운 집을 공주에게 지어주어 자신의 감각과 취향을 보여주어야 했다.

이 엄숙한 시험의 첫번째 날이 다가왔다. 커다란 펀치볼 저수지 주위로 궁정의 모든 신하들과 온 백성이 둘러섰다. 아몬드 왕자는 이 저수지를 헤엄쳐 건포도 공주에게 가야 했다. 가죽 치마를 입은 음유시인들이 계피 줄기로 만든 어마어마한 트럼펫을 불어댔다. 건포도 공주를 너무나 열렬히 사랑하는 불쌍한 왕자는 서둘러 저수지로 뛰어들었다. 그러나 초반부터 왕자는 용기가 꺾였다. 건포도 공주가 아주 멋지게 치장을 하고 물가 저편에 앉아 왕자에게 손짓을 했고 온 백성이 왕자를 에워싸고 라일락 차로 된 눈물을 흘렸는데도 불구하고 말이다. 그때 건포도 공주가 레몬 껍질 양산으로 펀치볼 속을 헤집고 있다가 그 양산을 힘껏 물속으로 찔러넣었다. 왕자는 양산에 매달려 앞으로 나아갈 수 있었다. 그러나 왕자는 이 양산을 놓쳤고 공주는 자기 시동으로 일하는 파리에게 신호를 보내 왕자를 구출하게 했다. 이 파리 시동은 공주가 실신할 경우에 오 드 콜롱을 갖다주는 일을 맡고 있었다. 파리는 펀치볼 위로 낮게 날았다. 왕자는 기를 쓰고 파리의 다리 한쪽을 움켜잡았다. 그러자 파리는 왕자를 백성들이 환호하는 물가 건너편까지 다다르게 했다. 그런 다음 파리는 마치 아무 짓도 안했다는 듯이, 실신한 척하는 공주의 코에 자기 코로 오 드 콜롱을 한 방울씩 떨어뜨렸다.

이제 두번째 무시무시한 시험이 기다리고 있었다. 시녀장은 여러 날 밤 잠도 안 자고 궁리를 한 끝에 이 시험을 생각해냈다. 우선 감자죽으로 된 보호장벽이 공주 주위에 세워졌다. 왕자가 이 벽을

그녀들의 메르헨

먹어치우고 질식사하지 않은 채 공주에게 도달해야 시험에 합격하는 것이었다.

　불쌍한 왕자는 트럼펫이 요란하게 울려퍼지고 백성들이 환호하는 가운데 성벽을 뜯어먹고 또 먹었다. 한 번 고개를 위로 쑥 내밀었다가 다시 벽 뒤로 사라지기를 되풀이하며, 그는 깊은 시름에 잠긴 채 한복판에 세워진 의자에 앉아 있는 사랑하는 건포도 공주에게 계속 접근해갔다. 시녀장은 사랑하는 공주를 잃을지도 모른다는 두려움으로 그 감자죽을 가능한 한 되고 뻣뻣하게 끓이라고 시켰기 때문에 왕자는 마침내 배가 터져 죽을 지경이 되었다. 그때 왕자는 왕자를 격려하기 위해 공주가 몰래 죽 속에 숨겨놓은 베이컨 구덩이를 발견했다. 새로운 용기를 얻은 왕자는 다시 벽을 갉아먹기 시작했다. 다시 지쳐 떨어질 지경이 되었을 때 역시 새로운 베이컨 구덩이가 나타났다. 그래서 새롭게 용기를 내어 앞으로 나아갔다. 그러나 왕자는 점점 몸이 뚱뚱해져서 베이컨 구덩이를 발견해도 더이상 용기가 나지 않았다. 왕자는 갑자기 입가에 나타난 어떤 것을 기운 없이 물어뜯었다. 그러자 요란한 비명! 그게 뭐였을까? 왕자가 깨물었던 건 바로 공주의 코였다. 공주가 왕자 쪽을 향해 감자죽 성벽을 파먹으며 다가왔던 것이다. 백성들은 환호하며 공주와 왕자를 꺼내 데리고 왔다.

　마지막 세번째 과제가 남았다. 왕자는 세상에서 가장 아름다운 궁전을 지어야 했다. 세상 누구도 본 일이 없는 궁전을 짓는 것은 보통 어려운 일이 아니었다. 이 나라에는 웨하스 과자로 된 건물들

과자로 만든 집

과 나이테 케이크로 된 탑들, 그리고 젤리 꽃들로 뒤덮인 생일 케이크로 만든 아름다운 정원 등 멋진 건축물이 너무도 많았기 때문이다. 서로 비슷비슷한 건축물이란 전혀 없었다.

팝스 왕이 자기 진영에서 대규모의 회의를 소집하자 수도의 아주 큰 집에서 살고 있는 작은 쥐 한 마리가 와서 이런 이야기를 했다. 그 집에 어린 남매가 살고 있는데, 사람들이 이제까지 한번도 본 적이 없는 아주 멋진 집을 크리스마스 과자로 지었다는 것이었다. 아몬드 왕자는 그 쥐의 충고에 따라 똑똑한 서울 쥐와 함께 사절단을 보냈다. 어떤 값을 치르고라도 그 집을 아이들에게서 사오라는 것이었다. 이 아이들이 바로 우리의 야콥과 마리였다. 한밤중에 마침 달빛이 마리의 침대 위를 비출 때, 생쥐 한 마리가 땋아내린 마리의 머리끝을 잡아당겼다. 길게 땋은 머리가 침대에서 마루 위로 내려와 있었기 때문이다. 쥐들의 사절단을 보고 마리가 얼마나 놀랐을지는 여러분도 상상할 수 있을 것이다. 마리는 야콥을 깨워서 말했다.

"팝스 왕이 우리가 과자로 지은 집을 달라고 사절단을 보냈대. 사절단이 너랑 얘기를 하고 싶다는 거야."

"아함." 야콥은 아직도 잠에서 덜 깬 얼굴로 말했다. "창문 커튼을 걷어봐. 우리에게 어떤 명예로운 일이 생겼는지 하느님도 보셔야 할 테니까."

"야콥, 너는 나보다 훨씬 똑똑하고 ABC도 사흘이나 먼저 배웠잖아. 그런데도 하느님은 모든 것을 다 보신다는 엄마 말씀을 벌써

그녀들의 메르헨

잊어버렸단 말이야?" 마리가 말했다.

"하지만 커튼을 열어두면 하느님도 좀더 편안하게 보실 수 있지 않겠어." 야콥은 이렇게 말했고 마리는 더이상 대꾸하지 않았다.

마리는 커튼을 걷고 쥐 사절단의 대표에게 자신의 장밋빛 양말을 깔아주었다. 대표가 그 위에 편히 앉을 수 있도록 말이다. 쥐들의 사정 이야기를 들은 남매는 그들에게 어떻게 자신들이 이 집을 짓게 되었는지를 이야기해주었다. 모든 사람들이 자신들에게 기부하기를 거절했고, 슈피네푸스 씨처럼 대단한 부자들까지도 돈을 주지 않았다고 말했다. 그러면서 남매는 쥐들에게 이 집을 줄 수 없다고 말했다. 이 집을 가난한 아이들을 위한 경매에 부쳐 가능한 한 많은 돈을 받아 아이들을 위한 진짜 집을 지을 생각이라는 얘기였다. 그러자 쥐들은 이렇게 말했다.

"우리가 너희들에게 돈을 구해다줄게. 돈 많은 슈피네푸스 씨가 너희들에게 주지 않은 그 돈을 말이야. 그러니 우리에게 이 집을 넘겨줘."

남매는 웃음을 터뜨렸고 쥐들의 그 말을 믿지 않았다. 그러나 쥐들은 자기들의 은밀한 통로를 통해 슈피네푸스 씨가 금고를 놓아둔 방까지 들어가서 그 금고에 구멍을 내고 돈을 꺼냈다. 다음날 밤 남매의 침실에서 한바탕 소란이 일어났다. 350마리의 쥐가 주둥이마다 1두카텐(13~20세기에 사용하던 유럽 금화—역주)을 물고 들어와 돈을 쌓아놓고는 남매가 만든 집을 가지고 갔던 것이다.

쥐들은 마술지팡이를 써서 남매를 작게 만들어 아몬드 왕자와

과자로 만든 집

건포도 공주의 결혼식에 데리고 갔다. 쥐들이 가져온 집이 모든 면
에서 아주 마음에 들었기 때문에 클렙스 왕은 기쁜 마음으로 이 결
혼을 허락했다. 결혼식은 정말 멋졌다. 건포도 공주와 아몬드 왕자
는 초콜릿으로 만든 검은 대리석 홀의 보리설탕 옥좌에 앉아 있었
다. 홀에는 설탕 든 초콜릿으로 만든 알록달록한 블록이 깔려 있었
는데, 음식을 너무 많이 먹어 속이 좋지 않던 마리가 그걸 한 조각
떼어먹자 곧 뱃속이 편안해졌다. 사방 벽에는 와인 젤리로 만든 조
각상들이 세워져 있었는데, 멋지게 차려 입은 쥐들이 신명나게 춤
을 출 때는 그 조각상들이 몸을 떨었고, 춤추는 쥐들이 점점 넘쳐
날수록 이들은 보통 사람들처럼 웃음을 터뜨렸다. 거리에서는 폭
죽 사탕으로 된 대포들이 울렸고, 모든 것이 리퀴르가 든 초콜릿으
로 덧입혀져 있었다. 그리고 사방에서 쥐들이 흥에 겨워 외치는 소
리가 들려왔다. 그들의 목소리는 갈라지지 않았다. 후추 동전, 당
근 사탕, 그리고 초콜릿 조각들, 작은 동전들이 던져지자 그들의
목젖은 점점 튼튼해졌다. 모두 다 행복해 보였다. 클렙스 왕과 팝
스 왕도 서로를 얼싸안았다. 그들은 각각 산딸기 젤리로 만든 조끼
를 입고 있었기 때문에 포옹을 할 때 서로 달라붙었다. 그래서 그
둘을 밧줄을 써서 떼어놓아야 했다.

　다음날 아침 아주 기분좋게 침대에서 일어난 야콥과 마리는 그
모든 것이 꿈이었다고 생각했다. 하지만 밝은 금화가 그들의 머리
맡에서 아침 햇살을 받아 빛나고 있었다. 그리고 야콥은 아직도 초
콜릿을 입가에 묻힌 채였다. 집으로 다시 돌아오려 할 때 그 궁전

그녀들의 메르헨

의 기둥 하나를 재빨리 먹어치웠던 것이다.

옆집 슈피네푸스 씨 집에서는 아침 일찍부터 큰 소란이 벌어졌다. 그의 금고에 커다란 구멍이 뚫렸고 그 안에 있던 돈 절반이 없어졌기 때문이었다. 남매는 그것이 쥐들이 한 일이라는 것을 알아차리고 그 사실을 알렸다. 그러나 슈피네푸스 씨는 아이들에게 그 돈을 가지라고 했다. 아이들이 그 무거운 금고에서 열쇠 없이 돈을 꺼낼 수만 있다면 그 돈의 절반을 주겠다고 말했기 때문에 돌려받기가 부끄러웠던 것이다.

남매는 다시 과자로 집을 만들어 그걸 경품으로 내놓았다. 더 많은 돈을 벌어 가난하고 사랑스러운 모든 아이들에게 정말 좋은 일을 하고 싶었고 진짜 큰 집을 지어주고 싶었기 때문이다. 그 아이들이 편안한 침대에서 잘 수 있도록 말이다. 이제 모든 사람들은 제비를 뽑았다. 아몬드 왕자와 건포도 공주가 사는 궁전의 모델하우스를 구경하기 위해서 말이다. 공주와 왕자는 그 궁전 안에서 행복하게 살면서 아이들을 여럿 낳았다!

나에게 이 동화를 들려준 것은 어떤 작은 생쥐였다. 이 이야기가 믿어지지 않는 사람은 재빨리 주위를 둘러보기 바란다. 그 생쥐가 지금 분명히 쥐구멍으로 기어들어오고 있을 테니까!

과자로 만든 집

요 정 의 방

로코코 시대 여성작가들의 이야기

파슬리 공주 **샤를롯-로즈 드 라 포르스**

과부와 두 딸 **잔-마리 르 프랭스 드 보몽**

아름다운 금빛머리 아가씨 **마리-카트린 돌느와**

© Angelika kauffmann

아름다운 금빛머리 아가씨

마리-카트린 돌느와

옛날에 이 세상 무엇과도 비교할 수 없을 정도로 아름다운 공주가 있었다. 사람들은 공주를 '아름다운 금빛머리 아가씨'라고 불렀다. 구불거리는 황금빛 머리카락을 발치에 닿을 정도로 길게 늘어뜨리고 있었기 때문이다. 이 고운 머리카락 위에는 대개 꽃으로 엮은 화관이 얹혀 있었다. 어떤 젊은이든지 공주를 한번 보기만 하면 사랑에 빠지고 말았다.

이웃나라에 아직 결혼하지 않은 젊은 왕이 살고 있었는데, 그는 아주 잘생겼고 엄청난 부자였다. 공주를 보기도 전에 그 아름다움을 묘사하는 말만 듣고도 왕은 이미 사랑에 빠져서 식음을 전폐하고 말았다. 그래서 왕은 외교사절을 보내어 공주에게 청혼하기로 결심했다. 왕은 사절에게 아주 화려한 마차를 꾸미게 한 다음, 그에게 백 명이 넘는 시종과 말을 주면서 그 공주를 꼭 데리고 와야 한다고 다짐을 두었다.

사절이 출발하고 나자 궁정에서는 다들 그 공주 이야기뿐이었다. 공주가 틀림없이 청혼을 받아들일 거라고 믿어 의심치 않았던 왕은 공주를 위해 벌써 화려한 의상과 눈부시게 아름다운 가구들을 주문했다. 일꾼들이 이 모든 일을 분주하게 해내는 동안 사절은 공주에게 자기가 왜 찾아왔는가를 밝혔다. 그런데 공주는 청혼받자마자 대답을 한다는 게 내키지 않아서 그랬는지, 아니면 자신에 대한 칭찬이 충분치 않다고 생각했던 것인지, 어쨌든 사절에게 청혼을 받아들이겠다는 대답을 하지 않았다. 청혼해준 왕에게는 감사하지만, 결혼은 하고 싶지 않다고 대답했던 것이다.

이 대답을 듣자 사절은 왕이 보낸 온갖 선물을 공주에게 바치지도 못한 채 대단히 서글퍼하며 물러날 수밖에 없었다. 공주는 예절 바른 사람이어서, 처녀가 젊은 남자에게서 선물을 받아서는 안된다고 생각하고 있었다. 그래서 공주는 멋진 다이아몬드와 거기 딸려온 선물들을 받지 않았다. 왕을 너무 불쾌하게 만들지 않으려고, 세공한 영국제 핀 하나만 선물로 받아들였을 뿐이다.

길을 떠났던 사절이 돌아오자 모든 사람들은 슬퍼했다. 다들 열심히 기다렸던 아름다운 금빛머리의 아가씨를 사절이 데리고 오지 못했기 때문이다. 왕은 어린아이처럼 울었다. 왕을 위로하려고 사람들이 별별 노력을 기울여보았지만 모두 허사였다.

궁정에는 쾌활하고 멋진 젊은이가 있었다. 워낙 외모가 아름답고 지적인 능력도 뛰어났기 때문에 사람들은 그를 아브노라는 이

름으로 불렀다. '기분좋은 남자'라는 뜻이었다. 왕의 총애와 신임을 얻고 있는 아브노를 시샘하는 몇몇 궁정대신들 말고는 모두들 그를 좋아했다.

사람들이 아브노 앞에서 사절이 청혼에 실패한 이야기를 들려주자 아브노는 조심성 없이 이렇게 말했다. "폐하께서 나를 보내셨더라면 틀림없이 공주님을 데리고 올 수 있었을 텐데."

아브노를 질투하는 사람들은 이 말을 곧장 왕에게 일러바쳤다. "폐하, 보십시오. 아브노라는 자가 얼마나 건방진지 말입니다. 아브노는 자기가 폐하보다 더 멋진 남자인 줄 압니다! 자기가 얼마나 잘났다고 생각하는지, 공주가 자기 얼굴을 보기만 해도 금방 따라올 거라고 믿는다는군요!"

그 말을 듣자마자 왕은 너무나 화가 나서 이성을 잃고 말았다. "아니, 어찌 이런 일이! 그 자가 내게 닥친 불행을 비웃고 감히 나보다 낫다고 떠든단 말이지? 그 자를 높은 탑에 가둬라! 거기서 굶어죽으라고 해!"

자신이 조심성 없이 한 말에 대해 별 생각이 없었던 아브노는 갑자기 병사들에게 붙잡혀 탑으로 끌려가서 모진 대우를 받았다. 불쌍한 아브노에게 주어진 건 잠자리로 쓸 짚단 한 묶음뿐이었다. 탑 바로 아래를 흐르는 작은 샘물에서 얻는 신선한 물 한 모금이 없었더라면 아브노는 목이 말라서 죽고 말았을 것이다. 마침내 기운이 빠져 숨도 제대로 쉴 수 없게 되자 아브노는 탄식하며 외쳤다.

"어째서 폐하께서는 나에게 그렇게 화가 나신 걸까? 나보다 더 충직한 신하는 없을 텐데 말야. 나는 폐하를 일부러 화나시게 만든 일이 없는데."

왕은 우연히 탑 근처를 지나가다가 이렇게 외치는 젊은 남자의 목소리를 들었다. 예전에 자신이 그토록 아끼던 젊은이의 목소리였기에 얼른 귀에 들어왔다. 왕이 멈춰 서서 귀를 기울이자 왕을 보좌해 이곳을 지나던 아브노의 적수들이 이를 막으려 했다. 그들은 감옥에 갇힌 비참한 인간의 탄식 따위는 들어줄 필요가 없다고 말했다. 하지만 왕은 단호하게 대답했다. "가만히 있거라! 저 자의 이야기를 들어야겠다!"

자신이 예전에 총애하던 젊은이의 탄식에 왕의 눈에는 눈물이 고였다. 왕은 손수 감옥 문을 열고 아브노의 이름을 불렀다. 아브노는 깊은 한숨을 지으며 왕의 발치에 무릎을 꿇고 그 발에 입을 맞추며 왕에게 물었다. 대체 자신이 이렇게 심한 벌을 받을 만한 어떤 죄를 저질렀느냐고.

"너는 나와 내 사절을 비웃었다. 그리고 내가 너를 보냈더라면 아름다운 금빛머리 아가씨를 확실히 데려올 수 있었을 거라고 말하지 않았느냐?"

"지금도 저는 역시 그렇게 말씀드릴 겁니다." 아브노가 이렇게 말을 받았다. "제가 갔더라면 공주님에게 폐하의 고귀한 외모와 인품을 참으로 생생하게 묘사했을 테고, 그랬더라면 공주님은 청혼을 거절할 수 없었을 것입니다. 이런 제 생각이 폐하를 그처럼 노하시게 하리라고는 꿈에도 생각지 못했습니다."

아름다운 금빛머리 아가씨

왕은 사실 아브노의 말이 틀리지 않았다고 생각했다. 그래서 모함을 비난하는 눈길로 궁정대신들을 노려보았다. 왕은 자신이 한 짓을 진심으로 후회한다는 말을 거듭하며 아브노를 데리고 궁으로 돌아왔다. 훌륭한 식사로 다시 원기를 회복하게 한 뒤에 왕은 아브노를 자기 방으로 불렀다.

"아브노, 나는 그 공주를 여전히 사랑하고 있다. 청혼을 거절당했지만, 그래도 맘이 바뀌지 않았어. 어떻게 하면 공주가 승낙을 할지 그 방법을 모를 뿐이야. 너를 보내면 정말 일이 성사될지 한 번 해보자!"

"가겠습니다. 그것도 내일 당장이요!" 아브노가 대답했다.

왕은 아브노에게 화려한 마차를 준비해주겠다고 했지만 아브노는 그럴 필요 없다고 대답했다.

"말 한 필과 폐하의 친필 편지 한 장이면 충분합니다."

왕은 아브노가 당장 출발하려는 것에 기뻐하며 고마운 마음으로 아브노를 끌어안았다. 아브노가 왕과 자기 친구들에게 작별을 고하고 길을 떠난 것은 월요일이었다. 어떤 치장도 없이 주위의 이목을 끌지도 않고 그는 달랑 혼자 떠났다. 아브노의 머릿속은, 어떻게 하면 공주가 왕의 청혼을 받아들이게 할 수 있을까 하는 생각으로 가득 차 있었다. 그는 필기도구를 지니고 있다가, 공주에게 얘기할 좋은 말이 떠오르기만 하면 그 생각을 잊기 전에 얼른 말에서 내린 뒤 나무 그늘로 가서 그 말을 적었다.

어느날 새벽, 길을 가던 아브노에게 아주 멋진 생각이 떠올랐다.

말에서 내린 아브노는 풀밭 옆 작은 시내에 그늘을 드리우고 있는 버드나무 밑에 앉아 그 생각을 적기 시작했다. 일을 마친 뒤 그는 이곳이 무척 마음에 들어 부근을 둘러보았다. 그러다가 바닥에서 아주 힘겹게 공기를 들이마시며 헐떡이고 있는 잉어 한 마리를 발견했다. 냇물에 사는 그 잉어는 모기를 잡아먹으려다 너무 멀리 뛰어오르는 바람에 물가 풀밭으로 떨어졌던 것이다. 아브노는 그 잉어를 맛있는 점심거리로 삼을 수도 있었다. 하지만 잉어를 딱하게 여긴 아브노는 이 물고기를 집어들어 조심스럽게 물에 놓아주었다. 차가운 물 속에 들어가자마자 잉어는 다시 생기를 되찾고 즐겁게 헤엄치다가 물 속 밑바닥까지 들어갔다. 잠시 후 잉어는 팔팔해져서 물가로 다가와 이렇게 말했다. "아브노! 정말 고마워요. 당신이 아니었더라면 저는 죽고 말았을 거예요. 제 목숨을 구해주셨으니 저도 은혜를 갚을게요." 이런 약속을 남기고 잉어는 물 속으로 사라졌다. 아브노는 잉어가 그처럼 똑똑하게 말을 하며 정다운 태도를 보이는 바람에 어안이 벙벙해졌다.

계속 길을 가다가 아브노는 잔뜩 겁에 질린 까마귀 한 마리를 발견했다. 힘센 독수리가 까마귀를 쫓아와 낚아채기 직전이었다. 잡혔더라면 독수리는 까마귀를 꿀꺽 삼켜버렸을 게 틀림없었다. 아브노는 까마귀가 안쓰러웠다. "언제나 힘센 것들이 약한 쪽을 억압하고 괴롭히지. 어째서 독수리는 까마귀를 잡아먹는 걸까?" 아브노는 얼른 활을 들어서 독수리를 겨누어 명중시켰다. 독수리는 화살을 맞고 땅에 떨어져 죽었고, 까마귀는 즐겁게 나무 위로 날아올

아름다운 금빛머리 아가씨

라가 외쳤다. "아브노! 참 인정이 많은 분이군요. 보잘것없는 까마귀한테 그런 귀한 마음을 베풀어주시다니요. 꼭 은혜를 갚겠어요. 감사할 줄 모르고 살긴 싫거든요." 아브노는 까마귀의 영리함에 감탄하며 길을 서둘렀다.

아브노가 숲으로 들어섰을 때는 아직 새벽이라서 길이 제대로 보이지 않았다. 그때 아브노는 어디선가 부엉이가 괴로워하며 끼익끼익 우는 소리를 들었다. "부엉이에게 문제가 생겼나보군. 아마 그물에 걸렸나보다!" 아브노는 숲을 헤치고 찾아다니다가 마침내, 새잡이가 밤 사이에 작은 새들을 잡으려고 쳐놓은 커다란 그물과 거기 걸린 부엉이를 찾아냈다. "사람들은 자기들끼리 서로 괴롭히지 않으면 불쌍한 동물들이라도 괴롭혀야 하는 모양이지. 자기들에게 아무런 해도 입히지 않는 동물들인데 말야!" 이렇게 말하며 아브노는 칼을 꺼내 그물을 찢었다. 부엉이는 얼른 그물을 빠져나와 날아올랐지만 곧 날개를 활짝 펼치고 다시 돌아와 외쳤다. "아브노! 얼마나 고마운지 말로 다할 수가 없군요. 당신이 살려주시지 않았더라면 전 사냥꾼 손아귀에 들어갔을 거예요. 이 은혜는 잊지 않고 꼭 갚겠어요."

공주를 만나러 가는 중에 아브노는 이런 일들을 겪었다. 공주의 궁전이 멀지 않았기 때문에 아브노는 걸음을 재촉했다. 이곳에 있는 모든 것은 아주 근사했다. 다이아몬드는 돌멩이처럼 길바닥에 무더기로 쌓여 있었고, 화려한 옷들, 맛있는 먹을거리들, 은제품 등 모든 것이 넘쳐났다. "공주님이 이 모든 것을 버려두고 우리 폐

아름다운 금빛머리 아가씨

하게 간다면 난 얼마나 기쁠까." 아브노는 금실로 짠 옷을 골라 입고 흰색과 오렌지색 깃털로 만든 머리 장식을 했다. 그리고 목에는 화려하게 수를 놓은 장식띠를 둘렀다. 아브노는 공주에게 줄 선물로 불로뉴에서 산 귀여운 강아지를 깔끔한 바구니에 넣어서 들고 갔다. 아브노는 참으로 명랑하고 사랑스럽고 하는 일마다 사람들을 기분 좋게 만들었기 때문에, 성문을 지키는 보초병들도 깊이 허리를 굽혀 그를 맞이했다. 그리고 이웃 왕국의 사절로 찾아온 아브노가 공주를 만나고 싶어한다는 사실을 얼른 공주에게 알렸다.

"아브노라구!" 공주는 그 이름을 되풀이했다. "그 이름에서 벌써 느껴지는 게 있군. 그는 분명히 모든 사람의 마음에 드는 사랑스러운 남자일 거야."

"물론이죠!" 궁정 귀부인들 모두가 한 목소리로 외쳤다. "저희들은 그 남자를 벌써 봤는데, 그 사람 쳐다보느라고 아무도 일을 못 할 지경이었죠."

"대단하구나!" 공주가 외쳤다. "그대들이 남자에게 눈길을 주다니! 재빠르기도 하지. 푸른 지도가 그려진 내 파티 의상을 가져와! 머리카락도 예쁘게 풀어내려야지! 그리고 싱싱한 꽃으로 새 화관을 만들어줘! 내가 정말 이름값을 한다는 사실을 아브노를 시켜 온 세상에 알려야 해."

시녀들은 공주를 여왕처럼 꾸미느라 분주했다. 너무나 바쁘게 돌아다니느라고 서로 부딪치기 일쑤였고 일이 빨라지기는커녕 오히려 서로 방해만 되었다. 마침내 치장이 다 끝났고, 공주는 모든

그녀들의 메르헨

것이 자기가 원하는 대로 되었는지 보려고 커다란 거울 방으로 들어섰다. 공주는 흡족한 마음으로 황금과 상아와 흑단으로 만든 옥좌에 올라가 앉았다. 옥좌를 둘러싸고 발삼향이 풍겼다. 시녀들은 악기를 가져와 그 반주에 맞춰 노래를 불렀다. 그러나 조용, 조용히, 누구한테도 거슬리지 않을 목소리로 노래해야 했다.

아브노는 공주의 홀로 안내되었는데, 그는 공주를 보자 그 아름다움에 마음이 움직여, 그 뒤에 그가 몇 번씩 고백한 바와 같이 거의 말을 하지 못했다. 그런 중에도 그는 애써 정신을 가다듬으며 할 말을 했다. 자신이 공주를 모시고 자기 나라로 돌아가기를 간절히 바란다는 소망을 전했던 것이다.

"아브노, 그대가 열거한 그 모든 이유는 대단히 중요한 것들이군요. 다른 누군가가 아닌 그대가 나를 찾아왔다는 사실이 반갑고 기쁘다는 이야기를 해야겠습니다. 그러나 내가 하는 말을 잘 들어보세요. 얼마 전에 나는 내 시녀들과 강가로 나간 적이 있어요. 내가 장갑을 벗었을 때 손가락에서 반지 하나가 미끄러져서 운 나쁘게도 물 속으로 떨어졌지요. 그 반지는 내가 이 왕국 전체보다도 더 아끼는 것이랍니다. 그 반지를 잃어버려서 내가 얼마나 상심했을지 생각해보세요. 그래서 나에게 청혼을 하라고 파견된 사절이 내 반지를 찾아다주지 않는 한 어떤 청혼도 받아들이지 않겠다고 맹세했어요. 이제 그대가 해야 할 일이 무엇인지 알았겠지요? 14일 낮과 14일 밤의 시간을 주겠어요. 하지만 그 다음에는 나한테 딴소리를 해서는 안돼요."

아름다운 금빛머리 아가씨

아브노는 공주의 이런 대답에 무척 놀랐다. 그는 공주에게 깊이 허리를 숙여 절을 하고 바구니에 든 강아지와 장식띠를 받아달라고 청했다. 그러나 공주는 그 모든 선물을 거절했다. 자기가 아브노에게 말한 것만을 생각하라는 것이었다.

숙소로 돌아와서 아브노는 아무것도 먹지 않고 자리에 누웠다. 폴짝폴짝 뛴다는 뜻으로 '카브리올'이라고 이름붙인 그의 강아지 역시 아무것도 먹으려 들지 않고 아브노 곁에 엎드렸다. 긴긴 밤 동안 아브노는 한숨만 쉬었다. "어디서, 도대체 어디 가서 한달 전에 그 넓은 강 속에 빠진 반지를 찾는단 말인가? 아무리 생각해도 정말 말도 안되는 일이야. 공주는 그저 불가능한 조건을 내걸기 위해서 그런 얘기를 한 것뿐일 거야."

아브노는 점점 한숨을 자주 쉬었고 걱정이 깊어갔다. 마침내 카브리올이 아브노에게 말했다.

"주인님! 희망을 다 버리지는 마세요! 주인님은 정말 좋은 분이기 때문에 반드시 행복해지셔야 해요. 내일 아침 일찍, 날이 밝자마자 우리 함께 강가로 가봐요." 아브노는 아무 대답도 하지 않고 강아지를 토닥거려주었다. 근심걱정을 잔뜩 안은 채 아브노는 어느 결에 잠이 들었다.

날이 밝자마자 카브리올은 팔짝팔짝 뛰며 장난을 쳐 아브노를 깨웠다. 카브리올은 아브노를 재촉해 옷을 입게 했고 자기를 데리고 밖으로 나가게 만들었다. 아브노는 카브리올이 시키는 대로 자리에서 일어나 옷을 입었다. 카브리올은 아브노를 마당으로 데리

그녀들의 메르헨

고 나가더니 모르는 척 계속 강가로 이끌고 갔다. 아브노가 모자를 깊이 눌러쓰고 팔짱을 낀 채 자기 나라로 돌아갈 생각에 잠겨 있을 때 갑자기 누군가가 아브노의 이름을 두 번 부르는 소리가 들렸다. 아브노는 사방을 둘러보았지만 아무도 눈에 띄지 않았다. 아브노는 자신이 잘못 들었다고 생각하고 계속 걸어갔다. 그러나 다시 그의 이름을 부르는 소리가 두 번 들렸다.

"나를 부르는 게 누구지?"

아브노가 물었다. 하지만 아무 대답도 없었다! 몸집이 작은 카브리올은 물가에서 코를 킁킁거리다가 아브노에게 말했다.

"제가 무엇에 홀린 게 아니라면 지금 제 눈앞에 보이는 커다란 황금 잉어가 주인님을 부르는 거예요."

그러자 정말 커다란 잉어가 나타나 아브노에게 말했다.

"당신은 제 목숨을 구해주셨어요. 그리고 저는 은혜를 갚겠다고 약속했지요. 여기 공주님의 반지가 있습니다."

아브노는 허리를 굽혀 수없이 감사인사를 하며 그 착한 물고기의 주둥이에서 반지를 받아들었다. 아브노는 그 길로 곧장 공주의 궁전으로 갔고 카브리올은 그를 졸졸 따라갔다. 자신이 주인을 강가로 이끌었다는 사실에 카브리올은 무척 뿌듯해하고 있었다. 아브노가 왔다는 말을 듣자 공주는 말했다.

"아, 그 가련한 젊은이가 나에게 작별인사를 하러 왔구나. 그는 내 요구가 터무니없다는 걸 깨달았겠지. 그리고 이제 그 사실을 자기 주인에게 알리려고 할 거야."

아름다운 금빛머리 아가씨

그 사이에 아브노는 공주 앞으로 다가와 반지를 바쳤다. "명령대로 수행했습니다. 이제 제 주인님을 남편으로 맞으시겠습니까?" 공주는 자기 반지를 다시 보게 되자 너무 놀라서 이것이 꿈이 아닐까 생각했다.

"정말 반지를 찾았군요! 기품있고 아름다운 당신은 요정의 총애를 받는 사람임에 틀림없어요. 사람의 힘으로는 불가능한 일이 틀림없었으니까." 공주가 말했다.

"저는 요정 따위는 모릅니다. 오로지 공주님 맘에 들려고 간절히 소원했을 뿐이죠." 그것이 아브노의 대답이었다.

"자, 내 부탁을 들어주었으니 이제 한 가지 일을 더 해주어야겠어요. 그렇게 하지 않고는 누구도 나를 얻을 수 없습니다. 여기서 멀지 않은 곳에 갈리프롱이라는 왕자가 살고 있는데, 나하고 결혼하고 싶어하죠. 그 왕자는 무시무시한 협박과 함께 청혼을 해왔어요. 내가 청혼을 거절하면 죽어버리겠다는 거죠. 하지만 내가 어떻게 그 청혼을 받아들일 수 있겠어요? 그는 종탑보다 더 키가 큰 거인이랍니다. 원숭이가 밤알을 주워먹듯 사람을 통째로 삼켜버리죠. 주머니 속에는 권총처럼 사용하는 작은 대포알들이 들어 있어요. 그가 목청을 높여 말하면 곁에 서 있던 사람들은 모두 귀머거리가 되고 말죠. 나는 전혀 결혼할 생각이 없다고 그 왕자에게 전하게 했고, 그 왕자는 내 거절을 받아들였죠. 그럼에도 불구하고 그는 계속 나를 괴롭히고 여전히 내 백성들에게 화를 내고 있어요. 그대는 이 거인과 싸워서 나에게 그 머리를 가져와야 해요."

그녀들의 메르헨

아브노는 잠시 어안이 벙벙해졌다. 한동안 생각해본 뒤에 그는 드디어 입을 열었다.

"좋습니다! 갈리프롱과 싸우겠어요. 분명히 제가 지겠지만, 그래도 싸우다가 장렬하게 죽겠습니다."

공주는 그의 결단에 놀라 아브노를 그 위험한 모험에서 돌이키려고 갖은 말을 다 해보았다. 그러나 무슨 말을 해도 소용이 없었다. 아브노는 싸울 채비를 갖추겠다며 공주를 떠났다. 준비를 끝내자 아브노는 카브리올을 다시 바구니에 넣은 뒤 말에 올라타고서 갈리프롱이 사는 곳으로 길을 떠났다. 갈리프롱에 대해 도중에 누군가에게 묻자 그 사람은 갈리프롱을 누구도 감히 접근할 수 없는 살아 있는 악마로 묘사했다. 여러 사람에게 물으면 물을수록 그 대답은 점점 아브노를 두려움에 떨게 했다.

카브리올은 끊임없이 아브노에게 용기를 주었다. "주인님이 갈리프롱과 싸우는 동안 제가 그 녀석의 발을 물어뜯겠어요. 그러면 갈리프롱은 저를 떼어내기 위해서 허리를 굽힐 거고, 주인님은 그때 그 녀석을 죽이는 거예요." 아브노는 강아지의 아이디어에 미소를 지었다. 그러나 대체 이런 아이디어가 무슨 도움이 된단 말인가?

마침내 아브노는 갈리프롱의 성에 다다랐다. 그곳으로 가는 길은 온통 사람의 뼈와 해골로 뒤덮여 있었다. 거인 갈리프롱이 잡아먹었거나 갈기갈기 찢어죽인 사람들이었다. 갈리프롱은 곧 모습을 드러냈다. 숲의 덤불을 뚫고 나타난 것이다. 가장 키가 큰 나무들

아름다운 금빛머리 아가씨

위로 갈리프롱의 머리가 불쑥 솟아올랐고 거인은 등골이 오싹해지
는 목소리로 노래를 불렀다.

"작은 애들이 어디 숨어 있지?
이빨로 잘근잘근 씹어 맛있게 먹어치워야지.
난 항상 배고파! 뭐든지 먹어치워야 해!
세상엔 먹을 게 왜 이렇게 부족하지."

아브노는 금방 거인과 똑같은 방식으로 소리 높여 노래했다.

"어서 와라! 아브노가 너를 상대할 테다!
아브노가 네 게걸대는 이빨을 다 부러뜨려주마.
키는 크지 않지만 아브노라는 사내는
너를 바닥에 널브러지게 해줄 거다."

즉흥적으로 지어낸 아브노의 노래는 용감하게 들리진 않았다.
그러나 엄청나게 겁을 먹은 상황에서 이만큼이라도 노래를 할 수
있다는 게 놀라운 일이었다(누구든지 겁을 먹으면 목소리가 떨리
고 말의 앞뒤가 잘 안 맞는 법이다). 도대체 누가 자기 노래에 대꾸
를 하는 것일까 하고 이리저리 둘러보던 갈리프롱은 마침내 아브
노를 찾아냈다. 칼을 뽑아든 아브노는 거인을 약올리기 위해 온갖
모욕적인 익살을 퍼부었다. 거인을 미쳐 날뛰게 하기에 충분했다.

아름다운 금빛머리 아가씨

거인은 무시무시한 철퇴를 휘둘렀고, 불쌍한 아브노는 끔찍한 철퇴에 맞아 산산조각이 나고 너덜너덜해질 위기에 처했다. 그런데 그 순간 어디선가 까마귀 한 마리가 날아오더니 거인의 머리에 올라앉아 부리로 눈을 쪼아대기 시작했다. 피가 얼굴 위로 흘러내리자 거인은 고래고래 악을 쓰며 미쳐 날뛰더니 사방을 빙빙 돌며 철퇴를 내리쳤다. 아브노는 날쌔게 피해가며 거인을 칼로 여러 번 찔러 깊은 상처를 입혔다. 마침내 거인은 피를 너무 많이 흘려 바닥에 쓰러지고 말았다. 아브노는 거인의 머리를 재빠르게 베어내고는 자신의 예기치 않았던 행운에 엄청나게 기뻐했다.

"아브노!" 근처 나무에서 그 까마귀가 아브노를 불렀다. "저를 괴롭히던 독수리를 쏘아 죽여주신 것을 잊지 않고 있었어요. 제가 약속했죠. 은혜를 갚겠다고요. 지금 그 은혜를 갚은 거예요."

"제가 당신에게 진 빚이 훨씬 큽니다. 까마귀 선생. 그리고 그 빚은 언제까지나 제 마음에 남을 거예요." 아브노가 말했다. 그러면서 아브노는 갈리프롱의 끔직한 머리통을 말 위에서 흔들어보였다.

아브노가 성에 도착하자 모두들 아브노를 따라다니며 이렇게 외쳤다. "저 용감한 아브노를 보라! 아브노가 괴물을 처치했다!"

공주는 밖에서 들려오는 요란스러운 소리에도 감히 물어볼 엄두를 내지 못했다. 아브노가 거인의 머리통을 들고 들어서는 것을 볼 때까지 공주는 아브노가 죽었다는 이야기를 듣게 될까봐 두려워하고 있었다.

그녀들의 메르헨

"공주님의 원수는 죽었습니다! 이제는 마음놓고 제 주인님과 결혼하실 수 있겠지요?" 아브노가 공주에게 말했다.

"하지만 컴컴한 동굴에서 저한테 물을 가져다주시기 전에는 안 돼요. 이 부근에는 아주 깊은 동굴이 있죠. 어마어마하게 깊은 곳이에요. 두 마리 용이 이 동굴 입구를 지키고 있는데, 그 눈과 목에서는 불길이 뿜어져 나온답니다. 그 동굴 속에는 아주 깊은 구멍이 있어요. 두꺼비와 독사들이 우글거리는 그 구멍을 통해 내려가면 아름다움과 건강을 선사해주는 샘물이 있어요. 그 물을 마시고 싶어요. 그 물을 마시면 기적의 효과가 언제까지나 보존되지요. 이미 아름다운 사람이라면 영원히 그 상태로 머무르고, 못생긴 사람이라면 아름다워져요. 젊은 사람은 영원히 젊은 채로 머물러 있고, 늙었다면 다시 젊어진답니다. 이 물을 버려두고 이 나라를 떠날 결단을 내리기가 얼마나 어려울지 당신도 짐작하실 거예요."

"공주님은 워낙 아름다우셔서 그런 샘물 따위가 별로 필요하시지 않을 것 같군요. 하지만 저는 공주님을 모셔가려고 온 사절이니 공주님이 명령하시는 모든 일을 수행해야 하겠죠. 그 일이 제 목숨을 앗아가는 일이라고 하더라도 말입니다. 제가 다시 돌아오지 못할 것이 확실하다고 생각되지만, 그럼에도 불구하고 공주님이 원하시는 일을 하도록 하겠습니다."

공주가 자신의 요구를 굽히지 않자 아브노는 다시 카브리올과 함께 어두컴컴한 동굴로 길을 떠났다. 도중에 그와 마주친 사람은 가슴 아파하며 이렇게 말했다. "젊은 분이 그처럼 죽을 것이 분명

아름다운 금빛머리 아가씨

한 길로 달려가다니. 정말 안됐소! 백 명이 뭉쳐도 그 일을 해낼 수 없는 동굴인데, 그곳에 혼자 가다니! 어째서 공주님은 그렇게 불가능한 일만 시킨답니까?” 아브노는 아무 대답도 하지 않고 계속 걸어갔지만, 마음은 어두웠다.

아브노는 높은 산의 꼭대기에 다다랐다. 거기서 그는 조금 쉬었다 가려고 자리를 잡고 앉아 아래를 내려다보았다. 그동안 말은 풀을 뜯어먹었고 카브리올은 모기를 잡았다. 어두컴컴한 동굴은 그곳에서 멀지 않았다. 그 사실을 알고 아브노는 동굴이 곧 눈에 들어오지 않을까 해서 계속 주위를 둘러보았다. 마침내 아브노는 무시무시한 시커먼 바위틈에서 굵은 연기가 솟아오르는 것을 발견했다. 뒤이어 눈과 목에서 불을 뿜어내는 용 한 마리가 보였는데, 그 용의 몸통은 초록색과 노란색이 뒤섞여 있었고 꼬리는 천 겹으로 꼬여 있었다. 카브리올은 그 용을 보고 잔뜩 겁을 먹은 채 숨을 곳을 찾느라 야단이었다.

아브노는 죽음을 각오하고 컴컴한 동굴로 내려갔다. 공주가 아름다워지는 샘물을 채워오라고 준 작은 병을 손에 들고 말이다. “이젠 끝이야! 나는 용들이 지키고 있는 이 샘물을 절대로 길어올릴 수 없을 거야. 내가 죽으면 이 병을 내 피로 채워서 공주에게 갖다줘. 그러면 공주는 자기가 나한테 어떤 일을 했는지 알게 될 거야. 그런 다음 우리 주인이신 왕에게 가서 나한테 일어난 일을 알려드리도록 해.” 아브노는 카브리올에게 이렇게 일렀다.

얘기하는 동안 아브노는 자기를 부르는 소리를 들었다. 누가 불

그녀들의 메르헨

렀을까 하고 주위를 둘러보다가 아브노는 늙어서 속이 텅 빈 나무 속에 들어앉아 있는 부엉이를 발견했다. "당신은 제가 그물에 걸렸을 때 저를 자유롭게 해주셨지요. 그렇게 제 목숨을 구해주셨어요. 저는 당신께 은혜를 갚겠다고 맹세했습니다. 이제 약속을 지킬 때가 되었어요. 저는 어두운 동굴로 가는 길을 알고 있어요. 저에게 그 병을 주세요. 그러면 제가 아름다움의 샘물을 담아다 드릴게요."

이보다 더 기쁜 일이 세상에 있을까! 아브노는 재빨리 부엉이에게 그 병을 건넸다. 부엉이는 아무런 어려움 없이 어두운 동굴 속으로 날아들어가 잠시 후에 마개가 꼭 닫힌 병을 가지고 돌아왔다. 아브노는 열에 들떠 부엉이에게 감사 인사를 한 뒤 다시 산을 넘어 성으로 돌아왔다.

아브노는 곧장 궁전으로 가서 공주에게 그 병을 바쳤다. 아름다운 금빛머리의 공주는 이제 더이상 이유를 달지 않았다. 공주는 아브노에게 오로지 감사를 표했고 아브노와 함께 이웃나라로 길을 떠날 채비를 갖췄다. 공주는 아브노가 너무도 마음에 들어 이웃 나라로 가는 길에 그에게 이렇게 털어놓기까지 했다.

"당신이 원한다면 나는 당신을 남편으로 삼고 왕으로 만들었을 거예요. 그랬더라면 우리는 내 왕국을 떠날 필요도 없었을 텐데."

"공주님이 말할 수 없이 아름답고, 제가 이 세상 모든 것을 다 얻을 수 있다 하더라도 제 주인님을 고통스럽게 만들고 싶지는 않았습니다." 아브노의 대답은 그랬다.

그녀들의 메르헨

그들이 도착하자 왕은 공주를 맞으러 나와, 고르고 고른 진기한 선물들로 공주를 환영했다. 두 사람의 결혼식은 훗날까지도 오래오래 이야기될 정도로 즐겁고 화려한 행사로 가득했다. 그러나 무엇보다도 공주는 아름다운 아브노를 깊이 사랑하고 있었기 때문에 아브노를 바라보고 아브노를 칭찬하는 일을 가장 큰 낙으로 삼았다.

"아브노가 없었더라면 제가 여기까지 올 수 없었을 거예요. 제 맘에 들기 위해서 아브노는 불가능한 일을 가능하게 만들어야 했지요. 폐하께서는 아브노에게 감사하셔야 해요. 아브노가 저에게 영원한 젊음과 아름다움을 유지할 수 있는 샘물을 가져다 주었거든요." 공주는 왕에게 말했다.

그러나 시샘하는 자들은 입이 바빠졌다. 그들은 왕비가 된 공주의 말을 엿들었다. "폐하께서는 질투를 하지 않으신단 말입니까. 질투하실 이유가 충분히 있는데도요. 왕비께서는 아브노를 사랑하십니다. 사랑에 빠져서 왕비는 먹지도 마시지도 않고 언제나 아브노 얘기뿐입니다. 폐하께서 아브노에게 큰 빚을 지고 있으며 어떤 다른 사절이라도 결코 아브노가 한 일을 할 수 없었을 거라고 말이죠!" 그들은 왕에게 말했다.

"나도 그게 몹시 거슬린다. 팔다리를 묶어 아브노를 탑에 던져넣어라!" 왕이 대답했다.

아브노는 왕에게 그처럼 충성을 다한 대가로 손발을 묶인 채 탑에 갇히고 말았다. 작은 구멍을 통해 한 조각 검은 빵과 약간의 물

아름다운 금빛머리 아가씨

을 넣어주는 간수말고는 그 누구도 아브노를 만날 수 없었다. 오로지 카브리올만이 그의 곁을 지켰다. 카브리올의 수다 덕분에 아브노는 바깥세상의 일들을 알 수 있었고, 카브리올의 다정함은 그의 어두운 기분을 밝게 해주었다.

왕비는 이 일을 알게 되자마자 왕의 발밑에 몸을 던져, 울면서 아브노의 석방을 간청했다. 그러나 왕비가 간절히 청하면 할수록 왕은 점점 화를 낼 뿐이었다. 의심이 그만큼 커졌기 때문이다. 말조차 할 수 없게 되자 왕비의 마음은 근심으로 가득 찼다.

왕비가 자신을 아름답지 않다고 생각할 거라는 의심이 들자 왕은 아름다움의 샘물로 자기 얼굴을 씻어야겠다는 생각이 들었다. 그 샘물을 담은 병은 왕비의 방 벽난로 위에 놓여 있었다. 왕비는 그 병을 자주 들여다보는 것을 즐거움으로 삼았기 때문이다. 그러나 왕비의 방을 청소하는 시녀 하나가 빗자루로 거미를 때려잡으려다가 운 나쁘게도 그 병을 쳐서 땅에 떨어뜨렸다. 그래서 병은 깨져버렸고 샘물은 한 방울도 남지 않았다. 시녀는 어떻게 해야 좋을지 몰랐다. 그때 왕의 방에도 물이 가득 찬 비슷한 병이 있었다는 것이 기억났다. 아름다움의 샘물처럼 맑은 물이 거기에도 들어 있었다. 시녀는 그 병을 몰래 가져다가 깨진 병 대신 왕비의 방 벽난로 위에 세워두었다.

왕의 침실에 있던 그 물은 뭔가 죄를 저지른 귀족들이나 고관들을 비밀리에 제거하기 위한 약이었다. 그들의 머리통을 내리치거나 목을 조르는 대신 이 물로 그들의 얼굴을 씻기기만 하면 되었

그녀들의 메르헨

다. 그러면 죄를 저지른 사람들은 잠에 빠져들어 다시는 깨어나지 않았다. 왕은 아무것도 모르는 채로 이 물로 자기 얼굴을 씻고는 영원한 잠에 빠져들었다.

카브리올은 이 기쁜 소식을 주인에게 알렸다. 아브노는 왕비에게 카브리올을 보내 가련한 아브노를 잊지 말라고 청하게 했다. 카브리올은 힘겹게 사람들을 뚫고(궁전 안에서는 언제나 모든 것이 바쁘게 돌아가기 때문에) 궁으로 들어가 왕비의 귀에 나직하게 속삭였다. "가련한 아브노를 잊지 마세요!"

아름다운 금빛머리 공주는 아브노를 잊지 않고 있었다. 공주는 여전히 아브노가 자기를 위해 한 일들을 기억하고 있었다. 어떤 신하에게도 시키지 않고 공주는 몸소 탑으로 가서 자기 손으로 아브노의 결박을 풀었다. 그런 다음 아브노에게 왕관을 씌우고 그에게 왕의 망토를 입힌 다음 이렇게 말했다. "아브노! 당신은 제 남편이고 이 나라의 왕입니다!"

아브노는 무릎을 꿇고 공주에게 감사했다. 아브노를 왕으로 받들게 된 것을 모든 사람이 기뻐했다. 그들의 화려한 결혼식날은 영원한 행복으로 이어지는 첫날이었다.

다른 사람들의 불행을 머뭇거리지 말고 네 일로 받아들여라.

남을 돕는 일을 게으름이나 비웃음으로 거절하지 말아라.

순수한 마음으로 행한 좋은 일은

빠르든 늦든 언제나 정당한 보수를 받게 마련이니까.

아름다운 금빛머리 아가씨

과부와 두 딸

잔-마리 르 프랭스 드 보몽

 옛날에 아주 마음씨 착한 과부가 살았다. 과부한테는 사랑스러운 두 딸이 있었다. 큰딸의 이름은 블랑슈였고 작은딸은 베르메유라고 했다. 이런 이름을 붙여준 까닭은, 큰딸은 세상에서 가장 아름다운 눈처럼 하얀 피부를 지니고 있었고, 동생은 산호처럼 아름다운 붉은 입술과 뺨을 가졌기 때문이었다.

어느날 과부가 문 앞에 앉아 실을 잣고 있을 때 아주 힘겹게 지팡이를 짚고 몸을 질질 끌며 걸어오는 불쌍한 노파가 보였다.

"몹시 지치셨군요. 여기 잠시 앉아 쉬었다 가세요."

착한 과부는 그 노파에게 말했다. 그리고 얼른 이 할머니에게 의자를 갖다드리라고 딸들에게 말했다. 두 딸은 동시에 벌떡 일어났지만, 베르메유가 언니보다 훨씬 빨리 달려가서 의자를 가져왔다.

"마실 것 좀 드릴까요?"

착한 과부가 노파에게 묻자 노파는 이렇게 대답했다.

"물론 좋아요. 뭔가 먹을 것도 좀 있으면 좋겠는데."

"네, 그러지요. 하지만 저희들도 가난해서 먹을 게 많지는 않답니다." 착한 과부가 말했다.

그러고는 딸들에게 이 할머니가 드실 것을 가지고 오라고 말했다. 노파는 벌써 식탁 앞에 앉아 있었다. 착한 과부는 큰딸에게 자두나무에서 자두를 몇 개 따오라고 했다. 그 나무는 블랑슈가 손수 심고 소중하게 기른 것이었다. 블랑슈는 어머니 말씀에 고분고분하게 따르는 대신 혼잣말로 중얼거렸다. "이 늙고 욕심 많은 여자보다 내 자두나무가 훨씬 소중한데."

블랑슈는 자두 몇 개 가져다주라는 어머니의 부탁을 거절할 용기는 없었지만 상냥한 얼굴이 아니라 내키지 않는 표정으로 자두를 갖다주었다.

"베르메유, 네가 가꾸는 포도는 아직 익지 않았으니 이 할머니께 대접할 수가 없겠구나." 과부가 작은딸에게 말했다.

"그래요. 하지만 방금 제가 기르는 암탉이 소리를 내는 것을 들었어요. 지금 막 달걀을 낳았나봐요. 할머니께서 방금 낳은 달걀을 잡수시겠다면 얼른 갖다드릴게요."

베르메유는 그렇게 말한 뒤 노파의 대답을 기다리지도 않고 달려가서 달걀을 가져왔다. 그러나 베르메유가 노파에게 달걀을 건네는 순간 노파는 사라지고 그 자리에는 아름다운 귀부인이 앉아

과부와 두 딸

있었다. 귀부인은 과부에게 말했다.

"따님들에게 그들이 한 일에 따라 상을 주고 싶군요. 큰따님은 왕비가 될 거고 작은따님은 농장 주인이 될 겁니다." 그러면서 귀부인은 들고 있던 지팡이로 그 집을 건드렸다. 그러자 집은 사라지고 그 자리에는 그럴듯한 농장이 생겨났다.

"봐요, 이게 아가씨의 몫이라오. 두 사람 모두에게 가장 원하는 것을 해주는 거야." 이런 말을 남기고 요정은 사라졌다. 어머니와 두 딸은 어안이 벙벙했다.

그들은 농장 안에 세워진 농가로 들어갔다. 그곳에 있는 집기들은 모두 아주 깔끔했다. 의자들은 특별한 장식이 없는 나무의자였지만, 얼마나 반짝반짝 윤이 나게 닦여 있었는지 그곳에 얼굴을 비추어볼 수 있을 정도였다. 리넨으로 된 침대 시트는 눈처럼 새하얬다. 외양간에는 염소가 스무 마리, 양이 스무 마리, 황소가 네 마리, 암소가 네 마리가 있었고 마당에는 닭, 오리, 비둘기 등등 온갖 종류의 가금家禽들이 있었다. 그리고 그 곁에는 온갖 꽃과 열매가 가득한 풍요롭고 잘 다듬어진 정원도 있었다.

블랑슈는 자기 동생이 받은 이 모든 선물을 아무런 질투심 없이 바라보았다. 자신은 왕비가 된다고 했기 때문에 그 만족스러운 생각에 여념이 없었던 것이다. 갑자기 사냥꾼들이 집 앞을 지나가는 소리가 들려왔다. 사냥 행렬을 구경하려고 대문을 열었을 때 마침 그곳을 지나가던 왕의 눈길이 블랑슈에게 꽂혔다. 그 순간 왕의 눈에 비친 블랑슈는 너무나 아름다워서 왕은 당장 블랑슈를 왕비로

과부와 두 딸

맞이하겠다고 결정했다. 왕비가 된 블랑슈는 동생 베르메유에게 말했다.

"네가 오랫동안 이 농장 일을 하면서 살게 하고 싶지는 않아. 궁전으로 와. 그러면 내가 너를 높은 귀족과 맺어줄게."

"그렇게 말해주니 정말 고마워, 언니. 하지만 나는 농촌 생활에 워낙 익숙하고, 이곳을 떠나고 싶지 않아." 베르메유가 대답했다.

왕비가 된 블랑슈는 길을 떠났다. 엄청난 기쁨에 들떠 며칠 동안 잠을 이룰 수가 없었다. 궁전에 도착한 몇 달 동안 블랑슈는 아름다운 옷들과 무도회, 연극에 빠져 다른 일은 아무것도 생각할 수 없을 정도였다. 그러나 그 모든 것에 곧 익숙해지자 차츰 그 무엇도 더이상 블랑슈를 사로잡지 못했고, 갈수록 짜증이 나기 시작했다. 귀족부인들은 블랑슈 앞에서는 블랑슈를 존경하고 치켜올리는 척했지만, 그들이 자기를 좋아하지 않는다는 걸 블랑슈는 알고 있었다. 귀부인들은 등뒤에서 이렇게 말했다. "사실은 하찮은 농부의 딸일 뿐이잖아. 그러면서 귀부인인 척하다니. 저런 여자를 왕비로 맞이한 것을 보면 폐하도 안목이 있는 분은 아니야."

이런 말을 자꾸 듣게 되자 왕도 자신이 한 일을 다시 생각해보게 되었다. 갈수록 블랑슈와 결혼한 것이 잘못한 일이라는 생각이 들었다. 일단 블랑슈에 대한 사랑이 식자 왕은 후궁을 여럿 거느리게 되었다. 왕이 왕비를 더이상 사랑하지 않는다는 것을 알게 되자 궁 안에서는 누구도 블랑슈에게 복종하지 않았다. 고민을 하소연할 좋은 여자친구 하나 없는 블랑슈는 너무나 불행했다. 왕궁에서는

그녀들의 메르헨

자기자신의 이익을 위해 아무렇지도 않게 친구를 배신하고, 속으로는 상대를 증오하면서도 겉으로는 상냥하게 굴며 다른 사람들의 눈을 속이는 것이 다반사임을 블랑슈는 알게 되었다. 블랑슈는 언제나 근엄해야 했다. 왕비는 엄숙하고 당당한 모습을 보여야 한다고 주위 사람들이 항상 말했기 때문이다. 블랑슈는 아이들을 낳았고, 그러면서부터 언제나 주치의가 블랑슈 곁에 붙어 있었다. 의사는 블랑슈가 무엇을 먹는지 언제나 검열을 했고 블랑슈가 원하는 모든 것을 먹지 못하게 했다. 블랑슈의 수프에는 소금이 들어 있지 않았고 산책을 하고 싶어도 사람들이 하지 못하게 했다. 간단히 말해 아침부터 밤까지 사람들의 간섭에 시달려야 했던 것이다. 자녀들은 궁정 가정교사들에게 맡겨져 말도 안되는 교육을 받았는데, 그래도 블랑슈는 거기에 대해 한마디도 말할 자격이 없었다. 가련한 블랑슈는 근심에 짓눌려 거의 죽을 지경이 되었고, 몸이 너무나 말라 누가 보아도 딱하게 여길 정도였다.

왕비가 된 지 3년 동안 블랑슈는 동생 베르메유를 한번도 만나지 못했다. 왕비가 하찮은 농부 아낙네를 찾아간다는 것이 지위에 맞지 않는 일이라고 생각했기 때문이다. 그러나 고통이 견딜 수 없이 커지자 블랑슈는 마침내 며칠 동안 시골에 가서 지내기로 마음먹었다. 한번쯤 기분전환이 필요하다고 생각했던 것이다. 블랑슈는 왕에게 휴가를 청했고 왕은 블랑슈를 한동안 보지 않아도 된다는 것이 기뻐 흔쾌히 승낙했다.

블랑슈는 저녁 무렵에 베르메유의 농장에 다다랐다. 한 무리의 양치기들이 집 앞에서 춤추며 즐겁게 놀고 있는 모습이 보였다. "아! 나도 한때는 이 가난한 사람들처럼 즐겁게 뛰어놀았지. 누구도 그걸 못하게 말리는 사람이 없었는데." 왕비는 깊은 한숨을 쉬며 탄식했다. 블랑슈를 보자마자 베르메유가 달려와서 언니를 끌어안았다. 베르메유는 무척 즐거워보였고 살도 많이 찐 모습이었다. 동생을 보자 왕비는 쏟아지는 눈물을 주체할 수가 없었다.

베르메유는 재산이 한 푼도 없는 젊은 농부와 결혼했다. 그러나 베르메유의 남편은 자신이 현재 소유한 모든 것은 아내가 가져다준 것이라는 사실을 늘 기억하고 있었고, 아내에게 잘해줌으로써 그 고마움을 표현하려고 언제나 노력했다. 베르메유는 하인들을 여럿 거느리고 있지는 않았지만 몇 명 안되는 하인들은 다들 베르메유의 친자식처럼 여주인을 사랑했다. 베르메유가 그들 모두에게 정말 잘해주었기 때문이다. 이웃들도 모두 베르메유를 좋아했고, 그 좋아하는 마음을 보여주려고 애썼다.

베르메유는 재산이 많지는 않았지만 많은 재산을 필요로 하지도 않았다. 자신의 들판과 정원에서 곡식, 포도주, 기름 등등 필요한 모든 것을 얻었기 때문이다. 가축떼들은 우유를 만들어냈고, 그 우유로 베르메유는 버터와 치즈를 만들었다. 양털로 실을 짜서 자기와 남편과 두 아이들의 옷도 만들었다. 그들 모두는 아주 만족스럽게 지냈고, 일이 끝난 저녁이면 다 함께 모여 여러 가지 놀이를 하며 즐겼다.

"아, 요정은 나한테 왕비의 관을 씌워줌으로써 최악의 선물을 주

그녀들의 메르헨

었던 거야. 행복은 화려한 궁전 안에 있는 게 아니라 시골에서 열심히 일하는 사람들에게 있는 것인데." 왕비가 외쳤다.

이 말이 끝나자마자 요정이 나타났다. "내가 아가씨를 왕비로 만들었을 때는 상을 주려고 한 것이 아니야. 나한테 자두를 줄 때 착한 마음으로 주지 않았기 때문에 아가씨한테 벌을 주려고 한 거지. 행복해지고 싶다면 아가씨의 동생처럼 꼭 필요한 것만을 소유하고 그 이상을 원하지 말아야 하는 법이야."

"아, 요정님. 저한테 충분히 복수를 하셨어요. 제발 제 불행을 끝내주세요!" 블랑슈가 외쳤다.

"이미 끝났어. 아가씨를 더이상 사랑하지 않는 왕은 그 사이에 벌써 다른 여자를 왕비로 맞아들였거든. 내일이면 왕의 신하들이 와서 왕의 이름으로 명령을 전달할 거야. 다시 왕궁으로 돌아오지 말라고 말이야." 요정이 대답했다.

요정이 말한 일이 실제로 일어났다. 블랑슈는 남은 생을 동생 베르메유의 집에서 행복하고 만족스럽게 보냈다. 그리고 다시는 왕궁을 그리워하지 않았고, 자신을 다시 시골로 돌아오게 해준 요정에게 감사했다.

그녀들의 메르헨

파슬리 공주

샤를롯-로즈 드 라 포르스

사랑하는 두 젊은이가 결혼했다. 두 사람의 사랑의 불꽃은 오랜 시간이 지나도 사그러들지 않았다. 두 사람은 행복하고 만족스럽게 살았고, 마침내 아내가 임신을 하게 되자 두 사람의 행복은 절정에 달했다. 부부는 아이를 간절히 원했는데, 이제 마침내 그 소원이 이루어진 것이었다.

그들의 이웃에는 눈이 휘둥그레질 만큼 아름다운 정원으로 눈길을 끄는 요정이 살고 있었다. 그 정원에는 온갖 과일과 약초와 꽃들이 풍요롭게 자라났다. 요정은 그 당시 아주 귀한 식물인 파슬리를 인도에서 들여다가 자기 정원에 심어놓았다.

젊은 아내는 파슬리를 몹시 먹고 싶어했다. 하지만 요정의 정원에는 누구도 발을 들여놓을 수 없었기 때문에 그것이 쉽지 않은 일이라는 것을 알고 있었다. 아내는 그 때문에 얼마나 슬퍼했던지 남편조차 깜짝 놀랄 정도로 모습이 변하게 되었다. 남편은 대체 어찌된 일이냐고 꼬치꼬치 캐물었다. 아내의 마음뿐만 아니라 몸까지 이전과는 달리 이상하게 변했기 때문이었다. 처음에 아내는 남편에게 아무 말도 하지 않으려고 했지만 남편의 성화에 결국은, 파슬리를 너무나 먹고 싶다고 속을 털어놓았다. 남편은 한숨을 쉬며 고민에 빠졌다. 아내의 소원이 쉽게 만족시켜줄 수 있는 것이 아니었기 때문이다.

그러나 사랑은 불가능을 모르는 법이어서 남편은 밤낮으로 요정 정원의 담장 아래를 빙빙 돌며 그 담을 뛰어넘을 궁리를 했다. 그러나 담장이 너무 높아서 그건 정말 불가능했다. 그러던 어느날 밤 남편은 그 정원의 문이 열려 있는 것을 보았다. 살금살금 정원 안으로 들어간 그는 재빨리 파슬리 한 줌을 꺾을 수 있었다. 다시 그 문을 나서서 파슬리를 들고 돌아오자 아내는 그것을 순식간에 먹어치웠다. 그러나 이틀이 지나자 파슬리를 먹고 싶은 욕구는 전보다 더 심해졌다.

그 당시에는 파슬리라는 것이 아주 맛있었던 모양이다. 불쌍한 남편은 그후에도 여러 번 요정의 정원 문 앞으로 가보았지만 아무 소용이 없었다. 그러나 마침내 이 끈질긴 노력이 성과를 거두었다. 어느날 다시금 문이 열려 있었던 것이다. 남편은 그 문으로 들어갔다가 소스라치게 놀랐다. 그 요정과 정면으로 맞닥뜨렸던 것이다. 출입이 금지되어 있는 이 정원에 발을 들여놓은 남편의 대담함에 요정은 사정없이 비난을 퍼부었다. 이를 악물고 남편은 요정 앞에

그녀들의 메르헨

무릎을 꿇었다. 그리고 용서해달라고 빌면서, 아내가 파슬리를 먹지 못하면 죽게 될 거라고 말했다. 아내는 임신 중이니 그런 뜻밖의 식욕을 가지는 것도 이해할 만한 일이 아니냐고 덧붙였다.

"좋아. 그렇다면 파슬리를 주지. 맘껏 가져가. 하지만 아내가 아이를 낳게 되면 그 아이는 나한테 넘겨줘야 해." 요정이 말했다. 남편은 잠시 생각해본 뒤에 그러겠다고 약속하고, 원하는 만큼 파슬리를 가져갔다.

아이가 태어나자 요정이 아내에게 나타나 갓 낳은 딸아이를 보고는 파슬리 공주라고 이름붙였다. 요정은 황금실로 짠 포대기에 아이를 누이고 아기의 얼굴을 크리스털 꽃병에 들어 있던 귀한 샘물로 씻겼다. 그러자 파슬리 공주는 순식간에 이 세상에서 가장 아름다운 얼굴을 갖게 되었다. 요정은 아기를 이렇게 아름답게 만든 뒤 자기 집으로 데리고 가서 할 수 있는 온갖 노력을 기울여 정성껏 키웠다. 열두 살이 되기 전에 파슬리 공주는 이미 너무나 영리하고 아름다운 소녀가 되어 있었다. 요정은 파슬리 공주의 운명을 미리 알고는 그 운명을 피하게 해주기로 결정했다.

이 목적을 위해 요정은 마법을 동원해서 깊은 숲 속에 은으로 된 높은 탑을 세웠다. 이 비밀에 싸인 탑에는 문이 없었다. 그러나 아주 밝은 넓고 아름다운 방들이 있었다. 마치 햇빛이 찬란하게 비쳐드는 듯 이 방들을 밝히고 있는 건 다름아닌 커다란 보석이 내는 빛이었다. 사는 데 필요한 모든 것이 얼마든지 있었다. 이 세상에서 보기 드문 진기한 것들도 모두 거기 모여 있었다. 방에 있는 서랍장을 열기만 하면 모든 것이 거기 다 들어 있었다. 서랍들은 휘황찬란한 보석 장신구들로 가득했다. 파슬리 공주의 옷들은 아시아 황후들의 복식처럼 화려했다. 유행의 첨단이랄 수 있는 의상들도 언제든지 입을 수 있었다. 파슬리 공주는 이곳에서 완전히 혼자였기 때문에, 이루어지지 않는 소원이라고는 오로지 사람들을 만나는 것뿐이었다. 그 밖의 모든 소원은 말하지 않아도 저절로 이루어졌다.

매 끼니 때마다 세상의 온갖 진귀한 음식들이 식탁에 올라왔다는 것은 말할 필요조차 없다. 이 세상에서 아는 사람이라고는 요정뿐이었지만 워낙 할 일이 많았기 때문에 결코 지루하지 않았다. 파슬리 공주는 책을 읽고 머리를 빗고 스스로 음악을 연주했고, 완벽한 교육을 받은 처녀가 하지 말아야 할 일이 아니면 무엇이든지 즐길 수 있었다. 요정은 공주에게 유일하게 창문이 있는 탑 꼭대기 방에서 잠을 자라고 말했다. 파슬리 공주가 이 쾌적하고 아름답고 외로운 생활에 익숙해지자 요정은 창문으로 사라져 자기 집으로 돌아갔다.

혼자가 되자마자 파슬리 공주는 수백 가지 다양한 일들을 하며 시간을 보냈다. 그저 탑 안에 가만히 갇혀 있는데도 그 안에서 할 수 있는 일들이 헤아릴 수 없이 많았다. 어쩌면 꽤 많은 사람들이 이런 삶을 원할지도 모른다!

탑 꼭대기에서 창문을 통해 내다보는 풍경은 이 세상에서 가장 아름다운 광경이었다. 한쪽으로는 바다가 보였고 다른 한쪽으로는

그녀들의 메르헨

넓은 숲이 펼쳐져 있었다. 양쪽 다 이 세상 어느 곳에서도 볼 수 없는 매혹적인 풍경이었다. 파슬리 공주는 무척 아름다운 목소리를 지녔고 노래하기를 좋아했다. 특히 요정이 오기를 기다릴 때면 파슬리 공주는 언제나 노래부르는 것으로 시간을 보냈다. 요정은 툭하면 파슬리 공주를 보러 왔다. 요정은 탑 아래에서 위를 올려다보며 언제나 이렇게 말했다. "파슬리 공주, 머리카락을 내려뜨리렴. 내가 타고 올라갈 수 있게."

파슬리 공주의 머리카락은 정말 탐스럽고 아름다웠다. 길이가 2미터쯤 되었지만 머리카락이 길다고 해서 불편하지는 않았다. 머리카락은 금실로 짜낸 듯이 반짝이는 금발이었고 갖가지 빛깔의 끈으로 묶여 있었다. 파슬리 공주는 요정의 목소리가 들리면 머리카락을 아래로 늘어뜨렸고, 요정은 그걸 타고 탑 위로 올라왔다.

어느날 파슬리 공주는 혼자서 다시 황홀한 목소리로 노래를 부르기 시작했다. 바로 그때 젊은 왕자가 숲에서 사냥을 하고 있었다. 사슴 발자국을 좇다가 길을 잃은 왕자는 갑자기 어디선가 기분 좋은 노랫소리를 들었다. 그 소리가 들리는 곳으로 다가가다가 왕자는 파슬리 공주를 보았다. 파슬리 공주의 아름다움은 왕자를 사로잡았고 왕자는 그 목소리에 완전히 매혹당하고 말았다. 왕자는 이 저주받은 탑 주위를 스무 번이나 돌았지만 문을 발견할 수 없었다. 왕자는 애가 타서 거의 죽을 지경이었다. 그러나 사랑에 빠졌기 때문에 용기가 차올랐다. 탑 꼭대기까지 등산하듯 기어올라갈 수도 있을 것 같았다.

파슬리 공주

파슬리 공주는 난생 처음 너무도 아름다운 남자를 보고는 얼이 빠져서, 노래하던 입을 다물었다. 놀란 눈으로 왕자를 쳐다보다가 공주는 창가를 떠나 안으로 들어가버렸다. 왕자가 무서운 괴물이라고 생각했기 때문이다. 눈빛만으로 사람을 죽일 수 있는 괴물이 있다는 이야기를 들었던 것이다. 방금 마주친 그 두 눈은 정말 위험해보였다. 파슬리 공주가 사라져버리자 왕자는 완전히 절망했다. 그 부근 마을에 있는 집들을 돌아다니며 그 탑에 대해서 물었더니 사람들은 어떤 요정이 이 탑을 세웠고 젊은 처녀 하나가 그 안에 갇혀 있다는 이야기를 들려주었다.

그때부터 날마다 탑 주위를 배회하던 왕자는, 마침내 어느날 요정이 와서 이렇게 말하는 것을 듣게 되었다. "파슬리 공주, 머리카락을 내려뜨리렴!" 그 순간 왕자는 이 아름다운 처녀가 길게 땋아 내린 머리를 탑 아래로 내려 요정이 그 머리카락을 타고 올라갈 수 있게 해주는 광경을 똑똑히 보았다. 이 진기한 손님맞이 방식에 왕자는 깜짝 놀랐다. 요정이 자기 집으로 돌아갈 때를 기다려 왕자는 다시 탑으로 가서 밤이 올 때까지 초조하게 기다렸다. 날이 어두워지자 그는 탑 창문 아래에 서서 요정의 목소리를 흉내내 이렇게 말했다. "파슬리 공주, 머리카락을 내려뜨리렴!" 불쌍한 파슬리 공주는 꾸며낸 목소리에 속아서 아름답게 땋은 머리를 내려뜨렸다. 왕자는 그 머리카락을 타고 위로 올라왔다. 꼭대기에 도달해 파슬리 공주의 그 아름다운 모습을 가까이서 보게 된 왕자는 아찔해져 아래로 떨어질 뻔했다. 그러나 정신을 가다듬고 타고난 용기를 발휘

그녀들의 메르헨

해 방안으로 뛰어든 다음, 파슬리 공주의 발 아래 몸을 던지고 다리를 끌어안았다. 그 열정이 공주를 감동시켰다. 파슬리 공주는 처음에는 기절할 듯 놀라 소리를 질렀고 그 다음에는 덜덜 떨었지만, 왕자가 파슬리 공주에게 빠진 만큼 자신도 왕자에게 반하고 말았다는 사실이 공주를 안심시켰다.

왕자가 바깥세상의 멋진 일들을 들려주자 파슬리 공주는 무척 혼란스러워했고, 왕자는 처녀의 이런 태도에 희망을 품게 되었다. 그리고 마침내는 더욱 대담해져 그 자리에서 청혼을 하기에 이르렀다. 파슬리 공주는 자기가 무슨 일을 하는지도 모르는 채로 청혼을 받아들였고 왕자가 이끄는 대로 결혼식을 치렀다.

왕자는 행복했고, 파슬리 공주도 왕자를 사랑하는 데 익숙해져 갔다. 그들은 날마다 만났고 파슬리 공주는 곧 임신을 했다. 이 알 수 없는 스스로의 상태가 파슬리 공주를 몹시 불안하게 만들었다. 왕자는 무슨 일이 일어났는지 알았지만 공주에게 설명하려 들지 않았다. 파슬리 공주가 괴로워할까봐 두려웠던 것이다. 그러나 파슬리 공주를 보러 온 요정은 공주를 보자마자 어떤 일이 일어났는지를 알아차렸다. "이런 끔찍한 일이! 넌 엄청난 실수를 한 거야. 그러니 벌을 받아야 한다. 인간은 운명을 피할 수 없는 법이지. 결국 내 모든 경계와 수고가 헛된 일이 되고 말았구나." 요정은 그동안 일어났던 일들을 모두 이야기해보라고 엄숙하게 명령했고 파슬리 공주는 눈물을 흘리며 그 동안의 일을 이야기했다.

파슬리 공주는 왕자와의 사랑을 너무도 감동적으로 묘사했지만

파슬리 공주

요정은 별로 그 사랑에 감동받은 눈치가 아니었다. 요정은 파슬리 공주의 머리채를 잡고 그 대단한 머리카락을 싹둑 잘라버렸다. 그리고 둘은 탑 아래로 내려왔다. 탑 밖으로 나온 요정은 파슬리 공주와 자신을 구름으로 감싸고 어느 바닷가로 날아갔다. 인적이 없고 아주 평온한 곳이었다. 풀밭과 숲이 있었고 그 곁에는 시냇물도 있었다. 또 늘푸른 나무 잎새들로 지어놓은 아담한 오두막집도 있었다. 그 안에는 갈대로 엮은 침대와 빵이 든 바구니가 있었는데, 그 바구니 속의 빵은 아주 맛있었고 아무리 먹어도 결코 사라지지 않았다. 요정은 파슬리 공주를 이곳에 데려다 놓고는 한참 비난을 퍼붓고 사라져버렸다. 파슬리 공주에게는 요정의 꾸지람이 자신이 현재 겪고 있는 불행보다 훨씬 참기 어려운 것이었다.

파슬리 공주는 아들과 딸 쌍둥이를 낳았고, 그 아이들을 이곳에서 기르면서 자신의 불행에 눈물을 흘리곤 했다.

그러나 요정의 생각으로는 이 정도의 복수로는 충분하지 않았다. 왕자를 붙잡아다가 벌을 주고 싶었다. 파슬리 공주를 홀로 남겨두고 떠나자마자 요정은 다시 탑에 들어가 파슬리 공주와 똑같은 목소리로 노래를 부르기 시작했다. 공주를 보러 온 왕자는 그 목소리에 속아 다시 머리카락을 내려달라고 했다. 늘 하던 대로 말이다. 바로 이 목적을 위해 비열한 요정은 파슬리 공주의 머리카락을 잘라둔 것이었다. 요정은 그 많은 머리카락 다발을 내려뜨렸다. 탑 위로 올라온 남자는 경악보다 더 큰 고통에 휩싸였다. 연인이 사라져버렸기 때문이다. 왕자는 열심히 파슬리 공주를 찾았지만

그녀들의 메르헨

요정은 증오에 차서 왕자를 쏘아보며 말했다.

"이 불한당! 너의 범죄행각은 끝이 없군! 이제 끔찍한 벌을 받을 것이다!"

"파슬리 공주는 어디 있죠?"

벌을 내리겠다는 협박에도 아랑곳하지 않고 왕자는 이렇게 물었다.

"너를 위해서는 더이상 존재하지 않아." 요정이 대꾸했다.

그 말을 듣자마자 왕자는 요정의 힘에 굴복해서라기보다는 고통스러운 열정을 못 이겨 탑 아래로 뛰어내렸다. 그의 몸은 산산조각이 나야 마땅했지만 이상하게도 눈만 멀었을 뿐 몸은 멀쩡했다.

앞을 볼 수 없다는 사실을 깨닫자 왕자는 큰 충격을 받았다. 왕자는 한동안 탑 아래 우두커니 앉아 탄식하며 파슬리 공주의 이름을 수없이 외쳐 불렀다. 그리고 걸어보려고 했다. 처음에는 비틀거리며 사방을 더듬었지만 차츰 발걸음이 확고해졌다. 얼마나 오래였는지는 모르지만 그는 이런 식으로, 자기를 도와주거나 이끌어줄 어떤 이도 만나지 못한 채 하염없이 걸어갔다. 배고픔을 견딜 수 없을 때면 그는 길에서 약초와 풀뿌리를 캐먹었다.

몇 년이 지난 어느날 왕자는 자신의 사랑과 불행의 기억을 유난히 뼈저리게 느꼈다. 그는 어느 나무 밑에 앉아 서글픈 생각에 깊이 빠져 있었다. 자신이 마땅히 더 나은 운명을 얻었어야 한다고 믿는 사람에게는 이런 생각이 정말 괴롭고 끔찍한 법이다. 그러나 왕자는 기억 속에서 들려오는 매혹적인 목소리에 정신이 번쩍 들

파슬리 공주

었다. 그 목소리는 왕자의 가슴을 뚫고 심장 속으로 깊이 스며들어 오래 전부터 더는 느끼지 못했던 달콤한 기분을 일깨워주었다. "세상에, 이건 파슬리 공주의 목소리야!" 왕자가 외쳤다.

그 말이 옳았다. 모르는 사이에 왕자는 파슬리 공주가 사는 곳에 다다랐던 것이다. 공주는 오두막집 문턱에 앉아 사랑의 슬픈 이야기를 노래로 부르고 있었다. 너무나 아름다운 두 아이들은 파슬리 공주 근처에서 놀고 있었는데, 엄마와 떨어져 조금 걷다가 왕자가 누워 있는 나무 밑을 지나가게 되었다. 아이들은 왕자를 보자마자 목에 매달려 수없이 입을 맞추면서 외쳤다. "우리 아빠야!" 아이들이 엄마를 부르며 어찌나 목청을 높였던지, 파슬리 공주는 무슨 일인지도 모르는 채로 정신없이 달려왔다. 이제까지 단 한번도 이렇게 큰소리가 나본 적이 없었기 때문이다.

사랑하는 남편을 다시 알아보았을 때 파슬리 공주의 기쁨과 놀라움이 얼마나 컸는지는 말로 다 표현할 수 없다. 공주는 외마디 탄성을 내지르며 너무나 감격해서 눈물을 시냇물처럼 쏟아냈다. 그런데 이런 놀라운 일이! 파슬리 공주의 눈물이 왕자의 얼굴을 적시자마자 왕자는 다시 옛날처럼 앞을 똑똑히 볼 수 있게 되었다. 이런 축복은 바로 파슬리 공주의 성실하고 열정적인 사랑에서 온 것이라 생각한 왕자는 공주를 끌어안고 예전보다 더 열심히 입맞춤을 퍼부었다.

정말 감동적인 한 편의 극이었다. 마법에 걸린 파슬리 공주와 그의 사랑스러운 아이들은 아름다운 왕자와 함께 기쁨 속에서 하나

파슬리 공주

가 되어 제정신이 아니었다.

그날 하루는 기쁨의 소용돌이 속에서 저물어갔다. 그러나 저녁 때가 되자 가족들은 뭔가를 먹어야만 했다. 왕자는 파슬리 공주와 아이들이 이제까지 먹어온 빵을 먹으려고 했다. 그러나 빵은 돌로 변해버렸다. 왕자는 소스라치게 놀라 근심 어린 한숨을 내쉬었다. 아이들은 울음을 터뜨렸다. 슬픔에 잠긴 파슬리 공주는 물이라도 주려고 했지만 물은 수정으로 변해버렸다.

이런 끔찍한 밤이라니! 이 밤이 영원히 끝나지 않을 것 같아 가족들은 불안한 마음으로 밤을 지새웠다. 다시 날이 밝자 이들은 약초를 캐러 가기로 했다. 그러나 약초들은 개구리와 독충들로 변해버렸다. 아무 죄도 없는 새들까지도 용과 박쥐로 변해 이들 주위를 돌며 겁을 주었다.

"이젠 끝장이야. 사랑하는 파슬리 공주, 당신을 겨우 만났는데 이렇게 끔찍하게 다시 잃어야만 하다니." 왕자가 외쳤다.

"그러면 우리 함께 죽어요. 우리의 원수들은 우리의 달콤한 죽음을 시기하게 될 거예요." 왕자에게 다정하게 입을 맞추며 파슬리 공주가 대답했다.

가련한 자녀들은 엄마 아빠의 팔에 안겨 죽음을 기다렸다. 이 죽어가는 가족의 서글픈 모습에 누군들 마음이 움직이지 않을까? 결국 이들에게는 놀라운 일이 일어났다. 요정은 이들의 사랑에 감동을 받아 자기가 오래 전에 파슬리 공주에게 느꼈던 정다움과 깊은 애정의 시간들을 기억해내고, 그 장소에 나타났다. 요정은 황금과

그녀들의 메르헨

보석으로 치장한 번쩍이는 마차를 타고 나타나 이들 모두를 마차
에 태웠다. 요정은 사랑하는 두 사람 사이에 끼여 앉았고 아이들은
그들의 발치에 멋진 쿠션을 깔고 거기 앉혔다. 이렇게 그들은 왕자
의 아버지가 사는 궁전까지 왔다. 그곳 사람들의 기쁨은 말할 수
없이 대단했다. 오래 전에 잃어버린 줄 알았던 멋진 왕자를 백성들
은 신처럼 맞아들였다. 왕자는 그토록 세파에 시달린 뒤에 마침내
평온을 찾고 휴식을 얻게 되어 말할 수 없이 기뻤다. 그리고 이 세
상 무엇과도 비교할 수 없는 훌륭한 아내와 언제까지나 함께 살 수
있게 된 것이 가장 큰 기쁨이었다.

열렬히 사랑하는 그대들이여

이 이야기에서 오래도록 신의를 지키는 일이 얼마나 좋은가를
배우라.

고통, 수고, 괴로움, 힘겨운 위기

이 모든 것들이 마지막에는 갑자기 아무것도 아닌 것으로 바
뀐다.

두 사람이 서로에게 진실로 충실하다는 사실을 알게 될 때

운명은 마침내 비켜나고

두 사람은 영원히 하나로 남는다.

파슬리 공주

세헤라자드의 자매들

이 책에서 우리에게 이야기를 들려주고 있는 근현대 여성작가들은 『아라비안 나이트』에서 왕에게 이야기를 들려주는 세헤라자드를 연상시킨다. 세헤라자드와 이 여성작가들 모두 여성 특유의 목소리로 환상적인 이야기들을 만들어내 들려주고 있기 때문이다. 물론 여기 실린 이야기들이 아랍문화권 최고의 이야기책인 『아라비안 나이트』의 뒤를 잇고 있다고 말할 수는 없다. 이 책의 이야기들은 전세계에 퍼져 있는 다양한 소재를 바탕으로 하고 있으며, 상당히 유럽적인 배경에서 나왔기 때문이다. 대부분의 이야기들은 정확하게 시대를 알 수 없는 과거 혹은 현대를 배경으로 삼고 있는데, 이는 특정한 조건이나 환경이 지속되고 선과 악이 정당하게 규정되고 자연의 목소리가 받아들여지는 시대라면 어느 때라도 이야기의 배경이 될 수 있다는 뜻이다. 『아라비안 나이트』와 마찬가지로 이 이야기들 역시 수시로 구전口傳이라는 방식으로 되돌아온다. 귀로 들은 것이 기억으로 보존되고, 이야기할 때의 상황이 중요한 의미를 갖는 것이다.

300년이라는 시공간에 걸쳐 있는 이 여성작가들은 이야기를 들려주는 일로 자신들의 삶을 후세에 잇고 있으며, 바로 이 점을 세헤라자드와 공유하고 있다. 동방의 세헤라자드는 죽지 않고 살아남기 위해 이야기를 지었지만, 근현대의 여성작가들은 경우에 따라 글을 쓰는 일이 생계수단이며, 자신들이 상상으로 만들어낸 세계 속에서 그 세계와 더불어 살아간다.

세헤라자드의 경우처럼 이 세헤라자드의 자매들에게서도 현실을 초월하는 환상은 중요한 역할을 한다. 비록 그 환상이 현실 세계에서 그대로 받아들여지지 않는 것이라 하더라도 말이다. 환상적인 이야기들 속에서는 이야기하는 자유가 인정되고, 그 자유가 다른 어떤 장르에서보다도 발전될 수 있다. 이곳이 아닌 다른 시공간으로 떠나보려는 욕구는 호그와트의 어린 마법사에게 전세계의 이목을 집중시켰다. 그 이야기를 쓴 사람 역시 조앤 K. 롤링이라는 여성작가다.

여기 모아놓은 이야기들을 살펴보면 비슷한 등장인물과 모티브가 자주 나타난다. 말하자면 어린이와 여성들이 언제나 줄거리의 중심에 서 있고, 독특한 결혼조건과 인간 내면의 품격이 생존을 결정짓는 덕목으로 설정되는 것이다.

이 가운데는 18세기에 쓰여진 동화가 세 편 있는데, 이들은 1695년에 『마더 구스 이야기 *Contes de ma mère l'Oye*』를 펴내 '이성理性의 해악'에 저항하는 환상의 세계를 인정하게 만든 샤를 페로의 영향을 받은 작품들이다. '프랑스 동화의 아버지'로 불리는 페로는 「빨간 모자」「신데렐라」「잠자는 숲속의 미녀」「장화 신은 고양이」 등등의 옛이야기를 새 시대의 문체를 사용해 비판적 거리를 두며 재치있게 들려주었고, 그와 더불어 요정 이야기 contes de fées의 유행을 만들어냈다. 귀족계급 여성들은 이 유행에 가담해 18세기 식자층의 가장 중요한 문학적 엔터테인먼트 형식을 성립시키는 데 기여했다. 이 요정 이야기들은 타락한 귀족사회를 비판하면서, 마법을 이용해 다시 모든 것을 제자리로 돌려놓는 수단으로 이용되었다. 시대가 변해가는 동안 이 요정 이야기 형식은 다양한 변형을 경험했다.

여성작가들은 갈수록 환상적이고 세밀한 묘사에 치중했지만 언제부터인가는 다시 단순한 문체와 교훈적인 목표 설정으로 방향을 바꿨다. 잔-마리 르 프랭스 드 보몽 같은 여성작가가 그 대표적인 경우였다. 1759년에 독일에서 최초의 요정 이야기로 번역된 보몽의 동화들은 그 교훈적인 성격 때문에 특히 사랑받았다. 여기서는 선이 악을 이기고, 벌은 반성과 통찰의 기회가 된다. 예를 들면 「과부와 두 딸」에서 요정은 정신적인 교훈을 주는 존재로 등장한다. 요정은 늙고 힘없는 노파의 모습으로 나타나서 과부의 두 딸을 시험하고 그들의 행위에 따라 보상을 해준다. 여기서 동화적인 가치

세헤라자드의 자매들

판단은 사회의 인습을 뒤집어엎는다. 친절하고 상냥한 딸은 농가를 얻게 되고 남편과 함께 행복한 삶을 꾸려간다. 불친절하고 거만한 딸은 그녀의 미모 덕분에 왕비가 되지만, 거짓과 배신과 권태와 강요로 가득 찬 궁중에서 불행하고 외롭게 살다가 마침내 시골에 사는 여동생에게로 피신하게 된다.

마리-카트린 돌느와 백작부인은 「아름다운 금빛머리 아가씨」 이야기에서 수많은 전통적 동화와 전설의 모티브를 결합시킨다. 시대를 알 수 없는 어느 시공간의 공주는 청혼자들에게 실현 불가능한 것으로 보이는 조건들을 내건다. 거절당한 젊은 왕은 다시 청혼자를 보낸다. '기분좋은 남자' 아브노다. 그의 이름만 봐도, 바로 그가 아름다운 공주의 진짜 파트너라는 사실을 알 수 있다. 그러나 긴 우회로를 거쳐서야 마침내 두 사람은 행복하게 결합한다. 아브노는 눈에 보이지 않는 세 동물의 도움으로 어려운 과제들을 풀어나간다. 아브노가 예전에 목숨을 구해준 적이 있는 잉어, 까마귀, 그리고 부엉이다. 아브노는 그의 주인과 겨루어 마침내 자신에게 원래 정해져 있던 것을 얻는다. 덕과 신의가 행복을 보장하며, 그 행복은 하늘이 보상으로 내려주는 것이다.

후에 그림 형제들에 의해 새로운 외피를 걸치게 된 샤를 페로의 이야기들처럼, 샤를롯-로즈 드 라 포르스 역시 「파슬리 아가씨」에서 독일의 「라푼첼」 동화와 비슷한 이야기를 들려준다. 탑에 갇혔다가 구원된다는 모티브를 택해, 여주인공이 문이 없는 탑에 갇혀 살면서 머리카락을 내려뜨려 세상과 소통한다는 독특한 풍경이 연

그녀들의 메르헨

출된다. 요정은 처녀를 남자들의 사랑에서 지키기 위해 탑에 가두지만, 헛된 일이었다. 아름다운 왕자가 '머리카락 사다리'를 타고 탑으로 올라온다. 그러나 두 남녀의 사랑과 신의는 요정의 분노와 벌을 극복한다. 인간의 덕성이 마법의 힘을 이겨내는 것이다.

보몽의 동화들이 수록된 9권짜리 동화전집 『요정의 방』은 1761~1765년 사이에 뉘른베르크에서 번역본으로 출간되었다. 요정이 등장하는 환상의 세계에 대한 독일인들의 견해는 크리스토프 마틴 빌란트가 1767년에 출간한 소설 『돈 실비오 폰 로살바』에서 찾아볼 수 있다. 여기서 빌란트는 요정의 세계를 이미 일반화된 교양의 일부로 전제했으며, 이런 환상세계의 주인공 역시 무너져가는 기사 세계의 돈키호테처럼 파멸의 위험에 처해 있는 것으로 묘사했다. 빌란트는 "몽상과 도취의 세계를 극복하는 자연(현실)의 승리"를 옹호하긴 했지만, 전반적인 환상의 세계를 인간 정신의 표현으로 격상시키고 프랑스 요정 이야기들의 번역과 번안을 통해 이 장르를 보급하는 데 기여했다.

프랑스에서 쓰여진 텍스트의 수용을 넘어 독일에서는 동화 장르가 문학 토론의 중심에 놓였고, 낭만주의 예술동화는 그 중에서도 특별한 지위를 차지하게 된다. 그림 형제의 『어린이와 가정을 위한 동화』(1812년 초판 발행)는 훗날 '동화'라는 장르로 승격되어 독자들에게서 꾸준한 사랑을 받았지만, 이 당시만 해도 '기타의 문학형식'에 포함되어 뒤로 밀쳐져 있었다. 그림 동화의 전통이 시작되기에 앞서 로코코의 가볍고 우아한 세계에서 나온 이야기들이 먼저 꽃을 피웠던 것이다.

  19세기 전반에는 위대한 문학의 주변부에서 다양한 종류의 동화가 유행했다. 그 중에는 짧거나 긴 이야기들이 속해 있었는데, 이들은 아르님 가의 여성들(베티네와 그의 딸 아름가르트와 기젤라)이 쓴 것들이다. 스물세 살 때 베티네는 자신이 프랑크푸르트에서 들었던 구전 이야기들을 세 편의 짧은 동화로 엮었다. 「왕자」「수염 없는 한스」「앞 못 보는 공주」가 그것이다. 이 이야기들은 아주 단순한 줄거리를 가지고 있지만, 독특한 서술 기법을 보여준다. 베티네는 아힘 폰 아르님의 잡지《고독의 위안》에 이 작품들을 발표하려고 계획했지만 이루어지지 않았다.

  베티네 딸들이 쓴 이야기들은 또다른 동화의 형식을 대표하고 있다. 이 동화들은 비더마이어(Biedermeier, '고지식하고 완고한 사람'을 뜻하는 이 말은 19세기 전반 독일에 나타났던 정신적, 문화적 경향을 뜻한다. 정치에 거리를 두고 현실에 안주하며 자연을 완상하는 태도가 대표적이다—역주)적인 사교문화의 산물로, '카페터 서클'(베를린의 '수요모임'과 짝을 이루는 여성들의 모임)을 위해 쓰여졌다. 그곳에는 헤르만 그림, 에마누엘 가이벨, 한스 크리스티안 안데르센 같은 남성 회원들이 명예회원으로 합류했다. 베티네의 또다른 딸인 막세 폰 아르님이 회장직을 맡고 있던 '카페터 서클'은 계기문학 작품(전업작가의 작품이 아니라 그때그때 특정한 계기나 경우에 따라 창작되는 이야기들)이 실리는 신문도 소유하고

그녀들의 메르헨

있었다. 비교적 길이가 긴 다른 단편소설들과 함께 기젤라 폰 아르님이 쓴 「달나라 공주」(1849)가 이 신문에 수록되었다. 이 이야기는 현실세계를 배경으로 한 동화적인 이야기다. '옛날 옛적에'라는 도입 형식은 소도시 삶의 틀을 빛의 세계인 달나라, 그 '누구도 죽지 않는' 다른 세계와 연결해준다. 위로 높이 솟아 있는 탑의 관점에서 소도시의 세계는 주변의 농촌 환경과 더불어 우선은 아름답고 평온하게 묘사된다. 그러나 현실의 단면과 직접 접촉하게 되자 (면직공, 염색공 가족, 집안과 들판에서 이루어지는 아동의 노동 착취, 부모 없는 아이들의 무방비 상태) 어른들과 아이들의 악함이 드러난다. 하늘과 가까운 곳을 상징하는 탑은 인간을 아래 세상과는 대조되는 빛의 세계로 이끌어주는 매개체가 된다. 달과 달의 광채를 동경하는 선량한 사람들은 행복하게 그곳으로 들어올려진다. 기젤라 폰 아르님은 이 동화로 독자적인 서술형식을 창조해냈다.

「과자로 만든 집」 역시 복합적인 요소들을 담아 두 가지 이야기를 한데 묶고 있다. 여기서도 어린이들이 주인공이다. 이 어린이들은 사회적인 동기에서 행동한다. 가난하고 굶주리고 집 없는 어린이들을 위해서 돈을 모으려고 하는 것이다. 그러나 직접 돈을 모으는 것이 불가능해지자 이들은 생쥐커플에게 과자로 지은 집을 제공하고, 그 대가로 금화를 받는다. 크리스마스 경품 제비뽑기를 위해 쓰여진 이 이야기는 비더마이어적인 계기문학의 좋은 예를 보여준다.

세헤라자드의 자매들

이들과는 달리 아래에 열거하는 19세기 후반과 20세기 여성작가들의 동화는 또다른 문학적 요구를 드러낸다. 환상의 세계를 다루는 그들의 태도는 직선적이지 않고 굴절되어 있으며, 철학적 사색의 깊이를 보여준다. 도덕적인 요구가 선명하게 드러나는 이야기라 할지라도 마찬가지다. 사회연대의 유토피아를 지향하는 경향과 관점이 베티네의 딸들이 설정했던 동화적 모티브들과 연결되어, 후세 여성작가들에게서도 계속 발전되고 있다.

「쥐주전자 이야기」에서 루이제 린저는 쓰레기로 버려진 낡은 주전자 이야기를 들려준다. 이 주전자를 집으로 가져간 가난한 소녀가 주전자의 힘으로 어머니와 함께 먹고 살 거리를 날마다 식료품점에서 얻게 된다는 이야기다. 도둑이라고 멸시를 당해야 할 이 하찮은 주전자가 가난한 모녀의 지속적인 생존을 가능하게 하며, 그에 대한 보답으로 주전자가 그 식료품상 가족의 정원에 물 주는 일을 한다는 설정이다. 단순한 동화의 설정에서는 우리가 살고 있는 복잡한 현실세계보다 더 나은 세계가 나타난다. '새로운' 시대에 태어난 이런 이야기들의 매력은 과거에서 전승된 모티브들을 문학적 유희를 통해 새롭게 배열한다는 데 있다.

에미 발-헤닝스의 「온 곳 없는 펠리치타스」는 뒤늦게 찾아온 관계의 행복을 다루고 있다. 그것은 모든 장애물을 극복하고 내면의 소리에 귀를 기울여 자신을 솔직하게 고백할 때 찾을 수 있게 되는 행복이다.

셀마 라게를뢰브의 「트롤의 아이」에서는 동화의 교훈적인 전통

그녀들의 메르헨

이 가장 뚜렷하게 나타나고 있다. 괴물인 트롤이 훔쳐간 농부의 아이가 어떻게 목숨을 부지하고 훗날 아름다운 소년으로 다시 돌아올 수 있었던가. 그건 농부의 아내가 자기 아이와 바뀐 트롤의 아이를 주위의 온갖 비난과 위협에 꿋꿋이 맞서며 죽음에서 지켜주었기 때문에 가능했다. 여기서는 무엇보다도 다른 세계가 내 세계를 침해하는 데 대한 두려움의 긴장이 생생하게 표현되어 있고, 동화 형식의 새롭고 멋진 출구에 대한 희망을 열어준다.

마리 루이제 카쉬니츠의 「새」는 일상의 세계가 초자연적인 힘과 섞여들어감을 보여준다. 주인공이 어느날 오후에 방안으로 날아들어온 새와 점차 내면적인 관계를 발전시켜가는 과정이 그것이다. 여주인공은 익히 알려져 있는 분류 카탈로그에 넣을 수 없는 존재에 대해 두려움을 느낀다. 새는 끈질기게 집 안에 머물다가, 주인공이 폭력적인 저주를 퍼붓자 그때야 비로소 밖으로 나간다. 그러나 새를 쫓아낸 주인공은 그리움에 차서 그 새가 돌아오기를 소원한다. 하루 일을 다룬 이 동화에서는 사실 환상적인 일이 아무것도 일어나지 않지만, 그런데도 이승과 저승의 경계가 열린 것처럼 보인다. 새는 죽은 사람의 영혼의 표상으로 이해되는 것이다.

마리 폰 에브너-에셴바흐의 「어리석은 이야기」는 상징적인 성격이 돋보이는 작품이지만, 그 상징성은 이 이야기에서 희극적인 방식으로 표현된다. 이 이야기는 '장화 하인'의 발명이라는 소재를 통해 여성해방운동을 2단계로 보여준다. 1단계에서는 중세의 시동 하나가 여주인을 위해 장화 벗기는 기구를 발명한다. 남편의 더러

세헤라자드의 자매들

운 장화를 벗겨 그 장화를 닦아야 하는 굴욕스러운 노동으로부터 여주인을 해방시키고 싶었던 것이다. 주인은 그 발명품을 흔쾌히 받아들였지만, 부인은 자신의 노동이 폄훼되었다고 생각하여 그 기구를 거부한다. 2단계에서는 잊혀졌던 그 기구가 백 년 후에 우연히 다시 발견된다. 가장은 이런 기구가 보급되면 여성들의 행동 양식이 달라지리라는 두려움 때문에 이 '장화 하인'을 거부한다. 그는 아내가 판단력을 발휘해 스스로 그런 기구를 포기해줄 것을 요구하지만, 그의 말은 논리적으로 앞뒤가 맞지 않아 상황의 발전을 막지 못한다.

「스핑크스의 미소」에서 잉에보르크 바흐만은 고대의 신화를 바탕으로 인간의 우울한 미래를 보여주는 무시무시한 이야기를 들려준다. 스핑크스가 내는 세 개의 수수께끼에 답을 함으로써 지배자는 국가 존립을 흔드는 위협에서 해방되어야 마땅했지만, 오히려 그것이 총체적 파국을 가져오게 된다. 테베에서는 오이디푸스가 수수께끼를 풀자 스핑크스가 성벽에서 떨어져 죽지만, 이 이야기 속의 스핑크스는 스스로 파멸을 자초하는 인간들을 지켜보며 미소를 지으면서 살아남는다.

크리스티네 뇌스틀링어는 「쌍둥이 형제」라는 동화 속에서 인간의 무자비한 소유욕으로 인해 환상의 세계가 파괴됨을 보여준다. 인간과 짐승을 섞어놓은 형태의 눈부시게 아름다운 형제 둘이 행복하게 살지만, 인간들은 이들을 붙잡아다가 각각 우리에 가둬 전시한다. 이들은 각자 날카로운 부리로 새장을 부수고 탈출하는 데

그녀들의 메르헨

성공하지만 다시 붙잡힐 것이 두려워, 눈에 띄는 독특한 외모를 감추고 인간처럼 보이려고 자신들의 개성을 없애버린다. 그들은 각자 이곳저곳으로 떠돌아다니며 잃어버린 형제를 죽을 때까지 찾아 헤매지만, 이미 인간의 형태에 동화되어버린 서로를 만나고도 알아보지 못한다.

이 책에서 세헤라자드의 정신적인 자매들을 소개하는 작업은, 『아라비안 나이트』와 견주어볼 만한 이야기들의 창고에서 그 일부를 뽑아내는 것에 국한될 수밖에 없었다. 그러나 이 이야기들은 세월이 흐르면서 틀림없이 더 풍요로워질 것이고, 새로운 이야기들이 거기 합세할 것이다. 변형 가능한 동화의 서술형식이 일상의 현실성을 부수고 우리의 상상력에 새로운 관점을 활짝 열어줄 가능성과 자유를 끊임없이 제공하기 때문이다.

우르줄라 슐체

루이제 린저 Luise Rinser, 1911~2002

독일 바이에른 지방에서 교사의 딸로 태어난 린저는 젊은 시절 초등학교 교사로 일했으나 나치에 비협조적이라는 이유로 교사생활을 그만둬야 했다. 1944년 국가반역죄로 기소되었다. 1953년부터 59년까지 칼 오르프와 결혼 생활을 했다. 1984년 녹색당 대통령 후보로 출마했으며 1995년에는 히말라야에서 달라이 라마를 만났다. 말년에 로마 근교에서 살며 작품 활동을 하던 중 2002년에 심부전으로 세상을 떠났다. 『생의 한가운데』(1950), 『다니엘라』(1952) 등의 장편소설로 세계적인 명성을 얻었고 〈하인리히 만 문학상〉, 〈엘리자베트 랑엣서 문학상〉 등을 수상했다.

에미 발-헤닝스 Emmy Ball-Hennings, 1885~1948

독일 플렌스부르크에서 태어난 발-헤닝스는 스물두 살 때 지루한 결혼생활에서 도망쳐 어느 유랑극단에 합류해 떠돌아다니다가 북동부 슐레지엔 지방에서 남부 뮌헨까지 무일푼으로 구걸을 하며 내려와 27세에 누드모델로 일하기 시작했다. 1차 세계대전이 일어나자 발-헤닝스는 1915년에 남편인 시인 후고 발과 함께 스위스 취리히로 이주해 그곳에서 '카바레 볼테르'를 열고 '다다 Dada' 운동에 동참했다. 한스 아르프, 요하네스 베혀, 헤르만 헤세 등과 가까운 친구로 지냈으며 현대 독일문학의 중요한 인물로 꼽히는 발-헤닝스는 작가, 배우, 무용수로 다양한 삶을 살았다.

셀마 라게를뢰브 Selma Lagerlöf, 1858~1940

스웨덴 모르바카에서 태어나 스톡홀름에서 교육대학을 졸업하고 10년간 여학교 교사로 일하면서 창작활동을 했다. 1891년 소설 현상공모에 향토의 전설을 소재로 한 『예스타 베를링 이야기』가 당선되면서 작가로 이름을 얻은 라게를뢰브는 이탈리아를 여행하면서 시칠리아 지방을 배경으로 한 『반反그리스도의 기적』을 썼고, 1902년에 발표한 『예루살렘』으로 폭발적인 성공을 거두었다. 이어 1906년에 쓴 『닐스의 환상적인 모험』은 전세계 어린이를 매혹했다. 인간의 선량함에 대한 확신과 소외된 계층에 대한 인간애를 늘 작품 속에 구현한 라게를뢰브는 1909년에 여성으로서는 세계 최초로 〈노벨문학상〉을 수상했다.

마리 루이제 카쉬니츠 Marie Luise Kaschnitz, 1901~1974

독일 칼스루에의 귀족가문에서 태어났으나 프로이센의 장군이었던 아버지를 따라 베를린에서 성장했다. 특권계급에 속했던 성장기를 고통스런 기억으로 회상했던 카쉬니츠는 비정치적이고 낭만주의적인 시로 작품활동을 시작했다. 고고학자인 남편을 따라 수많은 나라와 도시를 여행했던 그는 여성해방 운동에 적극 참여하지는 않았으나 자신의 작품이 상류계급의 여성문학으로 받아들여지는 것을 거부했다. 카쉬니츠의 대표작으로는 소설 『사랑이 시작되다』(1933), 『히로시마』(1951) 등이 있고, 작품들은 대개 자연의 묘사와 간결한 심리묘사가 돋보인다. 1955년 〈게오르크 뷔히너 문학상〉을 수상했다.

마리 폰 에브너-에셴바흐 Marie von Ebner-Eschenbach, 1830~1916

체코 동부 모라비아 지방에서 백작의 딸로 태어나 18세에 15년 연상인 사촌 에브너-에셴바흐 남작과 결혼했다. 에셴바흐 남작은 아내의 재능을 알아보고 글쓰는 작업을 성심껏 지원했다. 1856년에 오스트리아 빈으로 이주한 뒤 연극 공연을 자주 보면서 이에 자극을 받아 희곡을 쓰기 시작했으나 이 방면에서는 그리 성공을 거두지 못했다. 그러나 소설로는 크게 인정을 받아 19세기 최고의 여성작가 중 한 사람으로 문학사에 기록되었다. 프란츠 그릴파르처, 하인리히 라우베 등 당대의 여러 작가들과 문학적인 교류를 가졌던 에브너-에 셴바흐는 1898년 여성으로는 최초로 오스트리아 최고 훈장인 '예술과 학문 명예훈장'을 받았다.

잉에보르크 바흐만 Ingeborg Bachmann, 1926~1973

오스트리아 클라겐푸르트에서 태어나 인스브루크, 그라츠, 빈에서 법학과 철학을 공부했다. 「마르틴 하이데거의 존재론에 대한 비판적 수용」이라는 제목으로 철학박사 학위를 받은 뒤 1954년에 초기 시詩로 진보적인 작가 모임 '47 그룹'에서 수여하는 문학상을 받았다. 시집 『유예된 시간』과 『큰곰자리의 부름』으로 크게 인정을 받았으나 시의 언어에 깊은 회의를 느끼기 시작한 뒤로는 산문으로 돌아서서 소설을 쓰기 시작했다. 1959~60년에 독일 프랑크푸르트 대학에서 시학을 강의했으며 방송극 『맨해튼의 선신善神』(1958), 소설 『삼십세』(1960), 『말리나』(1971) 등으로 다양한 문학상을 수상했다.

크리스티네 뇌스틀링어 Christine Nöstlinger, 1936~

오스트리아 빈에서 시계공인 아버지와 유치원 교사인 어머니에게서 태어났다. 고등학교를 졸업한 뒤 화가가 되려고 했던 뇌스틀링어는 그래픽디자인을 전공한 뒤 몇 년 동안 디자이너로 일했다. 기자인 에른스트 뇌스틀링어와 결혼한 후, 일을 그만두고 두 딸을 낳았지만, 전업주부로서의 삶이 지루해 글을 쓰기 시작했다. 이야기를 창작하고 직접 삽화를 그려 넣어 어린이 책과 청소년 도서를 만들기 시작하자 곧 엄청난 인기를 모았다. 이제까지 '수지 시리즈'를 비롯해 수십 권의 이야기책을 펴냈고 〈한스 크리스티안 안데르센 상〉을 비롯해 수많은 아동문학상을 받았다.

베티네 폰 아르님 Bettine von Arnim, 1785~1859

독일 프랑크푸르트에서 시인 클레멘스 브렌타노의 여동생으로 태어난 베티네 폰 아르님은 일찍 부모를 여의고, 독일 최초의 여성 장편소설을 발표한 외할머니 조피 폰 라로쉬 밑에서 자라났다. 1807년에 괴테를 만난 뒤로 그와 편지를 교환하기 시작한 베티네 폰 아르님은 1811년에 시인 아힘 폰 아르님과 결혼했고, 그림 형제를 비롯해 여러 낭만주의 작가들과 교류했으며 칼 마르크스를 만나기도 했다. 괴테의 편지들을 토대로 한 『한 아이와 교환한 괴테의 편지들』(1835), 오빠 브렌타노의 편지를 토대로 한 『클레멘스 브렌타노의 봄꽃화환』(1844)은 실재하는 자료에 허구를 섞은 그의 대표적인 서간소설들이다.

기젤라 폰 아르님 Gisela von Arnim, 1827~1889

베티네와 아힘 폰 아르님의 막내딸로 태어난 기젤라 폰 아르님은 낭만주의 작가들에게 둘러싸여 자라났다. 정규 교육을 받지는 못했지만 언니들인 막세와 아름가르트가 교사이자 학교 노릇을 했다. 글을 쓰기 시작하면서부터 기젤라는 동화 장르를 가장 좋아했고, 삶을 마칠 때까지 이 장르에 헌신했다. 언니들과 함께 조직한 '카페터' 모임은 처음에는 '처녀들의 결사'로 시작했으나 나중에는 남성작가들도 받아들여, 한스 크리스티안 안데르센까지 참여하는 권위 있는 문학 서클로 발전했다. 1859년 동화작가 빌헬름 그림의 아들 헤르만 그림과 결혼했고, 여기 실린 「달나라 공주」는 1844년 작품이다.

마리-카트린 돌느와 Marie-Catherine d'Aulnoy, 1650~1705

프랑스 바른빌에서 태어나 열여섯 살에 공작의 하인과 결혼했다. 아이 다섯을 낳은 뒤 남편에게서 벗어나고 싶어 남편에게 범죄의 누명을 씌웠다가, 조작이었음이 드러나자 영국으로 도피했다. 그곳에서 다시 스페인으로 건너가 궁정에서 일하게 된 마리-카트린 돌느와는 프랑스 궁정을 위한 첩자 노릇을 함으

그녀들의 메르헨

로써 자신의 죄에 대한 벌을 면할 수 있었다. 그는 스페인에서의 체험을 토대로 1690년에 『스페인 궁정의 기억』과 『스페인 기행 보고서』를 출간했는데, 『스페인 기행 보고서』에 수록한 이야기를 더 발전시켜 훗날 일련의 요정이야기들을 선보였다. 프랑스로 돌아온 그는 파리에 문학 살롱을 열고 활동했다.

잔-마리 르 프랭스 드 보몽 Jeanne-Marie Le Prince de Beaumont, 1711∼1780

프랑스 루앙에서 태어난 마담 보몽은 젊은 시절에 결혼했으나 그 직후에 혼인이 무효가 되고 말았다. 1748년 첫 작품 「진실의 승리」를 발표했고, 1750년에는 런던으로 가서 귀족의 딸들을 가르치는 일로 생계를 꾸려갔다. 그 뒤 영국에서의 경험을 토대로 '매거진'이라는 명칭을 붙여 어린이, 청소년, 여성들을 교육하는 글들을 썼다. 1750년부터 1780년 사이에 마담 보몽은 40여 권의 책을 썼는데, 그 가운데 『어린이 매거진』(1757)에는 그 유명한 「미녀와 야수」 이야기가 들어 있다. 그의 글들은 재치 있는 방식으로 교훈을 담고 있으며, 이야기책뿐만 아니라 문법책과 신학서적도 저술했다.

샤를롯-로즈 드 라 포르스 Charlotte-Rose de la Force, 1654∼1724

프랑스 보르도 근교에서 위그노 전쟁으로 쇠락한 귀족 가문의 딸로 태어난 샤를롯-로즈 드 라 포르스는 수많은 시와 소설을 남긴 작가로도 유명하지만, 쉴 새없는 연애모험과 염문으로 더 유명했던 여성작가다. 1687년에 결혼을 하려다가 실패한 뒤로 샤를롯 드 라 포르스는 당대의 유행도 따르고 생계도 꾸려갈 목적으로 글을 쓰기 시작했는데, 실패한 혼인으로 입은 마음의 상처를 극복할 목적도 있었다. 앙리 3세와 앙리 4세 시대의 궁정을 배경으로 한 음모와 암투, 연애사건 등을 소설의 소재로 다룬 그는 1692년에 『요정들, 요정이야기들』이라는 작품집으로 인기를 끌었다.